크리스토프 쉴링엔지프 지음

이재금 · 이준서 옮김

마흔아홉, 마지막 싸움

천국도 이곳만큼
좋을 수는 없다!

앨피

이 책은 병마에 대한 기록이지 투쟁서가 아니다. 적어도 암이라는 이름의 질병에 맞서는 투쟁서는 아니다. 하지만 어쩌면 환자의 자율권을 위한 투쟁서, 죽음의 침묵에 맞서는 투쟁서일 수는 있겠다. 어쨌거나 내 생각을 기록하는 일은 내가 여태껏 경험한 최악의 것을 소화하고 나의 자율성 상실을 막는 데 큰 도움이 되었다. 어쩌면 몇몇 분들께도 이 수기가 도움이 될 수 있겠다. 왜냐하면 여기에서 문제가 되는 것은 어느 한 사람의 특별한 운명이 아니라 수백만 중의 한 운명이기 때문이다.

너무나도 많은 병든 이들이 외롭고 움츠러든 채 살아가고 있고, 더 이상 문을 열고 나갈 엄두를 내지 못하며, 자신의 두려움에 관해 말하기를 두려워한다. 나는 충격을 받은 이와 궤도에서 내동댕이쳐진 이를 다시 삶으로 인도하고, 환자로서 그가 가진 자율성을 강화하고, 그의 의구심을 이해하려고 노력하고, 그가 두려움을 털

천국도 이곳만큼
좋을 수는 없다!

> *"오늘날의 사람들에게는 단 하나의 극단적인 새로움밖에 없다*
>
> *— 그것은 늘 똑같은 것, 즉 죽음이다."*
>
> | 발터 벤야민 |

어놓고 이 두려움들을 어떤 형태로든 형상화하도록 돕는 일이 얼마나 중요한지 체험했다. 질병을 직시하는 것, 질병과 자기 자신을 객관적인 시선으로 관찰하는 것, 이러한 전체적인 시선이 중요하고 도움이 된다. 그러나 많은 의사들이 무엇보다도 관대함의 행위인 그러한 시선으로 바라볼 줄 모른다. 그러한 시선을 배우지 못했기 때문일 수도 있고, 우리네 보건 시스템의 압박이 그럴 기회를 허용하지 않기 때문일 수도 있다. 그래서 현대 의학이 대단한 성공 사례들을 공표하더라도, 우리는 환자로서 우리 자신을 의술에만 맡겨서는 안 된다.

그러니까 당신이 병에 걸려서, 거의 인간으로서 존재하지 못하고 오직 남의 뜻대로만 살고 있다는 느낌을 떨칠 수 없다면, 불만이 생길 수밖에 없다. 의사뿐 아니라 보건부에도! 나는 인지의학 의사 한 명과 정통 의학 의사 한 명, 정통 의학 여의사 한 명에게 많은 도움을 받았다. 그들이 서로 협조할 때에도, 그리고 바로 그럴 때 말이다.

만약 당신이 건강하다면, 그런데 가족이나 지인 중에 환자가 있다면, 그 일이 당신에게 벅찬 일인 줄 알면서도 그 사람을 돌보게 될 것이다. 부디 다른 사람들과 그 일을 나누시기를. 비록 이 책에서 그 사람들 이름을 모두 부르지는 않겠지만, 친구들이 없었다면, 나는 충격과 그로 인한 실로 끝없는 불안을 극복하지 못했을 것이다.

무엇보다, 나는 교회가 내세의 비밀들로 우리를 겁박하는 일을 그만두기를 바란다. 다가오는 불행들로 우리 인간을 끝도 없이 위협하기에는, 삶은 너무나도 아름답다. 하느님의 사랑과 도움은 그 사랑과 도움이 무엇이건, 그것을 받을 사람이 누구이건 간에 발림용 사탕이 아니다. 하느님의 사랑은 그 무엇보다도 나 자신에 대한 사랑에서 표명된다! 내가 가치 있고 영리하고 매력적이고 성공적이라는 걸 입증하려고 계속해서 매달리고 무언가를 걸치는

것이 아니라, 나를 나만의 고유함으로 사랑하도록 허락하는 능력
에서 말이다. 아니다! 우리는 그냥 아주 멋지다. 그러니 우리 자신
을 좀 더 사랑하기로 하자. 하느님께 이보다 더 나은 일은 없다.

2009년 3월 24일, 빈에서

크리스토프 쉴링엔지프

차례

끝까지 삶의 주인이고자 했던
쉴링엔지프라는 한 남자,
독일 문화계의 슈퍼스타에 대하여

    죽음은 늘 우리 곁에 있다. 단지 우리가 무지하거나 애써 외면할 뿐이다. 홀연 파문이 일면, 그제서야 우리는 왜 진작 미리 생각해 보지 못했나 후회할 따름이다. 나 또한 마찬가지다. 이 책을 우리말로 옮기는 동안 내 주변에서도 많은 파문이 일었다. 어떤 파문은 그나마 멀찍이서 몰려와 잔잔한 생각거리를 주는 데에 그치지만, 어떤 파문은 바로 곁에서 일어나 나까지 출렁이게 만들고, 또 어떤 파문은 너무나도 거대해서 집어삼킬 듯 달려든다. 이 책을 번역하기로 마음먹게 된 데에도 이러한 파문 중의 하나가 있었다.

그가 일기를 남기고 떠났다는 소식...
    이야기는 무려 10여 년 전인 2010년에 시작된다. 훔볼트 펠로 우로 다시 베를린에서 연구할 기회가 생겼을 때, 유학 당시 지도 교수님을 찾아뵈었다. 이제는 학문적인 토론보다 일상 이야기를 더 많이 하게 되었지만, 독일 지식인답게 그 일상조차 정치와 문화, 예술로 버무려진 터라, 유학 시절 내가 열광하던 크리스토프 쉴링엔지프가 폐암을 앓다 죽었으며, 병마에 시달리면서도 활동을 중단하지 않고 심지어 일기까지 출판했다는 이야기를 듣게 되었다. 당신이 올해 읽은 책 중에 가장 인상 깊었다고 했다. 과도하게 거창하거나 비장하지 않고 담백하고 솔직하게 삶의 마지막 여정을 기록해 나간 것이 오히려 큰 울림을 준다는 평이 뒤따랐다.

2006년에 낸 저서의 한 꼭지로 그의 영화를 다룬 뒤로 어느 틈에 쉴링엔지프를 시야에서 놓쳤던 나로서는 청천벽력 같은 소식이었다. 다음 날 당장 서점에 들러 책을 사서는 지하철에서부터 읽기 시작했다. 하지만 그게 다였다. 왠지 더 이상 읽을 마음이 들지 않았고, 핑계야 많았다. 그렇게 그 책은 다른 책들에 묻혀 한국에 들어와 서가 어딘가에 꽂혔다. 그러던 어느 날 아주 가까운 곳에서 파문이 일었고, 황망한 와중에 문득 그가, 그리고 그 책이 떠올랐다. 그리고 번역을 시작했다. 덕분에 흔들림이 잦아들었고 힘도 얻었다. 다른 사람들에게도 알리고 싶었다. 이렇게 살다간 사람도 있다고. 당신들도 용기를 내시라고.

국제적인 명성에도 불구하고, 안타깝게도 우리나라에는 쉴링엔지프가 거의 알려지지 않았다. 평소와는 달리 옮긴이의 말을 본문

보다 앞에 싣자고 편집자를 조른 까닭도 그 때문이다. 그가 어떤 길을 걸어온 사람인지 모르는 상태에서 그의 일기를 읽으면 아마도 뭐 이런 유치찬란한 인간이 있나 싶을 공산이 크기 때문이다. 또한, 그가 일기에서 얼핏 언급하는 내용들이 얼마나 큰 외연을 지니는지 모르고 지나갈 가능성도 크다. 그런 것들을 알아야 그의 위대함을 느낄 수 있어서가 아니라, 그래야 그의 고민과 사유의 실질적인 내용을 오롯이 감지할 수 있을 터이기 때문이다. 그러니 일단 쉴링엔지프가 어떤 사람이며, 무슨 일을 하며 어떻게 살아왔는지부터 살펴보기로 하자.

불과 서른 즈음에 독일 영화계를 뒤흔든 '독일 3부작'

크리스토프 마리아 쉴링엔지프Christoph Maria Schlingensief는 1960년에 독일 오버하우젠에서 약사 아버지와 간호사 어머니 사이에서 태어났다. 열두 살에 영화 촬영 실험을 시작했다고 하는데, 열다섯 살에 이미 〈플로렌스 부인의 영안실〉(1974)이라는 장편영화를 찍었다. 그 밖에도 그 나이에 벌써 부모님 집 지하실에서 '문화의 밤'을 개최했다니, 소싯적부터 제법 떠들썩한 소년이었음이 틀림없다. 일기에도 등장하는 헬게 쉬나이더나 테오 외르겐스만은 이미 이 시기의 지기들이다. 오버하우젠에서 고등학교를 졸업한 뒤 1981년부터 뮌헨대학에서 독문학, 철학, 미술사를 전공하면서 음악가의 길을 걸어 보려고도 했고, 영화감독으로서의 경력도 시작한다. 베르너 네케스 감독의 조감독도 하고, 자신의 단편영화들도 찍었다. 그의 첫 극영화 〈툰구스카〉(1983)도 이때 나온다. 얼마나 천방지축이었을지 짐작이 가기도 하지만, 동시에 얼마나 동분서주했을지도 고스란히 느껴진다.

대학 공부보다 예술 활동에 열심이던 그는 스물세 살의 나이로 1983년부터 1986년까지 오펜바흐 암 마인의 조형예술대학과 뒤셀도르프 미술아카데미에서 교편을 잡는다. 1986년부터는 독일 최고의 텔레비전 드라마 시리즈가 된 〈린덴가〉를 비롯해 방송국과도 관계를 맺으며, 이후 도발적인 영화감독으로서의 쉴링엔지프를 널리 알린 이른바 독일 3부작(〈아돌프 히틀러 100년-총통 벙커의 마지막 시간들〉(1989), 〈독일 전기톱 대학살〉(1990), 〈테러 2000〉(1992))을 세상에 내놓는다. 불과 '서른 즈음에'.

패러디의 성격을 강하게 띠는 그의 영화들은 독일 사회의 각종 정치적 문제점들을 기발하고도 신랄하게 비판한다. 예를 들어 호러 장르의 두 대표작, 즉 히치콕의 〈사이코〉와 〈텍사스 전기톱 대학살〉을 패러디하는 〈독일 전기톱 대학살〉은 이탈한 동독인들을 잡아다 도살해 소시지를 만들어 파는 서독의 변태 '사이코 가족'의 끔찍한 이야기로, 당시 갓 통일된 독일에서 동독과 서독 주민들의 갈등을 보여 준다. B급 감성을 가득 담아 잔혹하고 충격적인 장면들이 연이어지는 이 악몽 같은 영화는 한편으로 악취미라는 평과 함께 평생 쉴링엔지프를 따라다닌 앙팡테리블의 이미지를 만들어 냈지만, 다른 한편으로는 독일 영화의 최고 스타였던 라이

너 베르너 파스빈더의 뒤를 잇는 도발적인 천재 예술가라는 평도 가져다주었다.

연극과 오페라 연출가, 행동주의 예술가

실제로 쉴링엔지프는 파스빈더처럼 영화감독일 뿐만 아니라 연극 연출가로서도 독창적인 영역을 개척한다. 주로 그가 〈기민당 100년〉(1993)으로 연출가로 데뷔한 베를린의 민중극장을 본거지 삼아 〈록키 두취케 '68〉(1996), 〈서커스 천장의 곡예사들 – 어쩔 줄 모르는〉(1998), 〈로즈버드〉(2001), 〈퀴즈 3000〉(2002), 〈아타 아타〉(2003), 〈예술과 채소〉(2004) 등으로 널리 이름을 알렸고, 이를 통해 셰익스피어의 〈햄릿〉(2001), 엘프리데 옐리넥의 〈밤비랜드〉(2003), 〈아타밤비 – 포르노랜드〉(2004), 〈아프리칸 트윈타워〉(2005) 등 국내외의 다른 극장들에서도 작업했다. 최고의 연출가들에게만 기회가 온다는 바이로이트 축제에서 바그너의 오페라 〈파르지팔〉(2004~2007)을 무대에 올리기도 했다. 이후 그는 〈방황하는 네덜란드인〉(2007), 〈잔다르크 – 성 요한나의 일생의 장면들〉(2008), 〈메아 쿨파〉(2009), 〈메타노이아〉(2010) 등 오페라 연출에도 몰두한다. 아버지의 죽음을 다룬 〈내 안의 이방인에 대한 공포의 교회〉(2008), 자신의 암 투병을 주제로 삼은 〈메아 쿨파〉, 〈죽기를 배우기〉(2009)에서 극명하게 드러나듯이, 그의 작업은 예술가 개인의 내밀한 실존과 사회적 차원의 주제들이 절묘하게 버무려지는 것을 특징으로 한다.

이러한 공연 활동만큼이나 유명했던 것이 행동주의 예술가로서의 면모이다. 1997년 도쿠멘타X 참가를 기점으로 전무후무한 1998년의 〈기회 2000〉, 2000년의 〈외국인 꺼져!〉, 베니스 비엔날레 참가작인 〈공포의 교회〉(2003)에 이르기까지 상상을 뛰어넘는 예술적 도발들을 끊임없이 쏟아 내며 커다란 사회적 파장을 일으켰다. 예컨대 정치적 요구를 예술적 퍼포먼스와 결합한 〈기회 2000〉은 당시 독일의 선거전에 직접 뛰어들어 소규모 당을 창당하는 것을 근간으로 했다. 1998년 3월 13일 민중극장 부지에 세워진 서커스 천막에서 광대 퍼포먼스로 정당 창당식을 하고, 자기 선거구에서 2천 명의 서명을 받아 참가자 각자가 자신을 후보로 내세우는 프로그램을 진행했다. 쉴링엔지프에 따르면, 그해 6월에 약 1만 6천 명의 당원에 3만 명의 동조자들이 모였으며, 11개 주에 연맹이 구성되어 7월에 실제로 연방선거 참가가 승인되었고 인물투표 0.007퍼센트(3,206표), 당투표 0.058퍼센트(2만 8,566표)를 획득했다.

이 과정에서 도발은 계속되어 당시 독일 수상이던 헬무트 콜의 별장이 있던 볼프강 호수에 6백만 실업자를 초대해 이들이 물놀이로 수면을 상승시켜서 콜의 별장을 물에 잠기게 만들자는 캠페인을 벌이고, 세계적인 사회학자 니클라스 루만이 지지자 명단에 이름을 올리는 등 사회적 파장을 불러일으켰다. 이는 정치에 혐오를 느끼고 무관심해진 사회의 주변인들을 다시 정치와 주권의 중심에 놓으려는 기획으로서, 막상 참여는 저조했지만 파문은 강력했다. 유학 중이던 옮긴이 역시 이 대놓고 돈키호테적인 행동의 파급력을 목격하며 쉴링엔지프의 팬이 되지 않을 수 없었다.

적의 무기로 적을 치는 패러디적 예술전략

터무니없어 보이는 일을 현실로 옮기는 쉴링엔지프의 악동 짓은 이후에도 계속되어, 2000년 빈 연극제 기간에 당시 유행하던 악명 높은 TV쇼 〈빅브라더〉의 콘셉을 차용해 망명 신청자들을 오스트리아의 극우 정당인 오스트리아 자유당의 깃발과 각종 외국인 혐오 구호들을 붙여 놓은 컨테이너에 입주시키고, 매일 인터넷 투표를 통해 신청자들을 탈락시키는 프로그램을 실행했다. 서버가 여러 차례 다운될 정도로 접속자들이 쇄도한 것은 물론이다. 노벨문학상 수상자인 엘프리데 옐리넥, 그레고어 기지 등 저명인사들이 망명 신청자들과 하루를 보내고, 쉴링엔지프는 자유당 당수 하이더의 인종차별적 발언들을 매일 하나씩 인용했다. 자유당은 즉각 쉴링엔지프를 고소했고, 쉴링엔지프는 자기가 자기를 고소하는 거냐며 이들 구호가 자유당이 실제로 사용했던 것임을 환기시켰다. 말하자면, 적들의 무기로 적들을 치는 패러디적 예술전략을 그 극단까지 몰아붙인 셈이다.

2000년대 후반 들어서는 사진과 실시예술 분야로까지 활동 분야를 넓혀, 2006년 〈라그나로크〉 전시를 필두로 2010년에는 우리

책에도 등장하는 전설적인 아티스트 패티 스미스와 공동전을 개최했으며, 사후인 2014년에는 뉴욕의 MOMA에서도 단독 전시가 이루어졌다.

여기까지가 "문화 슈퍼스타" 쉴링엔지프의 예술가로서의 궤적이었다면, 지금부터는 몇 가지 주제어로 그의 삶의 단면들을 들여다볼까 한다. 이 책에서 언급되는 에피소드들을 주로 대상으로 삼았다.

죽음을 앞두고 사회에 던진 '뜨거운 감자'들

첫 번째 키워드는 장애인이다. 쉴링엔지프는 오랜 기간 장애인들과 깊은 관계를 맺었다. 이미 1996년에 연극 〈록키 두취케 '68〉에서 지적장애인을 출연시킨 데에 이어, 2002년 독일의 MTV 격인 VIVA에서 〈프릭스타 3000〉이라는 TV쇼를 만들어 장애인들을 대거 출연시켰다. 이는 장애인의 미디어 재현과 관련해 폭발적인 논쟁을 불러일으켰다. 흥미로운 점은, 이 과정에서 결국 드러나게 되는 것은 장애인이 여전히 논쟁거리가 되는 문제라는 사실 그 자체, 그리고 그러한 논쟁 과정에서 두 진영 모두에서 은폐되었던 장애인에 대한 편견들이 대거 노출되었다는 사실이다. 그러므로 결국 폭로되는 것은 허위의식이다.

쉴링엔지프는 이 뜨거운 감자를 덥석 집은 것이고, 그것을 사람들에게 던진 것이다. 이것은 흔히 도발로 칭해지지만, 어찌 보면 그의 천진하고 아이 같은 측면에서 기인하기도 한다. 자칭 철든 사람들의 눈으로 보자면 철없는 불장난이겠지만, 달리 보면 세상을 바꾸는 것 또한 그런 무모함이다. 그리고 알고 보면 이른바 '쉴링엔지프 패밀리'에는 처음부터 장애인들도 함께했으며, 그들은 애시당초 다른 사람들과 구별되지 않았다. 여기서도 역시 다른 사람들의 편협한 시선을 끌어들여 패러디를 통해 그것을 그들 자신에게 노출 내지 반사시킨 것일 뿐이다. 쉴링엔지프는 비단 장애인뿐만 아니라 사회 중심부에서 밀려난 각종 사회집단들을 개인으로서, 그리고 주체로서 인정받도록 만드는 데에 전념했고, 이는 그의 작품들에도 적극 반영되었다. 다만, 그의 이런 도덕적인 기본 자세가 그가 활용하는 예술적 수단의 극단성에 묻혔을 따름이다.

두 번째 키워드는 기독교이다. 루터의 고향답게 독일은 개신교가 주를 이룬다. 그러니 일찍감치 가톨릭의 세례를 받은 쉴링엔지프는 비교적 예외적인 경우에 해당한다. 그의 종교적 표상에서 하느님과 예수뿐 아니라 성모 마리아가 중요한 것 또한 여기에서 비롯된다. 그럼에도 불구하고, 그에게 현실 세계의 종교와 종파는 별 의미가 없다. 하느님, 특히 예수가 보여 준 인간에 대한 사랑이 중요하다. 예수의 이미지는 이미 일찍부터 그의 작품들에 반영되었고, 그 역시 인간애를 스스로 실천하는 데에 전력한다. 그가 암 선고를 받고 쏟아 내는 신성모독적인 발언들 역시 이런 맥락에서 이해될 필요가 있다. 기독교에 대한 이해가 부족하다 보니 이 글을 번역하면서 교목이신 안선희 목사님께 이런저런 내용들을 질문 드리면서 이 부분을 조금 더 잘 이해할 수 있었다. 어찌 보면 신심이 깊을수록 당연한 과정이며, 이러한 과정이 결국 믿음을 더욱 굳건히 해 준다는 말씀이셨다.

세 번째 키워드는 천방지축 천재 악동이다. 쉴링엔지프가 살아온 과정을 가만히 살펴보면, 그는 끊임없이 현재 상태에 의문을 제기하고 이를 공고화하려는 세력과 시스템을 폭로하고 비판해 왔다. 이는 비단 사회적 차원에서만이 아니라 그 자신에 대해서도 그야말로 가차 없이 이루어졌다. 그리고 이를 늘 행동으로 옮겼다는 데에 그의 진정성이 있다. 경찰에 체포되는 것도, 정치권의 공격 목표가 되는 것도, 언론의 질타를 받는 것도 그를 막지 못했다. 이러한 그의 행동들이 예술의 형태를 띠는 것은 그가 '우연히' 예술적 재능을 지녔기 때문이기도 하고, 바로 그가 비판하는 분야들에 예술성이 결여되어 있기 때문이기도 하다. 그리고 이러한 도발의 다른 이면에는 전략가로서의 면모가 있다. 그는 자신의 비판 대상 외부에서 포격을 가하기보다 그 안으로 파고든다. 자신이 그렇게 비판하던 매스컴에서 종횡무진 활약하고 언론을 이용했던 것은 그 한 예에 불과하다.

네 번째는 '아이노'다. 1981년에 핀란드에서 태어난 아이노 레버렌츠Aino Leberenz는 미술사를 전공하고, 2001년부터 샤우슈필하우스 보홈에서 의상 담당 조수로 연극계에 발을 디뎠다. 이후 베를린 민중극장, 빈 부르크 극장, 바이로이트 축제 등 독일어권의 거의 모든 주요 극장에서 무대미술가이자 의상디자이너로 일했다. 갓 20대 초반에 샤우슈필하우스 취리히에서 21살 위인 쉴링엔지프를 만나 곧바로 서로 간의 많은 공통점을 발견하고 함께 사랑하고 함께 일했다. 쉴링엔지프가 암에 걸리자 병구완을 도맡았으며, 그가 곧 죽을 것을 알면서도 결혼해 미망인이 되었고, 남편의 뜻을 이어받아 유산을 관리하고 아프리카의 오페라마을을 세우고 지속시켜 나가고 있다. 이 모든 것을 자신의 삶을 희생하지 않으면서 해낸다.

마지막으로는 아프리카 오페라마을을 꼽을 수 있겠다. 원래 계획은 오페라극장이었지만, 쉴링엔지프가 하는 일들이 늘 그랬듯이 일이 점점 커지면서 아예 마을을 이루게 되었고, 지금도 여전히 진행 중인 프로젝트이다. 주목할 만한 점은, 이 계획의 중요 목표 중 하나가 허기에 시달리는 아프리카라는 지배적인 이미지를 타파하는 데에 있다는 사실이다. 이러한 맥락에서, 세계에서 가장 가난한 나라로 불리는 부르키나파소에 위치한 이 마을은 이곳의 원주민이자 세계적인 건축가 디베도 프란시스 케레Diébédo Francis Kéré에 의해 설계되었고, 상호문화적인 교류를 목표로 한다. 교육과 의료, 예술이 세 축을 이루며 독일 정부와 각종 후원을 통해 운영된다.

아마도 본인은 중요하게 생각하지 않았겠지만, 그의 활약은 결과적으로 수많은 공식적인 인정으로도 증명되었다. 이미 첫 장편영화인 〈툰구스카〉부터 상을 받았고, 베를린영화제 심사위원으로

위촉받았으며, 2010년 8월 21일 그가 세상을 떠난 뒤에도 미디어 분야에서 독일의 가장 권위 있는 상인 밤비를 비롯해 베네치아 비엔날레 황금사자상 등을 받았고, 그의 이름을 딴 도로명도 두 개나 생겼으며, 그의 마지막 염원이었던 오페라마을에는 독일 전 대통령인 호르스트 쾰러가 후원자 대표로 나섰다.

세심한 독자는 금방 눈치채겠지만, 이 책의 의의는 비단 암 발병을 계기로 자신의 생각들을 정리하며 스스로를 일으켜 세우는 글로만 끝나지 않는다. 여기에는 늘 자신의 삶을 고스란히 작품에 갈아 넣었던 한 예술가가 암이라는 치명적인 실존적 충격을 어떻게 다시금 생산적으로, 즉 예술로 만드는가를 엿볼 수 있게 해 주는 중요한 미학적 기록이 담겨 있기도 하고, 어쩌면 그것이 더 요체이다.

실제로 그는 이 책에 담겨 있는 일들과 생각들로 작품들을 만들어 낸다. 이 책에서 독일식으로 성 요한나라고 일컬어지는 〈잔 다르크〉 공연에서는 쉴링엔지프의 암에 걸린 폐 영상이 독일 최고의 오페라하우스인 도이체 오퍼의 무대 위에 커다랗게 자리한다. 이런 단편적인 예들뿐 아니라 그가 한 많은 생각들이 이후 작품들 곳곳에서 발견된다. 타협을 모르는 성격 탓에 적을 많이 만들기도 했고, 그 대표적인 집단이었던 평단조차 이렇게 생사의 갈림길을 그대로 드러낸 작품들에 차마 비판의 칼을 들이대기를 멈추었다. 흔히 창작가만의 비밀로 남겨지는 창작 과정의 첫 단계가 이렇게 기록으로 남아 예술의 생산과정을 목도할 수 있게 해 줌으로써, 이 글은 쉴링엔지프가 손댄 다양한 예술 분야의 전문가들에게는 희귀하고 소중한 자료이기도 하다.

이렇듯 그는 정말로 치열하게, 누구에게나 공평하게 주어진 24시간을 누구보다도 밀도 높고 강렬하게 살아냈다. 당장 이 책이 그 증거이다. 휴대용 녹음기를 활용해 틈날 때마다 담아낸 이 생생한 기록들은 그가 매 순간을 그저 흘려보내려 하지 않았음을 보여 준다. 그러한 의미에서도, 이 책은 암 투병기가 아니다. 이 책은 자기 인생의 주인이고자 하는, 그래서 환자로서도 여전히 자율성을 유지하고자 하는 한 사람의 모습을 담고 있다. 그가 벌이는 것은 병과의 싸움이 아니라 환자를 자율적인 주체로 보지 않는 의료 행위와의 싸움, 내세를 미끼로 현세의 삶을 억누르는 종교와의 싸움, 그리고 무엇보다도 이 삶을 앗아 가려는 죽음과의 싸움이다. 그러니 죽느냐 사느냐가 문제가 아니라, 어떻게 살고 어떻게 죽느냐가 문제인 것이다.

코로나가 창궐하는 시기에 이루어진 번역 작업 동안, 마치 흑사병이 유행하던 시기의 유럽에서 그랬듯이, 어떤 죽음이 좋은 죽음인가에 대한 논의들이 다시 떠올랐다. 그런 면에서 보자면 쉴링엔지프의 삶의 태도, 혹은 죽음의 태도는 아르스 모리엔디, 잘 죽는 법에 대한 훌륭한 본보기일지도 모른다. 그가 감추지 않은 온갖 치기 어리고 감정에 휩싸인 생각들은 절대로 유치하지 않다. 그것은 솔직함이자 솔직할 수 있는 용기이고, 그렇기에 고결하고 감동적이다. 물론, 이 책의 제목이 말해 주듯이, 이곳에서의 삶, 건강한 삶보다 더 중요한 것은 없다.

"천국도 이곳보다 아름다울 수는 없다."

2022년 12월 12일

자문 밖에서 옮긴이 일동

아이노를 위하여

맴도는 생각들이 마침내 그 이유를 찾길

| 크리스토프 쉴링엔지프 |

1월 15일, 화요일

　　　　나는 오늘 오후에 양전자단층촬영PET을 받기로 했다. 110분 뒤 분해되는 방사능 성분이 든 주사를 맞고, 원통 안에 누워서 받는 검사이다. 나는 이걸 기억해 두었다. 주사는 포도당이 첨가되어 있고, 몸속에 골고루 퍼진다. 종양은 연소량이 많기 때문에, 종양이 있는 지점에서는 그 침전물을 더 많이 볼 수 있다. 그래서 암에 걸리면 몸무게가 줄어드는 것이다. 어두운 지점에는 아무것도 없다. 그러니까 이 영상들로 종양을 확인하고 전이를 발견할 수 있다. 유일한 문제는 온갖 염증까지 같이 보인다는 것이다. 그러니까 만약 내일 그 영상들에서 내 폐의 중앙에서 종양 하나를 발견한다면, 그건 어쩌면 종양처럼 보이는 염증에 불과할지도 모른다. 이 작은 문이 아직 열려 있다.

　희한한 일이다. 나는 이미 늘 이미지들과 관계를 맺고 살았기 때문이다. 사실 이미지들 속에서 살고 있다. 그중에는 명백하지 않은 이미지도 있는 법이고, 내가 지금 그런 이미지들 속에 있다. 잘 생각해 보면, 나는 명백하지 않은 이미지들, 오버랩되어 사람들이 완전히 다르게 반응하는 이미지들이 존재한다는 사실을 항상 좋아했다. 그것 때문에 욕도 먹었다. 언제나 이런 오버랩을 모의한 사람으로 존재했으니까. 내가 한 일 중에 비평가들 말이 옳았던 적도 분명히 있었을 것이다. 어쩌면 내가 추구했던 핵심을 내가 충분히 중시하지 않았거나 제대로 감지하지 못했을지도 모른다. 결국 그 모든 프로젝트는 아주 잘돼야 보답이 따르는 결과에 내맡겨져 있었다.

그러나 이번에는 그 결과가 장차 어떤 형태로든 가야만 하는 길로 향하는 출구가 될 것이다. 그러니까 지금으로서는, 좋든 나쁘든 내가 그 결과를 기다린다고 간단히 말하기 어렵다. 부정적으로 보자면, 그건 모든 일을 직접 부딪히고 겪어 내고 견뎌야 한다는 걸 의미할 텐데, 아직은 그 규모를 짐작하기 어렵다. 다른 결과야 일이 잘 마무리되는 것일 터이다. 이 경우에는 지난 열흘 동안 겪고 생각했던 바를 잊지 않는 게 중요하다. 아무런 해명도 없던 그 많은 일들이 얼마나 해명되길 원했는지, 그 와중에도 얼마나 많은 정화되는 순간들이 있었는지 기억할 것이다.

나는 지난 열흘을 정말로 놓치고 싶지 않다. 웃기게 들릴지도 모르지만, 그 열흘은, 그 단맛과 쓴맛은 이전의 모든 날을 합한 것보다 더 많은 걸 해명해 주었다. 흥미로운 건, "왜 나지?" 혹은 "이게 무슨 뜻이지?" 같은 멍청한 질문들이 하식까신 나에게 생겨나지 않았다는 점이다. 그것은 나에게 차라리 사고의 전환처럼 느

> 어떤 생각이
> 그대를 괴롭히거든,
> 그 생각을 떨쳐 버려라.

껴진다. 우선 이 메모들로 내 생각부터 모아 보려 한다. 언제 어떤 소견이 나왔는지는 중요하지 않다. 그건 흥미롭지 않다. 심리학 강연도 마찬가지다. 어쩌면 나중에 뒤따를지도. 나에게는 무엇보다 나한테 떠오른 생각들을 녹음기에 대고 말하는 게 중요하다. 어떤 생각이 나를 괴롭히거든, 그 생각을 떨쳐 버려라.

…… 오늘 책을 한 권 샀다. 크리스티안 뉘른베르거의 《성경. 우리가 정말로 알아야만 하는 것Die Bibel. Was man wirklich wissen muss》이다. 나는 지금 그 책을 읽고 있다. 어릴 적에 미사 때 복사服事를 하고, 고등학교 선택과목으로 종교 수업을 듣기는 했지만, 이제는 구약과 신약에 나오는 중요한 이야기들이 가물가물하기 때문이다. 어머니는 당신이 늘 구약성경을 애지중지했다고 나한테 말씀하셨건만. 그런데 나는 그것에 관해 도통 아는 게 없고, 그 모든 것을 어찌어찌 다 까먹어 버렸다. 왜 그렇게 됐는지 모르겠다. 나는 아브라함과 이삭에 관해, 출애굽기에 관해, 사고전환에 관해 읽기 시작했다. 한번 상상해 보자. 아브라함의 아내는 76세였는데, 하느님은 아브라함에게 하늘에 있는 별처럼 많은 자식을 약속하셨다. 그러고 나서 그들은 이 땅에서 저 땅으로 옮겨 다녔고, 아무 일도 일어나지 않았다. 이것은 한번 상상해 볼 문제이다.

뉘른베르거의 책에는 어쨌거나 두세 개의 인상 깊은 문장이 있다. "하느님은 인간이 자신의 운명을 스스로 결정하기를 포기하라고 요구하신다. 오로지 충분한 자원자들이 이 엄청난 요구를 받아들일 준비가 되어 있어야만, 하느님의 계획은 성공할 수 있다. 이 요구가 너무나도 크고 그에 부응하려는 인간의 채비는 너무나도 왜소하기에, 그렇기에 하느님의 계획은 오늘날까지도 실현을 고대하고 있다." 그리고 이런 문장이 뒤따른다. "인간은 자신이 삶을 바치면 삶을 얻는다는 것을 믿지 않는다. 그로 인해 하느님의 유토피아가 좌절된다." 거참, 살아 보겠다고 삶을 바친다니….

…… 오늘 다시 한 번 아버지의 무덤에 다녀왔다. 날은 벌써 어둑해져 있었고, 비가 내렸다. 나는 거기에 서서 내가 어제 울타리 너머로 외쳤던 말에 대해 아버지께 용서를 구했다. 나는 병원에 있는 것을 더는 견딜 수가 없었고, 그냥 밖으로 나가야만 했다. 그래서 피자 가게에 들어가 포도주 한 병을 다 비우고 그라파 두 잔을 마셨다. 그리고 나서는 제법 기분이 좋아져서 주절거리며 거리를 활보했다. 어느샌가 나는 아버지가 안장된 공동묘지에 다다랐다.

밤에는 묘지가 잠겨 있는 까닭에 나는 담장 너머로 부르짖었다. 아버지에게 제대로 고함을 질렀다. 무슨 생각이 드세요? 도대체 무슨 생각을 하시냐고요? 거기서 도대체 무슨 일이 벌어지는 거예요?

> 나는 한번 오롯이 혼자이고 싶다. 세상에 홀로.

그러자 내가 내심으로는 한번쯤 세상에 홀로였으면 한다는 사실이 분명해졌다. 비록 내가 아버지를, 그리고 어머니도 매우 사랑하기는 하지만, 어머니가 돌아가시고 나면, 나는 처음으로 이세상에 혼자인 것이다. 그러면 나는 자기책임 아래 있게 된다. 나는 한번 오롯이 홀로이고 싶다. 나는 혼자 서서 혼자 말하고 싶다. 그래, 이건 내 인생이야. 그런 다음 나는 울부짖을 테고, 그러고 나면 온 신경이 녹초가 되겠지. 하지만 나는 적어도 한 번은 완전히 혼자인 거다.

내가 어젯밤에 아버지가 진심으로 그렇게 생각했을 리가 없다고, 아버지가 뭐라도 해야 하지 않느냐고 사방에 울부짖었던 까닭에, 어쨌거나 오늘은 아버지께 용서를 빌었다. 하지만 아버지께 이런 말도 했다. 나는 이 검은 에너지를, 이 검은 영역을 원하지 않는다고. 무엇보다, 언젠가부터 아버지한테서 견딜 수 없었던 이 비관주의에 빠져들고 싶지 않다고. 나는 완전히 흥분했더랬다. 그러고 나서 나는 약속했다. 여기 이 일이 잘 끝나면, 아프리카에 교회, 학교, 병원, 극장, 오페라하우스를 짓겠노라고. 정말로 나는 아버지 무덤에서 맹세했다. 세 번 꺼내려다 말고, 세 번 말하지 못하다가 결국 그 말을 입 밖에 내었다. "두 분께 약속할게요…."

그것은 참으로 아름다운 순간이었다. 그러자, 지금은 그것이 정신 나간 소리처럼 들리지만, 내가 그 말을 한 바로 그 순간에, 하늘이 며칠 전 환각을 겪을 때 보았던 이미지들 속의 양단洋緞처럼 붉어졌다. 그것은 아마도 뒤스부르크에 있는 용광로였겠지만, 지금 당장은 사물들을 그렇게 보고 싶다. 누군가에게는 멍청해 보일 수도 있겠지만, 하늘이 바로 내 위에서 붉어졌던 그 짧은 순간이 나에게는 하나의 징표였다. 마지막으로 나는 이런 말도 했다. "나는 그걸 해낼 거야. 아무도 나를 방해하지 못해." 물론 주제넘은 소리였지만, 그 의미는, 내가 정말로 그것을 해내겠다는 것이다.

지금은 이미 의식이 약간 몽롱한 상태이다. 약간 더 긴장이 풀리고 밤새도록 이런저런 생각을 하지 않도록 발륨(신경안정제) 반 알을 먹었다. 아무 효과도 없다. 그렇군, 그렇다면 내일은 한번 핵의학 약물을 조금 마셔 보겠어, 그러고는 한번 보지, 무엇이 가물거리는지.

1월 16일, 수요일

어제저녁에는 기도도 했다. 기도를 안 한 지도 까마득히 오래되었다. 그럴 때면 무엇보다도 이 나지막이 읊조리기, 얼굴 앞에 두 손 모으고 속삭이기가 성체聖體를 받아 모신 후처럼 좋게 작용했다. 오롯이 나 자신이 되고 나의 숨소리를 듣고 느낄 때면 말이다. 나는 나 자신에게 귀를 기울였고, 내 목소리 안에 있는 불안을 들었다. 무대 위에서, 또는 삶에서도, 모든 것이 발설되지 않은 순간을 갖는 것, 그런 한계나 망설임을 감지하는 것은 정말로 중요하고 옳다. 그런데도 나는 지금 이 엿 같은 상황에서 모든 것을 속으로 삭이고 모든 것을 내면으로 향하게 할 마음이 나질 않는다. 어제 나는 어머니와도, 내가 분명히 아버지를 아주 많이 닮았다는 점, 하지만 아버지는 자신의 문제를, 예를 들어 실명失明으로 인한 불안을 밖으로 외칠 줄 몰랐다는 점에 관해 이야기를 나누었다. 아버지는 자신에게서 벗어나지 못했다. 어쨌거나 나에게는 그렇게 보인다.

오늘 밤에 꾼 꿈들을 도무지 묘사하지 못하겠다. 하지만 그 꿈들은 그나마 연관된 이야기들이었고, 이 항진균제가 그다지도 우스꽝스러운 환각들을 만들어 냈던 지난 사흘 밤에 본 것 같은 이미지의 홍수는 아니었다. 그것은 내 마음을 움직인 이미지는 아니었지만, 영원히 그 자리에 있던 이미지들이었다.

오늘 아침에는 바깥 복도에서 들리는 소음에 잠이 깼다. 잠시 더 어둠 속에 누워 있었다. 그러자 오늘이 내가 이 고난의 길을, 수많은 상담과 치료로 이루어진 이 길을 가야만 하는지 여부가 결정되는 날이 될 수도 있다는 불안감이 다시 뼛속 깊이 파고들었다. 그리고 의문이 떠오른다. 어느 시점부터 살려는 의지가 끝이 날까. 끝이 아니라, 의지가 그냥 항복해 버리고, 그래, 그런 거지라고 말하는 시점 말이다. 이 의문이 오늘 아침 내 머릿속에 들어박혔고, 내 심기를 몹시 건드렸다. 이렇게 생각해 보기도 했다. 불안을 잠재울 뭔가를 좀 더 달라고 할까, 적어도 오늘은. 어쩌면 그게 정당한 것일 수도 있잖는가. 그런 다음 나는 다시 최후의 만찬 때 이미 모든 것을 알고 있었던 예수를 생각한다. 그는 그러고 나서 자신이 배신당하리란 것을, 십자가로 향하는 길을 걸어야만 한다는 것을 알고 있었다. 지금 이것은 당연히 배신은 아니지만, 그래도 고통을 주는 발걸음이기는 하다. 어쩌면 그날 저녁에 예수는 아직 비교적 아무것도 모르는 상태에, 오히려 자신이 이미 오래전부터 그 길을 걷고 있음을 서서히 의식해 가는 단계에 있었을지도 모른다.

…… 나의 하느님, 어찌하여 나를 버리셨나이까? 나는 예수가 이 문장을 말했다고 믿지 않는다. 내 느낌으로는 차라리 이랬을 것

같다. 나의 하느님, 나는 당신 안에서 편안함을 느끼고, 나를 내 맡기며, 선함을, 평화로 향하는 선한 결말을 믿나이다. 내 말은, 어쩌면 언젠가는 다들 그토록 사랑하는 세속적인 것들이 더 이상

예수는 그냥 이렇게 말했을 뿐이다. 나는 자율적이다.

아무 의미도 없는 상태에 다다르지 않겠느냐는 뜻이다. 어쩌면 그것들이 여전히 의미가 있을 수도 있지만, 왜 나는 성공하지 못하는가, 왜 나는 그것을 가질 수 없을까, 왜 이것과 저것은 아닌가, 이러한 판단 차원은 더 이상 중요하지 않다. 그러면 이 모든 인간적이고 세속적인 것들이 갑자기 다른 맥락에 놓인다. 나의 하느님, 어찌하여 나를 버리셨나이까? 나는 예수님이 이렇게 외쳤다고는 정말로 믿지 않는다. 그는 이 문장을 말하지 않았다. 나는 굳게 확신한다. 그것은 그냥 헛소리다. 그것은 '그래, 나도 그대들만큼 힘이 없다'는 징표가 아니다. 내 생각으로는, 그는 그냥 아주 조용히 저 위에 매달려 있고, '아야'라고 했거나 뭐 그랬을 거다. 하지만 그는 결코 자기를 버렸다고 비난하지 않았다. 그는 그냥 이렇게 말했다. 나는 자율적이다.

원래는 신이 거기 십자가에 매달려서 '하느님, 어찌하여 나를 버리셨나이까'라고 말하는 것을 멋지다고 생각했다. 그가 이런 무력함을, 이런 나약함과 무능함을 발설하는 것이 실로 인간적이지 않은가라고. 그러나 그사이에 아브라함 이래로 만사를 혼자 하라는

게 본래 사명이라는 느낌이 들었다. 예를 들어서 아내가 76살인데, 그런데도 여전히 길을 떠나야 하고, 언젠가 우리에게 아주 많은 자식이 있을 거라고 말해야 한다면 말이다. 다른 기회란 없다. 그저 '나는 지금 마흔일곱 살이고, 앞으로 아흔여섯 명의 아이를 낳을 거야'라고 말할 수 있을 따름이다. 그것은 현실성이 없지만, 나는 그냥 그렇게 하고 떠돌아다니는 거다. 만일 내가 십자가에 매달려서 어째서 내가 버림받았는지 자문한다면, 내가 다른 누군가를 끌어댄 것이지 않은가. 이런 게 요즘 머릿속에서 맴도는 생각의 편린들이다. 더 잘 묘사할 수도 없다. 그것은 매일 달라진다.

어쨌거나 내가 하느님과 맺는 관계는 극단적인 상황 때문에 달라졌다. 그게 어찌나 빨리 이루어지는지 놀랍다. 말하자면, 교회에 등을 돌렸는데, 갑자기 다시 거기 있는 거다. 하지만 나는 사실 결코 교회에 있지 않다. 그 모든 헛짓거리, 그 모든 부풀려진 행사는 나에게 아무짝에도 쓸모가 없다. 그것은 나에게 꿈의 성을 지어 주거나 내가 마침내 나 자신을 발견하기 위해 걸어야만 하는 고난의 길을 묘사해 줌으로써 자율적이 될 수 없는 나 자신의 무능력에는 도움을 줄 수 있다고 믿는다. 문제는 그게 아니다. 오히려 나는 예수에 관해 더 알고 싶고, 하느님의 생각에 관해, 죽음 또한 포함하는 삶의 원리, 삶 또한 포함하는 죽음의 원리에 관해 더 많이 알고 싶다. 사실 그것을 깊이 생각해 보았다는 것이 이 열흘 동안 일어날 수 있었던 가장 멋진 일이다.

지금 나는 양전자단층촬영 검사를 앞두고 약간 무대공포증 같은 걸 느끼지만, 사실은 느긋하고, 며칠 전 요 아래 병원 예배당에서 느꼈던 분위기에 나를 내맡길 수 있기를 바란다. 내가 그냥 따스함 속에 안온하게 보호받았을 때처럼. 그리고 당연히 그렇게 이리저리 날아다니는 모든 힘에게, 그리고 서로 협의하거나 관계를 맺고 있는 모든 것에게 나를 좋은 길로 보내 달라고 빈다. 만약 그것이 고통과 투쟁과 가망 없는 상황들과 맞닥뜨리게 되는 길이 된다면, 그래, 그렇다면 그건 그런 것이다.

물론 나는 정말로 그렇게 말하지는 못한다. 나는 그렇게 못한다. 나에게는 그게 어렵게 느껴진다. 나는 '그래, 그렇다면 그렇게 되어 보라지'라고 말할 수 없다. 아니, 나는 살고 싶다. 나는 무슨 일이 있어도 살고 싶다. 다시금 이 맹목적인 천편일률, '더 빨리', '더 많이'에 빠져들기 위해서가 아니라, 의미 있고 사람들에게 다가가는 삶을 살고 싶다.

…… 나는 오버하우젠에 있는 내 옛날 유치원 울타리에 서서, 아이노를 기다린다. 방사선과 의사가 CT를 한 번 더 살펴보자고 해서 그녀는 아직 병원에 있다. 첫 번째 판독 뒤에 그것이 종양일 가능성이 크다고 했다. 그리고 두 번째 종양을 발견했다. 하지만 간과 두개골은 괜찮단다. 확진하려면 천자穿刺*도 꼭 해야 한다.

나는 그 모든 걸 아주 쿨하게 받아들였다. 나에게는 오늘이 결

---

* 속이 빈 가는 침을 몸속에 찔러 넣어 체액을 뽑아내는 일.

산일이었던 것이다. 그 결과는 종양이다.

또다시 몇몇 사람들이 뭔가 다른 것일 수도 있다고 말하기는 한다. 당연히 나도 그랬으면 좋겠다. 죄다 아무 소용없다. 마법 지팡이 수천 개라도 내 위로 돌아다니게 할 수 있지만, 이제 내가 할 일은 사실들을 정리하고, 더는 허튼소리를 짜내지 않고, '오 하느님, 분명 아무 일 아닐 거예요'라거나 '오 하느님, 잘되길 바래요'라며 사방에 애걸복걸하지 않는 것이다. 아니다, 지금 저기에 증거가 있다. 저기 저 안에 달갑지 않은 동시대인이 살고 있다. 빌어먹을 놈이.

하지만 나는 운이 좋았다. 그놈이 내 기침 덕분에 우연히도 매우 일찍 발견되었다. 이 썩을 놈은 아마도 달리 계획을 짜 놓았을 거다. 그러니 저기 저 안에 있는 놈은 한마디로 재수에 옴 붙은 거다. 놈이 이제 속도를 낸다 한들, 충분히 일찍 발견되었기 때문이다. 이제 나는 놈이 있는 곳에다 바늘을 푹 찔러 넣게 할 것이고, 그러고 나면 모든 검사 결과를 다 모은 거다. 이제 병리학자에게 진두지휘를 맡기면, 그는 나에게 이건 악성이고, 이건 양성이고, 이건 염증이고, 이건 침전물이고, 이건 죽음이고, 뭐 그런 것들을 말해 줄 것이다. 만약 최종적으로 그게 썩을 놈이라는 사실을 알게 된다면, 나는 베를린으로 달려가, 주말에 집에서 내 팀원들과 전투 준비를 하고 무엇을 해야 할지 상의할 것이다. 그런 다음 월요일에는 첼렌도르프에 있는 병원으로 갈 거고, 거기에서 곧장 수술을 받을 것이다. 그놈은 밖으로 끌려 나올 것이다. 그러고 나면 앞으로 20년 동안 그 모든 것을 어떻게 꾸려 갈지 한번 볼까 한다. 그런 뒤에 뭔가가 또 나오면 또 제거할 것이다. 우리는 지금 그렇게 가정한다. 그리고 만약 우리가 한번 울부짖어야 한다면, 한번 그렇게 해야 한다.

…… 희한하게도 오늘 저녁에 나는 여전히 참으로 평온한 상태다. 의사들과 대화를 나누고 나서 아이노와 국수를 먹으러 갔

불안이 내려앉다.

다. 그녀는 작심하고서 말했다. "당신은 당신 아버지 같아, 접속법* 안에서 살지. '만약 …더라면 어떨까', '…일 수도 있어'. 이제 진짜 좀 그만둘 수 없나. 당신은 현재에 있어, 그리고 현실을 원하지, 그렇다면 반응을 해."

그 후로 머리가 맑아졌다. 나는 이제 그것을 알고 싶다. 안체가 딱 맞는 문장을 말했다. 불안이 내려앉았다. 그렇다, 내 불안이 내려앉았다. 나는 오늘 저녁에 내가 암에 걸렸다는 걸 전제로 삼을 것이다. 그것은 거의 안도감이나 다름없다. 이 불확실성 속에서, 게다가 온갖 상상들이 시작되면서, 지난 며칠 동안 나는 실성 직전이었다. 폐 안에 있는 진균을 막는 링거주사가 일으킨 환각도 한몫했다. 아이노의 팔을 베고 누워 눈을 감고 있다가 난데없

---

* '가정법'의 독일식 문법 용어

039

이 이미지들이 미친 듯이 뒤죽박죽되는 것을 보았다. 거기에는 어떤 기사의 성들이 있었고, 나는 아주 커다란 장식물들을 지나갔고, 그런 다음에는 홀연 아버지가 임종하시던 방에 있었다. 중간중간 나는 거듭해서 눈을 떴고, 아이노를 보았고, 이렇게 말했다. "그거 이상하네. 이게 도대체 뭐지? 이미지들이 있어. 그런데 내가 꿈을 꾸는 건 당연히 아니고. 당신이 여기 있잖아." 그러고 나서 나는 다시 눈을 감았고, 흉칙하게 생긴 얼굴을 보았고, 바로 그다음에는 너무나도 예쁘고 환히 빛나는 얼굴을 보았다. 이어서 나는 방들을 가로질러 날아가 네팔에 있는 것처럼 생긴 지붕들 위를 날아다녔고, 모든 것을 위에서 내려보았다. 그것은 내 앞에 있던 어떤 숲에서 끝났고, 배경에는 태양이 보였다. 그다음에는 숲이 움직였는데, 나는 그것이 물 밑에 있는 해초들임을 알아챘다. 그러니까 나는 물 밑에도 있었던 것이다. 환장하겠는 것은, 마지막에는 언제나 아주아주 밝아졌다는 사실이다. 이 모든 것은 완전히 깨어 있는 상태에서 그랬다. 그것은 사람을 아주 환장하게 만든다. 돌아 버리는 거다.

하지만 오늘은 불안이 내려앉았다. 이제 나는 상황이 어디로 향할지 대략 안다. 그놈이 밖으로 나오기를 바란다. 실제로 며칠 전에 예배당에서 경험했던 기분이 약간 든다. 그때 나는 말을 늘어놓았다. 달리 아무도 없었지만, 아주 나직하게 혼잣말을 했다. 어떻게 다시 인간관계를 맺을 수 있을지, 이제 그것이 삶의 구성 요소라는 걸 어떻게 이해할 수 있을지 물었다. 그러면서 내가 또다시 나 자신의 말에 귀를 기울여 버린 것에 용서를 구했다. 얼마 뒤 누군가가 내 목소리를 그냥 꺼 버렸다. 나는 완전히 조용해졌고, 위를 바라보았는데, 거기에는 십자가가 걸려 있었다. 그 순간 나는 따뜻하고, 멋지고, 아늑한 느낌을 받았다. 그러다 갑자기 내가 이렇게 말하는 누군가가 되었다. 그냥 주둥이 닥쳐, 조용히 해, 괜찮아, 괜찮다고.

내가 그토록 많은 일을 했고 다시 뒤집어 놓았으며 그토록 많은 모순된 생각을 하고 다른 사람들도 그러라고 부추겼다는 사실이, 내가 나 자신의 생각을 더 이상 신뢰하지 않는다는 사실이 눈에 들어온다. 나는 본래 생산 요인이다. 다른 사람들을 움직이게 만들고, 내 생각이 다른 사람들에게 먹히면 기뻐한다. 그런데 내가 문제가 되면, 그럴 때면, 나는 갑자기 나 자신의 청취자, 관찰자가 되고 만다. 내가 나 자신을 신뢰하지 않기 때문이다. 내가 더 이상 내가 생각하는 바를 실제로 믿을 수 없다는 사실을 내가 알고 있기 때문이다.

이것이 전체 사안에서 미치고 환장할 부분이고, 지금도 그렇다. 한편으로 너는 털고 일어나서 이렇게 말한다. 이제 이걸 해, 성공할 거야, 다 잘될 거야. 다른 한편으로 너는 이런 낙관주의를 믿지 않고 이렇게 생각하는 거지. 그래, 하지만 나중에는 고작 반밖에 숨을 못 쉬겠지, 섹스할 때 입에서 쌕쌕 소리가 나거나 뭐 그럴 테고, 더 이상 되는 일이 없을 거야, 죄다 엿 같아.

내일 일찍 검사를 속행해야 할 가능성이 크니 이제는 자러 갈란

부르심으로서의 종양

다. 그리고 만약 그런 다음에 수술을 받아야 한다면, 그전에 카를과 레오, 율리안을 회의록 책임자 삼아 〈성 요한나〉* 연출에 쓸 몇 가지 생각을 기록해 놓을 작정이다. 실현될 수 있는 구상이 내가 다시 가기 전에 자리잡게끔 말이다. 그리고 최종적인 검사 결과가 나오면, 극장장인 하름스 여사에게 전화를 걸어 이렇게 말할 작정이다. 내가 팀원들에게 아주 많은 아이디어를 이야기해 놓았다고, 그들이 잘 알고 있고 전부 다 준비할 거라고, 내가 지금 잠깐 격리에 들어갔다가 돌아올 거고, 나도 아직 잘 모르는 상황이라고, 하지만 나는 노력할 테고, 다 잘될 거라고.

그러고 나서 나는 복귀할 테고, 만약 상황이 그다지 좋지 못하면, 만약 내가 더 쇠약해진다면, 까짓거 하루에 한 시간만 연습 공연에 갈 것이다. 나는 그저 약간만 소리를 지르거나 확성기에 대고 속삭일 테고, 그걸 글로 적어서 실행에 옮기라고 하면 된다. 그렇게 우리는 이 오페라 공연을 만들 것이고, 그러면 그게 구원에 대한 내 몫의 기여이다. 정화淨化나 오염, 부르심으로서의 종양이라는 의미에서의 구원.

---

* 독일의 작곡가이자 음악교육학자, 피아니스트인 발터 브라운펠스Walter Braunfels(1882 ~1964)가 작곡한 오페라 〈잔 다르크-성 요한나의 삶의 장면들Jeanne d'Arc – Szenen aus dem Leben der Heiligen Johanna〉을 약칭한 것이다.

1월 17일, 목요일

오늘은 목요일이다. 오버하우젠에서 하려던 천자 검사가 취소되었다. 10시에 소식이 왔는데, 바우어 박사가 친절하게도 베를린에서 전화를 걸어 여기서 무슨 일이 벌어지고 있는지 문의했단다. 그러니까 이제 인계 준비가 되었다. 여기 오버하우젠의 봐일란트 박사는 바우어 박사가 아주 호감형이고, 정말로 관심이 있으며, 신神처럼 굴지는 않을 거라는 등등의 말을 한다. 당장 검사 결과를 받아서 베를린에 가져가라고.

오늘 오후에 우리는 비행기를 탄다. 레오가 우리를 데리러 올 것이다. 그런 뒤에 집으로 가서 임케와 율리안을 만난다. 우리는 모든 것에 관해 한참 떠들 테고, 아마도 피자를 먹으러 갈 것이다. 내일 아침 9시에 나는 첼렌도르프에 있는 비서실에 앉아 있을 테고, 바우어 박사가 검사지를 살펴보고, 어쩌면 내일 바로 천자 검사를 할지도 모른다. 그렇다, 상황은 이래 보인다. 사실 좋은 일이다. 밤에 아이노 곁에서 잤던 것도 정말 좋았다.

오늘 아침에 나는 또다시 잠시 슬퍼지기도 했다. 감당 불능과 모종의 냉정함 또는 대범함 사이를 오간다. 이제 우리는 채비를 좀 하고, 아침으로 뭘 좀 먹고, 그런 다음 병원에 있는 것들을 가

저와서 베를린으로 날아갈 것이다. 그렇다, 지금으로서는 이래 보
인다.

1월 18일, 금요일

어제 오버하우젠에서 어머니와 나눈 작별은 이상했다. 그 상황이 어머니를 얼마나 흥분시키는지, 어머니가 얼마나 이 모든 걸 인정하지 않으시려는지 알아챌 수 있었다. 어머니는 정신 나간 여자처럼 케이크를 입에 욱여넣으셨다. 사실 아주 귀여운 모습이지만, 절망적으로 정상을 유지하려고 애쓰시는 모습이었다.

한번 생각해 보라. 모두들 울고 있고, 계속해서 한 사람을 빙 둘러싸고 서 있다고 말이다. 가여운 크리스토프 따위의 말을 하면서. 그러다가 누군가가 '자, 나는 이제 텔레비전이나 보러 간다'고 하면, 그는 나에게는 더 이상 주어지지 않은 정상성으로 되돌아가는 셈이다.

나는 아버지 때 이런 과정을 경험했다. 아버지는 저기 당신 침대에 누워 계셨고, 손을 잡는다거나 바라본다든가, 우리의 관심을 받으셨지만, 어느샌가 다들 가 버렸다. 계속 그렇게 견디고 있을 수는 없었기 때문이다. 더는 정상적인 삶에 참여할 수 없는 누군가의 곁에 줄곧 앉아 있기란 불가능하다. 거기에는 구원받은 자와 구원받지 못한 자 사이의, 그러니까 죽어 가는 자와 다른 사람들,

즉 건강한 사람들 사이의 불균형이 존재한다고 생각한다. 건강한 사람들은 아직 자기가 자신을 구원할 수 있을 거라고 믿지만, 그럴 만한 실마리를 잃어버리고, 구원을 위한 실마리를 찾으리라는 희망을 품고서 무턱대고 밧줄이나 끈이나 아무 물건이나 움켜쥔다. 그러나 이미 반쯤 죽은 채로 널브러져 있는 사람은 진짜 구원에 너무나도 가까워져서 미혹 속을 헤매고, 구원의 세속적인 모상模像을 믿는 사람은 그걸 견뎌 내지 못한다. 그건 당최 서로 맞지가 않는다.

어쩌면 내가 그 모든 것을 너무 제멋대로 곡해하는지도 모르겠다. 내가 때로 아주 외롭다고 느낀다는 사실을 부정할 길이 없어서 말이다. 나는 벽난로에 불을 지피고 모차르트를 듣는다. 당연히 〈레퀴엠〉이다. 아이노는 오늘 아침에 다시 공연 연습에 갔다. 나는 새 병원으로 가는 길이 약간 단두대로 가는 길 같다. 그렇지 뭐, 그렇다면 그녀가 같이 가지 않는 게 맞지. 그녀는 공연 연습에 가는 거다. 그녀도 분명 정상성이 필요하겠지.

…… 아무튼 어제는 오버하우젠에서 출발하는 날이었다. 우리는 4시 반에 베를린에 착륙했고, 레오가 아이노와 나를 픽업해서 집까지 태워다 주었다. 거기에서는 율리안과 임케가 기다리고 있었는데, 그게 참 좋았다. 멋진 팀이다. 우리는 내가 수술을 받아야 한다면 지금 당면한 일이 무엇인지, 무엇을 처리해야 하는지 상의했다.

그러고 나서 우리는 다 같이 피자를 먹으러 갔다. 원래는 아주 좋은 일인데, 식당으로 가는 길에 불현듯 이것도 끝이라는 생각이 들었다. 꼭 끝났다는 생각은 아니더라도, 내가 더는 누릴 수 없는 풍경을 가로지르고 있다는 생각. 내가 나의 사람들과 다시는 홀가분하게 계획을 세우고 재미있게 지낼 수 없을지도 모른다는 생각. 그런 생각들이 찾아든다. 그러면 갑자기 이놈의 울음이 터져 나온다. 자기연민의 울음이 아니라, 믿기지 않도록 슬픈 울음, 이 모든 게 언제나 이렇지는 않으리라는, 그것이 지나가 버린다는 예감이 드는, 그런 비애의 울음. 게다가 나는 사는 걸 이리도 좋아하지 않는가.

어쩌면 내가 제대로 살지 않았는지도 모르겠다. 분망함이나 들입다 퍼뜨렸는지도. 나도 호강스러워졌으면서. 어쨌거나 나는 내가 아주 호강스러워졌다고 생각했다. 맛난 것만 먹어 댔고, 술 마시기를 즐겼고, 늘어지게 자는 것도 좋아했다. 나는 세계를 종횡무진 누비고 다녔다. 많고 많은 일을 맘껏 할 수 있었다. 본래는 감사할 수도 있었을 텐데. 그러고 나서는 하릴없이 앉아 있고, 슬퍼진다. 그냥 다시 걱정 없이 살 수 있기를 바라기 때문이다. 지금 이것이 함께하는 마지막 식사가 아닐까 따위의 생각을 하고 싶지 않다. 그런 생각을 할 필요가 없다면, 그러면 좋을 텐데.

…… 방금 다시 한 번 예수가 최후의 만찬 때 자신이 곧 배신당하리라는 사실을 알지 못했을 거라고 생각했다. 언젠가 그런 일이

일어나리라는 건 알고 있었지만, 정확한 시점은 알지 못했다. 그날짜와 시간과 분을 알지 못하는 것, 그것은 원래 좋은 일이다. 그것이야말로 삶이 열려 있다는 증거 아닌가. 그럼에도 인간은 기어이 그 날짜를, 가능한 한 분초 단위까지 정확히 알고 싶어 한다. 자기가 언제 죽을지 알게 되면, 더 이상 그 이전 시간을 즐기지 못하게 될지라도 말이다. 누군가에게 죽음의 시간이 분 단위까지 정확히 미리 계산되어 있다면, 그건 아마도 그 사람에게 일어날 수 있는 최악의 일일 것이다. 설사 그 일이 50년 뒤에나 있을 일이라 하더라도, 그걸 알게 된 순간부터 초읽기를 하게 될 테고, 더 이상 삶에 열려 있지 못하게 될 테니까. 그것은 극단적인 부자유일 것이다.

언제쯤인가 우리는 헤어졌고, 나는 집으로 돌아왔다. 아이노는 공연 연습에서 돌아왔고, 너무 피곤해서 빨리 잠자리에 들었다. 나는 그 곁에 가 누웠고, 그것은 낙원 같았다. 정말 모든 게 낙원 같을 수 있을 텐데.

…… 오늘 아침은 아주 순조로웠다. 나는 산더미 같은 이메일을 싹 다 처리했고, 천자 검사 전에 후딱 만약의 경우에 대비한 메모도 적어 놓았다.

몇 가지 일은 명확히 해 놓아야만 한다. 나는 어머니가 생을 마감하실 때까지 잘 부양받으시고 수입으로 들어오는 돈을 죄다 펑펑 쓰시게 하고 싶다. 나의 또 한 가지 바람은, 내 영화들이 나중에라도 언제든 볼 수 있게 유지되는 것이다. 나는 요즘, 47년 동안 무슨 일이 일어났는지, 그 친구가 살면서 뭘 했는지를 사람들이 볼 수 있도록, 내 인터넷 사이트가 더 체계화되기를 바란다. 현재로서는 도통 갈피가 잡히지 않는다. 연도별로 정리되어 사람들이 내 작품들을 시간 순서대로 볼 수 있으면 좋겠다. 연도를 선택하면, 프로젝트 부문으로 들어가고, 그런 다음에는 텔레비전, 연극, 오페라 등등의 부문으로 들어가게끔. 지금처럼 뒤죽박죽이 아니라. 사람들이 저 해에는 이 일과 저 일이 있었다는 걸 볼 수 있기를 바란다. 그게 다이다.

그리고 만약 나중에 내 작품들을 팔아서 얼마간 돈이 들어온다면, 모든 것을 좀 정리하기 위해서, 내 작업을 명확하게 만들기 위해서, 여기 내 사무실을 2,3년간 더 운영할 수 있었으면 좋겠다.

나에게는 그런 유산이 중요하다. 물론 나는 지금 '나는 더 이상 깨어나지 않을 거야'라고 말하는 사람처럼 생각한다. 나는 다시 깨어날 것이다. 그러면 내 삶의 사건들이 서로 연관되어 있다는 걸, 내 작업들이 서로 관계를 맺고 끊임없이 변형되었다는 걸 볼 수 있기를 바란다. 맑은 시선으로 되돌아봄으로써 앞도 더 잘 볼 수 있게 되길. 내 뒤로 프로젝트들만 우글거린다면, '자, 저리로 가는 거야'라고 말하기 어렵다. 나는 지금 내 뒤에 청소된 가게가 필요하다. 그것이 임상적인 무균상태일 필요는 없지만, 방향은 제시해 줘야 한다.

…… 나에게는 무엇보다도 내가 사람들의 마음을 움직이게 만드는 동인動因들이 무엇인지 알고픈 욕구가 있다. 마지막에 가서 멀뚱히 서서 '나는 스스로 끝내준다고 느꼈고 제법 많은 헛짓거리를 했지. 그 이상은 아냐'라고 말하고 싶지 않다. 오로지 자기 자신만 내세우고 '난 너희들과는 다르게 세상을 보니까 너희들한테 할 얘기가 좀 있어'라고 통고하는 고고한 예술가 주둥이고 싶지 않다. 그게 아니다. 나는 세상에 있는 게 좋다. 나는 세상에 머물고 싶다. 나는 세상에서 일하고 싶다.

**나는 세상에 있는 게 좋다.
나는 세상에서
일하고 싶다.**

어쩌면 나는 사회와 더 강하게 관계를 맺는 일을 해야만 할지도 모르겠다. 그게 언제든, 마지막에는, 내 작업에 사회적인 사유가 담겨 있다고 자신할 수 있기를 바란다. 내 프로젝트들이, 왜 여러 시스템은 강제를 필요로 하고 다른 시스템은 그렇지 않은가, 어떻게 이 기이한 강제들이 작동하는가, 그리고 무엇보다도, 왜 몇몇 사람은 이러한 시스템에 나타나지 않는가, 이런 의문들을 파고들었다고 말이다.

아프리카에 축제 공연 극장을 짓는 아이디어도 그 때문이다. 나는 다른 가치들이 창출될 수 있는 무언가를 짓고 싶다. 돈 찍어 내는 기계와는 멀리 떨어져 있는 사람들과 함께. 한 마을에 교회 하나, 학교 하나, 진료소 하나, 연습 무대를 갖춘 극장 하나를 짓는 상상을 해 본다. 무엇보다도 연습 무대가 중요하다. 그러면 인근 지역 사람들이 그리로 와서, 이야기를 들려주고, 각자의 생각을 이야기하고, 자신들에게 뭔가 의미 있는 물건들을 가져오고, 책을 낭독하고, 뭐 그러겠지. 어쩌면 독일 배우들이 방문해서 지도해 줄 수도 있겠다. 아무튼 우리는 함께 떠들고 놀다가 그걸 모조리 무대에 올릴 거다. 그러면 그것은 일종의 변형 상자가 될 것이다. 나는 다양한 문화의 이미지와 텍스트가 이렇게 오버랩되는 것이 시스템에 새로운 가치들을 생산해 내기를 열망한다. 그런 다음 그 결과를 여기 독일에서 보여 주고, 말하자면 옮겨 심는 거다. 아프리카에서 온 걸 누군가가 여기에서 보여 주면 이러한 오버랩의 가치가 생겨날지도 모른다. 더 깊이 생각해 봐야 한다.

…… 오늘 정오에 병원에서 내과의사인 바우어 박사를 만났다. 아주 솔직하고 명민한 느낌을 주는 사람이다. 그는 일단 서류들을 차분히 살펴보았다. 그리고 말하기를, 저기서 발견된 이 수상한 림프샘은 내 폐암에 어울리지 않는단다. 뭔가 다른 것임이 틀림없단다. 그러면서 무척이나 아름답게 울리는 문장 하나를 말했다. 그건 자기가 보기에는 제거하고 치료할 수 있는 암이라고. 그는 정말로 내 암이 치료될 수 있다고 말했다. 병적 행복감 상태가 되고 싶진 않지만, 그건 너무나도 멋진 문장이다. 놈이 총을 발사하기도 전에 검거되었음을 의미할 테니 말이다.

이어서 천자 검사가 시행되었다. 피부를 마취시키고서 원통 안에 들어가 있으면, 의사가 기다란 주삿바늘을 몸속에 찔러 넣는다. 뾰족한 물건이 내 몸속으로 들어가고 내가 그 모든 것을 모니터에서 볼 수 있다는 점이 흥미로웠다.

이 병리학자의 소견은 아마도 다음주에나 나올 것이다. 그것은 나를 다시 절망하게 만들었다. '아하, 저 사람들이 아주 많은 암세포를 발견했구나, 지금 그들은 단지 그게 어떤 것인지 알려고 하는 것뿐이고'라는 생각이 들었기 때문이다. 그래서 채혈하는 동안 수석 의사를 약간 물고 늘어졌다. 그는 매우 친절했고, 나를 진정시켰다. 정말로 아직은 모든 게 분명치 않다고, 그래서 좀 더 정확히 확인해 봐야 한다고. 심지어 명확한 게 아무것도 발견되지 않을 수도 있단다. 무엇인가를 인식할 수 있는 지표가 아예 발견되지 않는 경우도 있다고 한다. 하지만 어떤 경우든 간에 그놈을 끄집어내라고 나한테 권할 거란다. "그게 밖으로 나오는 걸 한번 보세요." 밖으로 끄집어내면 그게 악성인지 정확히 검사할 수 있다고 한다.

그 대화는 나에게 좋게 작용했다. 의사들도 불확실하다고 하는 말은 분명 그럴 법하다. 세포들을 손에 넣어도 그게 어떤 종류의 세포인지는 정확히 알 수 없다는 것 말이다. 아무튼 다음주에 수술을 받게 된다는 전제는 확고하다. 카이저라는 교수가 수술을 집도한다. 분명 최고 권위자일 것이다. 최고의 폐 전문의라고 한다. 만약 수술 과정에서 그게 암이 아니라는 것을 확인하면, 폐를 조금만 잘라 내도 될 것이다. 만약에 그게 암이라면, 폐엽肺葉 하나를 적출할 테고, 그걸로 끝이다.

이것이 오늘의 경과 보고다. 사실 나쁘지 않다. 지금도 불길이 여전히 장난질 치고 있다. 10시 15분 전이고, 나는 곧 자러 갈 거다. 모든 게 꽤 힘들다.

1월 19일, 토요일

오늘 아침에 아침거리로 뭘 좀 사 오려고 외출했는데, 갑자기 가슴을 찌르는 듯한 통증을 느꼈다. 아마도 어제 받은 천자 검사 탓이리라. 그러나 그것은 좋은 경험이었다. 그 덕분에 비로소 내가 얼마나 천천히 걷고 있는지, 얼마나 조심스럽게 걷고 있는지 깨달았으니까. 이 순간에는 내 옆의 누군가가 더 빨리 걷건 말건 전혀 상관이 없다. 오로지 내가 너무 빨리 걷지 않도록 조심해야 한다는 사실만이 중요하다. 이 조심스럽고 느린 걸음은 내가 얼마나 나 자신의 유지에 유념하는지를 보여 주었다. 이 작은 통증쇼가 나에게 그것을 말해 준다. '크리스토프, 너 자신을 돌봐! 이제 헛짓하지 말고!'

수술 후에도 아마 그럴 것이다. 내가 깨어난다면, 나는 숨 쉬는 게 달라져 있을 것이다. 그러면 예전처럼 계단을 쏜살같이 올라가서는 안 되고, 엘리베이터도 좀 타야 하고, 대화할 때 곧장 소리를 질러대도 안 되고, 나를 보호하기 위해 차분히 있으려고 자제해야 한다. 자신을 보호해야 한다는 이 느낌이 중요하다. 이로써 이제 정말로 나 자신이 중요하다는 사실이 명확해졌다.

······ 지금 나는 소파에 앉아서 〈성 요한나〉 연출을 약간 손보려고 하고 있다. 며칠 전 오버하우젠에서 오를레앙의 요한나라는 인물에게서 그 어떤 심연을 얻어낼 수 있으리라 생각했다. 그녀

> 당신은 스스로 있는 자이기는 하지만 우리에게 당신은 아무것도 아니다.

는 부르심으로부터 자신의 힘을 끌어내는 여자이며, '나는 내 생각의 근거를 발견했다. 비록 내가 나 자신을 믿지 못할지라도, 그렇게 말하도록 허락하는 무엇인가가 내 안에 있다'라고 말하는 여자라고 생각했다. 그녀가 올바른 이미지를, 의미 있게 살아가고 있다는, 사명을 띠고 있다는, 무엇인가를 성취할 수 있다는 것을 자신에게 느끼게 해 주는 이미지를 찾고 있다고 생각했다. 나는 발터 브라운펠스의 이 오페라에서 우리가 우리 자신의 자율성에서만 발견할 수 있는 자유를 특정 종교가 우리에게 가능하게 해 준다는 어리석은 믿음이 문제가 된다고 믿었다.

"나는 스스로 있는 자이니라."[출애굽기 제3장] 이것은 본래 하느님의 멋진 문장이 아닌가. 이걸 예수님이나 인간이 말하면, 이 문장은 모든 자유를 내포하는 동시에 극히 자유롭지 못하다. 왜냐하면 이 문장을 발언하는 사람은 당연히 오직 자신하고만 관계를 맺을 수 있고, 궁극적으로 이로써 모든 것을 파악할 수 있지만, 또한 절대적인 무無 안에서 몰락할 수도 있기 때문이다. 만약 우리가 '당신은 스스로 있는 자이기는 하지만 우리에게 당신은 아무것도 아

니다'라고 말한다면, 우리는 그를 더 이상 인식할 수 없게 된다. 그것은 진정한 악몽이다. 그리고 나는 그것이 바로 요한나라는 여자가 겪고 있는 일이라고 생각했다.

지금으로서는 그저 이렇게 생각할 뿐이다. '맙소사, 뭐 저런 건방진 헛소리가 다 있어.' 아마도 나는 간단히 현수막으로 작업해야 할 듯하다. 거기에는 이렇게 쓰여 있을 거다. '저 여자가 또다시 자기한테 귀를 기울이는 거야?' 아니면, '도대체 저 여자는 뭐가 문제야?' '이제 오버 좀 그만해! 내려와, 아줌마!'라고 적힌 현수막을 펼쳐 내리는 것도 나쁘지 않을 법하다. '다시 좀 내려와봐, 아줌마!' 그것은 정말로 화형장 장작더미에 어울리는 멋진 자막일 듯하다. 그리고 가수들은 컴퓨터 단층촬영기 안에 누워 있고, 그들 뒤에서는 버섯들이 무성히 자라나고, '내려와! 입 닥쳐! 다시 정신 좀 차려!'라는 짤막한 문구들이 번쩍거린다.

…… 오늘 아침에 아이노는 다시 공연 연습에 갔다. 나는 그녀에게 나한테 아직 정상성의 불꽃이 남아 있는 마지막 날들이니 집에 있어 달라고 다시 부탁했다. 나는 이 말이 옳지 않다는 걸 분명히 알고 있지만, 적어도 마치 모든 것이 정상인 양 행동할 수는 있지 않은가.

그러나 그녀는 공연 연습에 간다. 나는 모든 게 이해가 가지 않는다. 물론 아이노는 노력하고 있고, 미친 듯이 누비고 다니며 그 모든 것을 해내려고 한다. 나라도 그렇게 반응했을 거다. '그래,

자기야, 사랑해, 하지만 이제 도이체 오퍼에 가야만 해. 우린 오늘 기술 설비를 하거든. 4시에 다시 돌아올게.' 그건 분명 그렇다. 어머니가 쭈그려 앉아서 초로 윤을 내지 않고 비넨슈티히〔아몬드 토핑에 버터크림으로 채워진 케이크〕를 드신다면, 그건 분명 이런 형태의 사실주의이다. 아니면 아이노가 연습 공연에 간다고 말한다면⋯ 아, 나도 모르겠다. 나는 그저 내가 지금 여기 다시 혼자 눌러앉아 있는 것에 실망한 거다. 하지만 아이노도 사랑하는 마음에서 그러는 거다. 그녀도 지금 삶이 정상성의 불꽃을 간직하기를 원하는 거다. 그녀는 대체 어디서 힘을 얻겠는가? 알약이나 하나 까먹고 그냥 내리 잤으면 제일 좋겠다. 그러고 나니 다시 저기 당신 침대에 누워서 때때로 아주 큰 소리로 우리를 불러 대던 아버지가 떠오른다. 그것은 당연히, 당신은 거기 누워 있는데 우리는 부엌에서 맛있게 먹으며 심지어 웃기까지 하는 데에 대한 질투였다. 나도 지금 질투가 난다. 그럼에도 불구하고 그 누구에게도 24시간 희생해 가며 옆에 누워 있으라고 요구할 수는 없다. 그것은 쓸데없는 헛치레다. 그건 될 일도 아니고, 얻는 것도 없다. 어차피 함께 괴로워하기는 안 될 노릇이고, 함께 두려워하기나 혹시 가능할까. 나는 물론 지금 전쟁놀이를 할 수도 있고, 이렇게 말할 수도 있다. '그래, 이 친구들아, 나는 계속 전진해야만 하네, 다음 전선이 부르고 있어.' 그러고는 외다리로 계속 껑충껑충 뛰어가겠지. 상관없다, 여기에 최종 승리가 걸려 있으니까.

그 모든 것이 나에게는 결별처럼 여겨진다. 정상성과의 결별.

정상적이란, 서로 얼굴을 보고, 함께 일어나고, 아침을 먹고, 그런 뒤에는 작별하기도 하는 관계인 것이다. '안녕, 나중에 봐, 다시 만나.' 이제는 그게 더 이상 안 되는 거다. 이러한 정상성은 손상되었고, 나를 떠나가 버렸다.

아, 빌어먹을, 죄다 엿 같아. 끝도 없는 엿 같아.

1월 20일, 일요일

　　　　　나에게는 두 가지 가능성이 있다. 한편으로는 완전히 도망쳐 버리고 이렇게 말해야만 한다. '그게 자라날 거래, 그건 지금 내 안에 있어, 그것도 포함인 거지.' 다른 방법은 이렇다. '아냐, 제발, 제발, 링거 한 번만 더', 그러고는 조금 토하고, 그런 뒤에는 다시 또 여기 한 조각 떼어 내고 저기 한 조각 떼어 내고. 그러면 나는 공격적으로 되겠지. 왜냐하면 달아날 수가 없으니까, 무엇보다도 나 자신에게서 달아날 수가 없으니까, 내가 나를 가둬 넣고, '조금 더 있다가 깨어날게, 그러면 모든 게 다시 좋아질 거야'라고 말할 수는 없으니까.

　나는 여전히 많은 일을 하고 싶다. 문제는, 그렇다면 내가 산소 호흡기를 달고서 그렇게 해야 한다는 거다. 아니면 무슨 삽관을 하거나 배에 웬 똥주머니를 차고서나 뭐 그렇게. 나야 말하고 싶지, '상관없어, 그러면 뭐 아마도 똥이 저 아래에서 흘러들어오겠지만, 너는 적어도 여기 위에서 바다를 바라보거나 뭐 그럴 수 있잖아'라고.

　하지만 나를 들어 올릴 지렛대를 못 찾겠다. 브라질 마나우스에서처럼 행복한 순간들을 못 찾겠다. 그때 우리는 수십 명의 사람과, 합창단과 가수들, 오케스트라와 함께 온종일 보트를 타고 돌아다녔다. 그러다가 비가 내리기 시작했고, 더웠고, 사방에 횃불과 음악이 깔렸다. 나는 녹초가 될 때까지 소리를 질러 댔다. 나중에는 접이식 플라스틱 의자에 앉아서 아마존의 강둑을 바라보았고, 멀리서는 밝은 빛이 불타오르고 있었다. 그러자 완전히 나른해졌고, 어쩐 일인지 몰라도 아버지도 거기 계셨다. 모든 것이 따듯했으며, 나는 열기와 습기에 녹아내렸다. 그러한 체험은 실로 불가해하며, 나에게는 신성하다.

하지만 내가 행복을 허락하지 않았던 순간도 당연히 많았다. 47년 동안 나는 정말로 많은 일을 했고, 많은 사람을 사귀었으며, 많은 것을 경험했다. 나에게는 사랑하는 친구들이 있었다. 나는 생각을 해도 되었고, 많은 생각을, 많은 행복한 일들을 선사 받았다. 나는 또한 형편없는 짓도 많이 저질렀고, 분명히 종종 잘못 행동하기도 했다. 가장 나쁜 것은, 내가 좋은 순간, 중요한 순간들을 종종 제대로 즐기지 못했고, 지금 이것이 얼마나 행복한 것인지를 알지 못했다는 사실이다.

나는 이제 지칠 대로 지쳤다. 2,3일 전부터는 내가 무릎을 꿇는다는 느낌이 든다. 더 이상 아무런 의욕이 없다.

＊ 쉴링엔지프는 2007년 브라질 마나우스에서 바그너의 오페라 〈방황하는 네덜란드인〉을 연출했다.

무너지고 있는 자기 자신을 이해하기란… 무너지게 내맡기기란 어렵다.

1월 21일, 월요일

나의 문제는, 내가 내 작업들을 통해서 무엇을 했는지, 무엇이 한평생 나를 몰아갔는지를 정확하게 표현하지 못한다는 점이다. 나는 유령들이 떼를 지어 날아올 때 가장 기분이 좋았다. 유령들은 내 프로젝트를 방해하거나 더 높은 영역으로 끌어 올렸다. 그러면 나는 물론 그냥 같이 날아다녔다. 그것은 설명할 수가 없다. 사람들에게 무슨 이야기를 해야 할지 모르겠다. 나 자신에게 무슨 이야기를 해야 할지도 모르겠다. 그러나 내가 왜 미친놈처럼 이것저것 생각해 냈는지 그 계기는 알고 있어야 하지 않겠는가. 지금까지 나는 마음대로 천방지축 생각을 펼쳐 놓을 수 있었다. 하지만 이제는 내가 왜 그렇게 이상한 생각을 즐겼는지 알아야겠다. 그리고 '너는 이제 더 이상 그렇게 미친 생각을 할 수 없어, 이제 드디어 미친 생각도 끝이야'라는 말을 듣는다면, 그것이 무엇을 의미하는지 알아야겠다. 그렇다면 나는 도대체 뭘 더 생각하란 말이지?

마침 얼마 전에 읽었던 뭔가 멋진 게 생각난다. 내 생각에, 그건 지금 내가 몰두하고 있는 질문들과 아주 잘 맞아떨어진다. 그 문장들은 멕시코 작가인 살바도르 엘리존도의 《파라뵈프 혹은 순간의 연대기Farabeuf oder die Chronik eines Augenblicks》라는 책에 나온다. "우리가 혹시 거짓은 아닐까? 우리가 혹시 영화는 아닐까, 눈 깜박할 순간도 채 안 되는 영화? 우리가 어느 미친 사람의 생각은 아닐까? 우리가 오자誤字는 아닐까? 우리가 혹시 우연은 아닐까, 아직은 현실이 아닌, 아직은 시간 속에 거의 반영되어 있지 않은 우연? 우리가 예감은 아닐까? 아직 일어나지 않은 미래의 사실이 아닐까? 그럼 우리가 어느 비 오는 오후에 빗발 내리치는 창문 유리창에 써 놓은 이해할 수 없는 글자는 아닐까? 이미 오래전에 잊혀진 어떤 일에 대한 이미 오래전에 잊혀진 기억은 아닐까? 우리가 흑마술 형태로 주문을 외워 불러낸 존재와 사물은 아닐까? 우리는 잊혀진 그 무엇은 아닐까? 우리가 혹시 단어들의 누적은 아닐까? 아무도 귀담아듣지 않는 증거는 아닐까? 우리가 판독하기 어려운 글자로 전승된 사건은 아닐까? 사랑하는 이들이 서로를 발견하는 순간에 그들 앞에 얼핏 떠오르는 무의식적인 이미지는 아닐까? 그들이 서로를 소유하는 순간에? 그들이 죽는 순간에? 우리가 은밀한 생각은 아닐까?"

이제 이것이 최종적인 진단 전의 마지막 진단이다. 나는 삶이 계속된다는 가능성에 대한 믿음이 필요하다. 나는 지켜야 할 무엇인가가 있다. 나는 요즘 의심이 많다. 내 신앙에 대해서도 그렇다. 그리고 나를 위협하는 악령으로부터 도망치다가 내 수호성자를 차로 칠까 봐 겁난다. 성 미카엘이거나 뭐 그런 누군가가 안개 낀 밤거리에서 내 차 앞에 뛰어드는 게 불가능한 일은 아니지 않

요한나가 자신의 깃발을
들고 행진한다.
내 몸을 가로질러.

는가. 물론 그런 이미지를 말하는 것이다. 다시 말하자면, 나는 승리할 각오로 길을 나선다. 나는 승리할 수 있다. 나는 힘이 있다. 그리고 성공하지 못할까 봐 등골이 오싹해진 채 밤을 뚫고 달리다가 사실은 내가 한배에 태웠어야 했을 사람들을 치어 버린다.

하지만 십자가를 바라보고 나를 바치고 무너지게 내맡기는 커다란 평화도 있다. 그리고 요한나는 이따금 자신의 깃발을 들고 내 몸을 가로질러 행진한다.

1월 22일, 화요일

내가 언제 그런 날을 경험한 적이 있는지 모르겠다. 아마 없을 거다. 정확히는 모르겠다. 아마도 한 번, 어릴 적에 있었던 듯하다. 그때 나는 열한 살이었고, 농부인 메베스의 밭에서 통을 하나 발견했는데, 그 안에 비둘기 한 마리가 앉아 있었다. 내가 그걸 건드리자, 커다랗게 쾅 하는 소리가 나더니, 비둘기가 날아올라 옆으로 빠져나갔다. 그리고 내 팔은 거의 이 쇠틀 속에 빠져서 으스러질 뻔했다.

그건 매덫이었다. 매가 비둘기를 발견하고 내려오면, 장치가 쾅 닫히고, 비둘기는 밖으로 날아가고, 매는 잡히는 거다.

바우어 박사가 오늘 우리를 자기 방으로 데려가더니 곧장 본론으로 들어갔다. 그는 우리에게 뭔가 다른 말을 해 주고 싶은데, 검사 결과가 완전히 엿 같다고 했다.

그것은 샘암종이다. 즉각 적출되어야만 한다. 이제 가혹한 시간이 나에게 다가올 것 같다. 지독히도 가혹한 시간이. 그것은 쉽지 않은 길이 될 것이다. 수술, 화학요법, 그리고 방사선치료, 아니면 우선은 화학요법만, 그다음에는 수술, 그런 뒤에는 방사선치료, 그리고 나서는 다시 한 번 방사선치료… 아니면 화학요법. 박사는 아이노에게 나중에 분명히 힘이 더 필요해질 테니 우선은 병원이 아니라 집에서 밤을 보내라고 했다.

나는 사실 낮 동안에는 사태를 완전히 이해하지 못했다. 대성통곡을 하고, 연신 전화 통화를 하고, 많이 떠들어 대기는 했지만, 이게 지금 뭔지, 지금 무슨 일이 벌어지고 있는 건지, 이해하지 못했다. 내가 지금 무엇 때문에 벌을 받게 되는 건가? 왜 모든 게 무너져 내리는 거지? 정상성 전체가 무너져 내린다. 빌어먹을 빵 쪼가리 하나 스스로 챙기는 것도 갑자기 더 이상 불가능하다. 그리고 만약 내가 겨우 잠깐밖에 못 산다면? 고작 호스줄이랑 화학요법이랑 또 뭔가에 의지해서밖에?

오늘은 스스로 목숨을 끊는 것도 한번 생각해 보았다. 그냥 확 사라져 버릴까 생각했다. 아프리카로 날아가, 모르핀을 구해서, 어딘가에 몸을 앉히고, 풍경을 바라보다가. 때마침 코브라 한 마리가 지나갈지도 모르지, 그러면 잠깐 물리게 두고, 질식해서 죽는 거다.

나는 그게 이해가 가질 않는다! 나는 경악했다! 나의 자유는 사라져 버렸다. 나는 내 자유를 강탈당했다. 그런데도 나는 수호천사가 나를 보호해 줄 거라고 착각하고 있었다. 그들은 종종 그러기도 했다. '수호천사들아, 너희들이 내 말을 듣는다면, 너희들은 여기 있는 거잖아. 제발 행복한 결말이 되도록 만들어 주렴. 더 이상 뱃속에 암이 없게, 제발. 제발 없게! 그들이 가슴에 있는 종양을, 거기 그놈을 박멸해 버리게 해 주렴. 나에게 기회를 더 줘. 나는 아직 좀 더 살고 싶다고. 내 삶이 그렇게 엉터리인가? 정말 그래야만 하는 거야? 나에게는 멋진 여인이 있어. 우리에게는 이제 끝내주는 집이 있고. 우리에게는 함께 일하는 좋은 사람들이 있어.

> 내가 대체 누구랑 말을 하고 있는 거지? 너는 정작 아무 말도 하지 않는데.

지금 처리되기를 기다리고 있을지 모르는 것들이 많다고. 나는 아프리카에 극장을 짓겠다는 맹세와 함께 심지어 의미 있는 아이디어를 발견했다는 환상까지 있었어. 내가 이제부터 목표로 삼아 노력할 수도 있을 무언가를 말이야.'

왜 그 모든 것이 망가져 버렸을까? 왜? 내가 도대체 누구랑 말하고 있는 거지? 당신은 정작 아무 말도 하지 않는데. 이제 모든 것이 확 쪼그라들고, 쉴링엔지프 일가 전체가 절멸했다. 그전에 이미 4등분 되어 구워졌다. 누구 짓이지, 어디 말씀해 보시지? 누구 짓이지? 그게 누구일까? 나는 너무너무 실망했고, 슬프다. 예수님과 하느님께 다가가려 했던 추동력이 사라져 버렸다. 상황이 아주 엿 같아지면 혹시 모르지, 다시 돌아올지도. 하지만 그것도 나는 아주, 아주 유감이라고 생각한다.

나는 몇 가지 일들을 더 시도해 볼 작정이었다. 그런데 이제, 마흔일곱 살. 아, 그대 성자들과 그대, 모르겠다, 그대 혼령들이여. 나는 이제 치유되었다. 그대들은 다른 곳으로 옮겨 가도 될 듯한데… 계속… 계속… 계속….

1월 23일, 수요일

오늘은 검사가 속행되었다. 복부초음파 검사에서는 악성이 발견되지 않은 듯했다. 하지만 그러고는 머리 MRT〔한국의 MRI(자기공명영상)〕 검사 차례가 왔다. 내가 보기에, 거기에서는 무엇인가를 발견한 모양이다. 의사들이 모니터 뒤에서 이상하게 굴었다. 의사들 중 하나가 쉬는 시간에 와서 두 번째 조영제를 주사하더니 이렇게 물었다. "뇌졸중을 겪으시거나 뇌수술을 받으신 적이 있습니까?" 도대체 뭐 이런 질문이 다 있담? 이런 생각이 내 뇌리를 스쳤다. 검사 전에도 이미 물어보지 않았던가. 심근경색과 알레르기 뭐 그딴 것들이 있느냐고. 그때 그 질문도 할 수 있었을 텐데. 왜 그걸 10분 동안 망치질 소리를 들은 뒤에 묻는 걸까?

내 생각엔 그들이 뭔가를 발견한 듯하다. 그리고 이제 나는 무슨 일이 벌어지는지 알아야겠다. 만약에 그들이 '그래요, 여기랑 저기에 작은 멍울들이 있습니다'라고 한다면, 그것은 나에게 명백한 전환점이다. 만일 이미 뇌에 전이가 됐다면, 이건 나에게는 이미 물 건너간 일이고, 그 주제는 끝을 본 것이다. 그렇다면 나는 수술을 연기할 테고, 목사부터 주술사까지 쫓아다니고, 증기 유람

선에 올라타고, 뭐 내가 뭘 할지 난들 아나.

폐를 잘라 내고 화학요법까지는 할지 몰라도, 뇌수술은 없다. 그렇다면 소멸 차례이다. 그러면 내 몸속에서 그 분해생성물이 생산될 테고, 그다음에는 잠식이 일어나고, 그런 다음 나는 해체되고 말겠지. 어쩌면 정말로 좋은 친구들과 통증을 막을 약이 있는 누군가와 함께 아프리카로 옮겨 가야 할지도 모르겠다. 거기에서는 마이크를 잡고 내 생각을 이야기할 수 있다. 축제 극장이 지어지고, 나는 투쟁하고, 나는 일하고, 나는 술을 푸고, 나는 만든다. 시끌벅적하게, 급박하게, 트라우마처럼, 무시무시하게, 나도 모르겠다. 그리고 그러고 나서는 내가 언젠가 바닥에 누워서 비명을 지르며 도움을 청하고 독일로 돌아가는 비행편을 부탁하던가, 아니면 거기서 그냥 잠들 것이다.

…… '지금부터는 선생님께 하루하루가 새로운 날이고, 선생님은 그걸 수료하시는 겁니다, 그러면 다시 새로운 날이 오고요.' 영상의학과 전문의가 말했다. '더 이상 장기적인 계획들은 중요하지 않습니다.' 그는 그렇게 표현했다. 그가 무슨 뜻으로 한 말인지는 상상이 가고도 남는다. 한 해, 두 해, 병원 조금, 화학요법 조금, 토악질하고, 비명을 지르고, 메슥거리고, 그러고 나서는 다시 연단에 올라서 이렇게 말하지. 안녕, 그래, 나 아직 여기 있어.

벌써부터 사람들이 이렇게 말하는 게 들린다. 천방지축 쉴링엔 지프, 도발자, 앙팡 테리블… 당연히 미친 듯한 생존 의지…. 미친 듯한 노력들… 마지막 숨을 거둘 때까지 싸웠다…. 그러나 마지막에는 병원에서 여차여차하여….

그것은 어울리지 않는다. 죄다 이해할 수가 없지 않은가! 이러한 공포를 받아들이고 나에게 이렇게 말하는 것을, 도대체 내가 어떻게 해낼 수 있단 말인가. 그래, 크리스토프, 그것이 이제 너야, 너는 곧 해체될 거고, 벌레 똥에 녹아 없어질 거야! 너는 47년 동안이나 바보 같은 짓에 손을 댔지. 그게 제법 풍성해서, 그걸로 인생 세 개는 채울 수 있을걸. 이제 너는 남김없이 먹어 치워질 거야. 그게 무엇일지를 너는 알아내지 못했고, 그것을 규명하는 일은 다른 사람들이 해야만 하지. 하지만 너는 자신이 파괴될 수 있다는 것은 알아냈지. 그리고 너는 그것을 마지막에 최후의 혈관에 이르기까지 느꼈어. 그게 어디야, 적어도 정보이기는 하잖아! 그걸 믿을 수 있잖아! 한 가지는 확실하다. 인간은 파괴될 수 있다는 것 말이다.

도대체 내가 무슨 이야기를 하는 거야? 최후의 혈관에 이르기까지라니, 말도 안 되는 소리잖아. 당연히 나는 마취되기를 원하고, 당연히 고통에 대한 두려움이 있지. 아마 나는 코브라한테 뛰어들 거야, 그놈이 나를 물라고 말이야. 그리고 15분 뒤면 나는 마비되고, 질식해서 죽는 거지. 왜냐하면, 내가 나중에 빵집에서 한 번 더 저민 고기를 얹은 빵을 사 오고, 사람들에게 '그래, 그래, 그건 그럴 만한 가치가 있어. 인생 말이야'라고 이야기할 수 있도록, 똥구멍에 관을 꽂고, 머리에 작은 관을 넣고, 또 뭔가 작은 호스들을 단 채로 여기 이 쇼를 이어 가는 것, 그건 정말 끔찍하기 때문이다. 정말이지 그럴 수는 없지 않은가.

방금 나에게서 모든 줄과 연결이 뜯겨 나갔다. 나는 그냥 서서히 스러지고 싶어질 따름이다. 어쩌면 여기 이것으로도, 이 인생으로도, 충분할지도 모른다. 그런데도 무지하게 슬프다. 그런데도 너무 슬프다.

…… 아이노가 방금 갔다. 그녀도 아주 많이 울었다. 내가 보기에, 그녀 역시 이 모든 것이 근본적인 전환점이고 다른 삶이 시작된다는 사실을 서서히 깨달아 가고 있는 듯하다. 나는 나를 더 조용하고 차분하게 만들어 준다는 알약을 하나 받았다. 초조함이, 결과에 대한 이 기다림 역시 한몫을 한다. 그거야 분명하다.

그걸 알면서도, 나는 공격적이고 분노에 차서 예수님께, 하느님께 연결된 선을 잃어버렸다. 나는 더 이상 기도할 수 없고, 이 허튼소리들, 모든 헛수작, 그리고 내가 저 오버하우젠에서 했던 온갖 비장한 짓거리도, 나에게는 더 이상 아무런 의미도 없다. 절망이라는 둥, 맹세했다는 둥, 하늘이 붉어진다는 둥, 믿음을 깨달았다는 둥, 부르심을 받았다는 둥, 죄다 헛소리다. 어쩌면 저 위의 그들에게 그냥 이렇게 말해야 할지도 모르겠다. 당신들 잡일에나 신경 쓰시고 나는 그냥 내버려 두시라. 어쩌면 그들이 나를 믿지 않아 버릴 수도 있다. 아마 그들은 이렇게 말하겠지. 젊은이, 자네는 그걸 혼자 극복해야만 하네, 그건 우리가 자네한테 어떤 도움도 줄 수 없어, 우리는 훨씬 더 중요한 일을 해야만 하거든. 나는 모르겠다.

어쨌거나 나와 하느님, 예수님 사이의 관계는 파탄이 났다. 나는 기실 내가 보호받고 있다고 생각해 왔다. 신의 은총으로 돌보아지고, 수천 가지 가능성으로 보답받고, 오래 살도록 축복받았으며, 아주아주 많은 사물, 이미지, 질문, 응답에서 생겨난 질문들로 은혜받았노라고 말이다. 그리고 지난 며칠 동안 나는 진짜로 믿었다. 지금 나에게 진지한 관심사가 하나 있음을, 내가 이 세상에서 해야 할 중요할 일이 아직 남아 있음을 증명할 큰 기회를 받았노라고, 그리고 이제 정말로 인생을 즐기는 법을 배울 가능성을 받았노라고. 먹고 마시는 것, 자연과 음악, 사랑과 섹스로, 더 많고 많은 멋진 순간들을 체험하게 될 거라고 헛꿈을 꾸었다.

> 하느님은 무지막지하다.
> 그분은 그냥 이렇게 말한다.
> 내가 거기서 하는 일에
> 나는 관심이 없다고.

그런데 이것은, 친애하는 하느님, 더없이 큰 실망이나이다. 당신이 한 행복한 자녀를 그냥 이렇게 짓밟는다니 말입니다. 당신은 어쨌거나 지금 그 일을 하고 계신 참이나이다. 그리고 당신을 믿는 다른 사람들 역시 짓밟고 계시나이다. 예를 들어 루르드Lourde〔프랑스 서남부 가톨릭 순례지〕로 달려가지만, 그런데도 치유되지 않을 사람들을 말입니다.

그것은 순전한 무지다. 하느님은 그냥 이렇게 말할 따름이다.

네가 거기서 하는 일에 나는 관심이 없다. 나는 아무 상관도 없다. 나는 네 위에 군림할 테다. 나는 너를 집어삼킬 테다. 나는 내 일을 위해 너를 오용할 테다. 나는 너를 그냥 죽여 버릴 테다. 내가 누구인지, 내가 무슨 일을 하는지, 그분에게는 전혀 상관이 없다. 만약 이따위 자의성이 행복으로 가는 길이라면, 행복으로 가는 길이란 단순히 엿 곱하기 파이 제곱 같은 계산 공식에 불과하다.

나는 나의 신앙심에, 삶에 대한, 자연에 대한 애정에 몹시 심한 상처를 입었다. 나는 술에 취해 별이 총총한 아프리카 하늘 아래 앉아 나를 해체해 버리고만 싶다. 안 될 게 뭐가 있나? 하지만 그러면 기독교의 수다가 날아오겠지, 기대를 저버렸다는 둥, 사태를 회피했다는 둥, 문제를 회피했다는 둥, 우리는 최선을 다했다는 둥, 집중 치료를 할 수 있었는데 그 사람이 미적거렸다는 둥. 그러면 나는 예수의 경우에도 집중 치료는 없었고, 그 역시 미적거렸다는 말이나 할 밖에. 그리고 애초에, 십자가에 매달린 예수는 … 고작 몇 시간 동안 고통에 시달렸다…. 그건 평생을 누워 있거나 절단된 다리로 네팔을 누비는 장애인에 비하면 가소롭기 짝이 없다. 그 사람은 한평생을 고통에 시달린다. 그에 반해서 세 시간 십자가에 매달리는 게 무슨 대수인가? 그런 뒤에는 그가 자기 자신의 마취액을 만들어 낼 수 있게 창으로 옆구리를 찔러 주기까지 했지. 그래요, 나의 하느님, 한 번쯤 이런 말을 해도 괜찮아야 한다고요, 제기랄!

하지만 큰소리를 쳐대고 하느님과 예수님을 뒤에서 헐뜯는 것은 쓸데없는 짓이다. 하느님, 당신이 계시다는 사실, 하느님의 원리가 있다는 사실, 그것은 나도 믿는다. 그럼에도 불구하고 나는 지금 가만히 내버려 두어 주기를 바라고, 사람들이 나에게 가르쳐 준 이 기독교식 알랑방귀에서 벗어나고 싶다. 이 똥물에서 말이다. 그건 아무것도 아니다. 그것은 하느님의 원리와는 아무 상관도 없다. 나는 그 대신에 그 어떤 불교도나 힌두교도들과 함께 시바와 칼리와 알 바 없는 이름의 신들에 대해 신경 쓰고 싶은 마음도 없고, 이른 아침에 밥사발을 들고 동네를 뛰어다니고 혹시나 하루가 약간 더 나아지고 콜레라가 너무 집 가까이 오지 말라고 어딘가에서 밥을 욱여넣을 마음도 없다. 이것 또한 죄다 헛소리다.

하느님, 내가 당신의 낯짝을 한 대 갈기지 않도록 보우하소서. 당신은 아마도 당신께서 나에게 이 모든 것으로 길을 알려 준다고 믿으시겠지요. 당신은 나에게 길을 알려 주시죠. 그거야 분명하지요. 하지만 그 길은 얼마든지 다르게 흘러갈 수도 있었을 텐데 말이죠. 내가 내 머릿속 키치 국수 공장에서 상상했던 것처럼 좀 더 성스럽고 더 소명감을 불어넣어서요. 나는 그 염병할 짓을 그렇게 배웠거든요. 나는 당신의 가장 큰 실수가 당신의 유통망이라고 생각합니다. 당신은 내 병이나 다른 병들에서, 또는 이 세상의 그 모든 폐해에서 실패한 게 아니에요. 당신은 당신의 이념들

---

* 시바는 힌두교에서 파괴를 주관하는 신이고, 칼리는 시바의 아내로 죽음과 파괴의 신이다.

을 유통시키는 데에 실패했습니다. 거기서 당신은 대략 잡친 겁니다. 거기서 당신은 최악의 멍청이들에게 능력을 입증할 기회를 주었지요. 최악 중의 최악인 주둥이만 나불대는 놈들, 뭐라도 되는 척하는 놈들과 떠버리들과 뭐 그딴 놈들한테 말입니다. 밤일도 하면 안 되는 노땅들, 아프리카인들에게 콘돔 사용을 금지한 소아성애증 목회자들. 이게 바로 당신의 유통 시스템입니다. 나는 거기에 속아 넘어갔지요. 내 부모님도요. 그리고 때때로 그게, 그 모든 쓸데없는 짓거리가, 멋져 보이기도 했지요. 그러면 부르심을 받았노라 느껴졌고, 갑자기 모든 것과 하나가 되었습니다. 역겹다! 지금 내가 북^{**} 안에 누워 있고 내 머리 안에는 이미 모종의 성체^{聖體}가 퍼져 있는데도, 나는 여전히 이렇게 생각한다. 도대체 예수님은 지금 어디 있는 거야? 여보세요? 하느님, 인제 우리는 도대체 어떻게 해야 하나요? 사람들이 나한테 가르쳐 준 개똥 같은 것 때문에 내가 벌을 받게 되는 건가요? 나 역시 이 더러운 유통업자 중 하나였고, 성경에는 전혀 신경을 쓰지 않았으며, 늘 이미지에만 승부를 걸었으니까?

…… 지금 내 땀구멍에서, 내 뇌에서, 내 코에서 나오는 것은 분명 믿기지 않을 정도로 더러운 것이다. 하지만 그것은 냄새가 좋고, 심지어 어떤 면에서는 그 모든 향연^{香煙}과 붉은 잡동사니들보다

---

^{**} 원통형의 MRI 기계가 북소리 같은 굉음을 내는 것을 빗댄 표현.

더 좋은 향기가 난다. 나는 지금 그냥 이렇게 설교한다. 성체는 쓰레기더미에나 던져 버려라. 그것은 쓸데없는 짓이다. 그러고는 마침내 내가 죽어 널브러져서 '하느님, 용서하여 주소서, 제가 무슨 짓을 한 겁니까'라고 간청하는 날을 기다린다.

하지만 나는 지금 예전보다 더 현실적이다. 왜냐하면 한 마디로 내가 당신들의 유통망, 당신들의 전달 방식, 다른 사람들에게 영향을 끼치려는 당신들의 시도들을 꿰뚫어 보고 있기 때문이다. 그것은 너무나도 형편없고, 너무나도 지저분하고, 너무나도 싸구려다. 그것은 심지어 약삭빠르지도 않고, 그야말로 아둔할 따름이다. 그리고 당신들에게 편승해서 실제로 무언가를 이룬 사람들은 조각뼈로 팔려고 내놓아지지. 성인들은 마니차* 유형의 주문 공식들로 판매되지. 열쇠 꾸러미가 다시 발견되고, 외투 반쪽을 선사받거나, 목구멍에서 가시가 빠지거나, 뭐 그런 말도 안 되는 짓거리가 벌어지게 하려면, 그들을 만나 보아야 하지. 당신네는, 정말로 무엇인가를 행한 사람들이 초소형으로 쪼그라들어도 내버려 두었어. 그리고 심지어 나조차도 부르심을 받았다고 느꼈지. 이렇게 생각했어. 오케이, 고난의 길에 발을 내딛어 보자, 하지만 나는 아직 뭔가 좋은 일을 할 거야. 당신들이 정말로 뭔가를 원한다면, 나에게 한번 걸어 봐, 내가 당신들 물건을 아주 제대로 팔아 줄 테니까. 내가 당신들에게 약속하지, 뭐가 돼도 될 거야. 그렇게 나는

---

* 측면에는 만트라, 내부에는 경문이 새겨진 라마교의 원통형 경통.

주장했지.

이제는 연결선이, 뭔가 더 일어나리라는 이 희망이 끊어지고 말았다. 아브라함은 일흔여섯 살 먹은 여편네를 데리고 근방을 떠돌며 많은 자녀를 얻기로 약속받았다. 그러고도 한 나라 더, 다시 꽝, 그리고 또 한 나라 더, 다시 꽝. 그런 뒤로도 그는 이삭과 함께 도끼를 들고 떠나기까지 해야만 했는데, 마침내 누군가가 다가와서 이렇게 말하지. 잠깐만, 그런데 그것은 그런 뜻이 아니었다오. 그렇지만 제안에 감사하오, 그대가 그것을 얼마나 진지하게 생각하는지 이제 알겠소.

그래요, 하느님, 그건 정말 말도 안 돼요. 그게 꼭 해야 할 설교인가요? 너희들은 그저 듣기만 하면 돼, 너희들은 따르기만 해, 그러면 언젠가는 될 거야? 그게 아니죠. 그럴 수는 없죠. 언젠가는 이렇게 말해도 되어야죠. 나는 더는 안 갈래요. 그렇다면 난 함께 하지 않겠어요. 계속 가기를 거부하는 사람은 도대체 어떻게 하죠? 그런 사람은 우리 생각에 더 이상 절대 긍정적으로 나타나서는 안 되나요? 그 사람을 곧장 심판해야만 하나요?

꺼져 버려,
날 혼자 내버려 둬,
난 날아갈 참이야.

오늘 나는 지칠 대로 지쳐 잠이 들 때까지 더 떠들려고 위스키 한 병을 기꺼이 들이켰을 거다. 그런 다음 내일 그들이 찾아오면, 그냥 이렇게 말하는 거다. 꺼져 버려, 저리 가, 날 혼자 내버려 둬.

난 날아갈 참이야. 그리고 어쩌면 내 두 손에서 성흔聖痕*이 발견될지도 모른다. 모두 놀랄 테지. 그러면 뭔가 일어난 것처럼 보일 테니까. 하룻밤 사이에 그는 완전히 다른 사람이 되었어.

맙소사, 한심하기 짝이 없네.

…… 어째서 내가 갑자기 모든 걸 이토록 경멸하는 걸까? 증오하기에는 힘이 부족하지만, 경멸은 가능하다. 나는 그 모든 것이 이해가 가질 않는다. 비록, 아니 이 말은 옳지 않다, 나는 아주 잘 이해하고 있지 않은가. 나는 잘못된 길로 보내졌다. 그것이 하느님이었는지 아닌지는 미결로 남겨 두자. 아마 아닐 것이다. 하지만 종교에 관해서, 교회에 관해서, 기독교에 관해서, 그토록 많은 개똥 같은 생각이 허용된다는 사실은 하느님과 예수님의 핵심적인 잘못이고, 그것은 그들의 정신적 빈곤의 증거이다. 그래, 세상이 스스로 결정해야만 해, 우리는 거기서 빠져 있자고. 이렇게 말하는 것은 자유를 몰라서 하는 소리다.

당신들은 좋은 생각을 품고 있었지. 오케이. 하지만 내가 지금 떨치고 일어나서 라칭어**나 뭐 누군가에게 전화를 걸어서는 이렇게 말할 수는 없는 노릇이다. 주여, 저를 불쌍히 여기소서! 촛불 하나만 더 밝혀 주실 수 없나이까? 그러면 그는 이렇게 대답하지.

---

* 십자가에 못 박힌 예수의 상처 자국을 닮은, 손과 발, 옆구리에 난 상처.
** 2005년부터 2013년까지 교황직을 수행한 베네딕토 16세(요제프 라칭어).

하느님의 뜻이 이루어지소서. 이것은 정말 상상할 수 있는 가장 개떡 같은 유통 설비이다. 하느님과 예수님은 그냥 모든 것을 허용해 버렸다. 그들은 말했다. 그게 누가 되었든지 간에, 세상을 복종시켜야 한다. 세상은 어차피 버림받았다.

그럴 수는 없는 거다. 정말이지 어떻게든 하느님과 예수님과 또 몇 여성분들에 관한 이 모든 어리석은 수다가 중단되도록 조치를 취해야만 한다. 기실은 우리가 삶과 맺는 관계가 관건임을 이해하는 법을 배우도록 말이다. 그것은 죽음도 아우르고, 좌절도 포함하며, 아름다움과 성공만을 출발점으로 삼는 것이 아니라 추함과 실패 또한 계산에 넣는 법을 배운다. 우리가 바리새인보다 세리와 창녀를 더 가깝게 느껴야 한다는 걸 깨우치는 법을 배우도록 말이다.

하지만 그 모든 빨간 것들, 이 의상들, 이 수다들, 이 시편, 뭐 그 딴 것을 통해서 귀는 단지 모욕당하기만 하는 게 아니라 제대로 밀봉되고 만다. 그저 모욕만 당했더라면, 귀가 되받아칠 수라도 있었을 것 아닌가. 하지만 우리는 더 이상 그럴 수가 없다.

사랑하는 하느님, 나는 당신과 당신의 사람들한테 콧방귀도 안 뀐다고 말하고 싶은 마음이 굴뚝 같습니다. 하지만 나는 그렇게 하지는 못합니다. 아직은 못합니다. 그저 날 그냥 내버려 두라는 말이나 할 수 있을 뿐이죠. 어차피 아무런 능력이 없어요. 죄다 그게 마땅하고 말고요. 나는 아마도 벌써 죽은 모양입니다. 내가 그걸 아직도 눈치채지 못했을 뿐이지. 그래서 지금 엿같이 구는 거죠. 글쎄요… 안녕히 주무시길.

1월 24일, 목요일

　　　　　　　어제의 분노는 오늘 벌써 거의 날아가 버렸다. MRT를 하면서 그 원형 장치 안에 누워 있을 때, 의사들이 그렇게 이상하게 굴었을 때, 나는 그 생쇼에서 벗어나고픈 마음밖에 없었고, 하느님과 예수님에 대한 내 거부 의사를 당장 글로 써야만 한다고 생각했다. 뇌에 이미 전이가 된 줄 알고 완전히 공황에 빠졌다. 그러나 그렇지 않았고, 의사들은 아무것도 찾아내지 못했다.

　물론 예수는 그 희한한 고난쇼 면에서 나와 가깝다. 그는 다른 어떤 인간보다도 많은 생각이 굴러가도록 만드는 데 성공했다. 그는 고난을 생산적으로 만들었다. 그건 멋지다. 나의 투쟁은 절대 하느님이나 예수를 겨냥하고 있지 않지만, 나는 이렇게 말할 수 있었으면 싶다. 여러분, 정말 고마워요. 나는 앞으로도 여러분과 결속되어 있을 거예요. 달리 방법이 없네요. 하지만 더 이상 무릎을 꿇지는 않겠어요. 더는 할렐루야나 기타 등등을 노래하지 않겠어요. 합창을 하지도 않을 거예요. 다른 헛짓거리에나 신경 쓰세요. 당신들의 유통 시스템과 광고 전략에나 신경 쓰시라고요. 당신들은 거기에 만족하지 못할 텐데요. 그걸 상상할 수가 없군요.

거기에 뭔가를 좀 해 봐요. 그게 더 중요해요. 나는 이제 그냥 가만히 내버려 두고요.

오늘 기관지내시경 검사는 괜찮았다. 나는 애정 어린 인사를 받았고, 곧바로 가벼운 전신마취제를 맞았다. 몸이 따듯해졌고, 까마득해졌다. 그러고

**까치발로
세상을 돌아다니다.**

나서 마취에서 깨어나는 단계에서 뭔가 아주 아름다운 체험을 했다. 한 어머니가 자그마한 아이 침대 맞은편에 서 있었다. 나는 몽롱한 상태에서 그녀에게 나한테 좀 와 달라고 청했다. 나는 그녀에게 이렇게 물었다. 당신 아이한테 무슨 일이 있나요? 당신 아이한테 무슨 일이 일어난 거죠? 그녀는 아이가 늘 그렇게 이상하게 앞꿈치로 걷기 시작한다고, 아이가 항상 발가락 끝으로 까치발로만 다닌다고 말했다. '당신 아이가 왜 그러는지 아시나요?' 나는 말했다. 당신 아이가 그야말로 특별히 영특하기 때문이랍니다. 당신 아이는 한 마디로 고도로 지적인 존재, 자폐아예요. 걔들이 바로 까치발로 세상을 돌아다니는 아이들이죠. 걔들은 생각할 게 너무 많아서 이 땅에서는 아주 조심스럽게만 걸어 다닐 수 있답니다. 당신 아이가 바로 그런 경우예요. 당신 아이는 천재예요. 나는 비몽사몽간에 이렇게 중얼거렸다. 그러자 그 엄마는 나를 향해 환하게 웃었고, 그 순간 미칠 듯이 행복해했으며, 마치 그녀가 그걸 새로 깨닫기라도 한 양, 자기 아이에게도 너무나도 아름답게 미소

지었다, 그리고 내가 탄 차가 떠나가자, 그녀는 나에게 미소를 보냈다. 그것은 참으로 아름다웠다.

이제 정말로 새로운 삶이 시작된다는 사실이, 그리고 거기에도 아름다운 순간들이 있으리라는 사실이, 나에게 서서히 명확해지는 듯하다. 내가 수술 뒤에 다시 깨어난다면, 다른 인생이 시작되는 것이다. 그렇게 되면 삶이란 하루하루가 새로운 날임을 뜻한다. 그러면 그날이 바로 디데이인 것이다. 그리고 그런 다음에는 다음 날이 온다. 그리고 그 뒤에는 다음 날이 오고. 예전에 누렸던 미숙하고 걱정 없는 기쁨은 당연히 사라져 버렸다. 그것은 아마도 다시 오지 않을 것이다. 그럼에도 불구하고 기쁨을 느끼는 순간들이 있다. 내가 요즘 직접 사 오지 못하는 작고 평범한 저민 고기 없은 빵이 당장은 나에게 어떤 무대 위에서 그 어떤 롤러코스터를 타는 것보다 천 배는 더 소중하다. 그러고 나면 얼마 안 가 오로지 저민 고기 빵이나 뭐 그런 것밖에는 없는 거다. 그것이 미래다. 소소한 것에서 느끼는 기쁨. 심지어 아이노와 함께 벌써 약간 계획을 세우기 시작했다. 내가 다시 집에 돌아가면, 나는 예를 들어서 장애가 있는 내 친구들을 전부 초대할 거고, 우리는 함께 요리를 할 것이다. 그런 다음에는 정말로 멋진 시간을 만들고, 소소한 일들을 체험해 보고, 우리가 그것을 경험한다는 사실에 기뻐할 것이다. 그것이 본래 핵심이다. 소소함 속의 위대함.

그리고 나는 내가 아직도 아주 많이 이야기하고, 읽고, 생각할 수 있다고도 생각한다. 그것이 중요하다. 내가 마침 읽고 있는 요제프 보이스의 전기에 이런 문장이 나온다. "사용되지 않는 것은 모두 고통받는다. 정적인 것은 모두 고통받는다." 이 말은, 내가 아직 생각하고 있다면, 내가 아직도 활동적이라면, 나는 고통받지 않는다는 뜻이다. 심지어 사람들이 나를 십자가에 못 박는다고 하더라도, 나는 여전히 무언가를 생각할 수 있고, 그렇다면 나는 여전히 고통받지 않는다. 그리고 만약 내가 도태된 이들, 갇혀 있는 이들에 관해 깊이 생각한다면, 어쩌면 그들 또한 더 이상 고통받지 않을는지도 모른다. 그것이 기본 원리다. 다시 말하자면, 내가 나와 다른 사람들에 관해서 깊이 생각하는 한, 나는 고통받지 않는다. 그리고 거꾸로, 사람들이 나에 관해서 깊이 생각하는 한, 나는 고통받지 않는다. 그러나 만약 사람들이 나를 낙인찍고서, '아 뭐, 그 사람 저기 널브러져 있어, 그 사람은 가여워'라고 말한다면, 나는 한 조각 돌덩이다. 그걸 해내지 못한 사람은 돌이 된다. 불교에서는, 내가 알기로는, 그렇다. 하지만 세상의 이 정체 상태에 관해 깊이 생각하기를 진지하게 시작한다면, 고난은 생산적이 되고, 그러면 고난은 내 사유를 통해 활성화된다. 나는 오로지 그 모든 것이 멈춰 버리는 순간에 대한 끔찍한 두려움밖에 없다. 바꿔 말하자면, 언젠가는 생각들이 사라져 버릴 테고, 그것이 고난이다.

…… 나는 가능한 한 오래 생각해도 되면 좋겠다. 말하자면, 나는 소파에 누워서 생각 말고는 아무것도 안 하는 법을 배워야만 한다. 어쩌면 이 병은 심지어 보상일 수도 있다. 이제 나는 마침내 '아니

> 나는 소파에 누워서
> 생각 말고는
> 아무것도 안 하는 법을
> 배워야만 한다.

요'라고 말하는 법을 배울 수 있다. 만약 어떤 사람들이 다시금 나에게 내가 이제 무엇을 해야 하는지, 무엇이 지금 중요한지 설명해 주려고 들면, 나는 그냥 이렇게 말할 것이다. 미안하지만, 지금은 못해요. 나는 생각을 해야만 하거든요. 설사 나 스스로 또다시 그런 분망한 커피 수다에 빠져들어서, '그렇다면 우리는 지금 당장 시작해야만 한다, 여기서도 저기서도'라는 모토 아래 이리저리 날뛰려 할지라도 말이다. 그러면 나는 나 자신에게 그냥 이렇게 말할 것이다. 그만둬, 가만 있어. 그건 안 돼, 나는 지금 생각을 해야만 해.

그것이 이제 내가 받는 기회이다. 오케이, 그걸 예순이나 일흔 살에 받았더라면 더욱 좋았겠지만, 사실은 모든 시점이 일단은 엿 같다. 그거야 누구에게나 그렇다. 언제인지는 상관없다. 일흔 살에도 사람들은 말한다. 도대체 왜 일흔에? 나는 그래도 아직 10년은 더 도보 여행을 하거나 뭐 그럴 수 있을 텐데. 그러나 언제 그런 일이 일어나든지 간에, 만약에 그런 일이 벌어지면, 그냥 이렇게 말할 시점을 잡아야만 한다. 지금은 그러고 싶지 않아. 지금은 그럴 수 없어. 나는 오늘 생각을 할 거야. 그리고 그렇게 함으로써 관심으로부터 멀어지고, 이 희한한 강제 시스템에서 벗어난다. 어쩌면 사람들은 이렇게 믿을지도 모르겠다. 오, 하느님, 불쌍한 사람 같으니라고, 그 사람은 아마도 자신의 병이나 죽음에 관해서 골똘히 생각하고 있겠지, 얼마나 끔찍한가. 하지만 그건 그렇지 않다. 세상과 사람을 보는 시선이 달라지기 때문에, 이제 이토록 많은 새로운 관점들이 생겨나기 때문에, 나는 여전히 생각할 거리가 많다.

나는 물론 내 코와 귀를 틀어막고서 내가 지금 세상에 뭔가 중요한 것을 이야기해 줄 게 있다는 느낌으로 스스로 흡족해하며 널브러져 있을 마음이 없다. 뭔가 의미 있는 것을 말하기 위해서 반드시 뭔가 예사롭지 않은 일을 겪어야만 하는 것도 아니고, 심연의 끝에 서 있거나 나처럼 암과 싸워야만 하는 것도 아니다. 그런 뜻으로 하는 말이 절대 아니다. 누구나 자기 인생의 매 순간에 뭔가 굉장한 것을 세상에 말할 수 있다. 하지만 그토록 완전히 자신에게로 되던져져 있다면, 그래도 당연히 왜 하필이면 나이고 왜 하필이면 그렇게냐고 자문한다면 — 이 부자유의 순간에 새로운 것을 생각할 수 있는 자유, 새로운 바보짓 또한 생각해도 좋은 자유를 동시에 경험하게 된다. 그것은 커다란 수확이다.

…… 아프리카와 관련된 아이디어도 요즘 더 생산적으로 바라본다. 달아나는 게 문제가 되는 것도 아니요, 포기가 문제가 되는 것도 아니다. 물론 나는 수술 전에 사전의료지시서를 작성할 것이고, 만에 하나라도 3주, 4주를 식물인간 상태로 널브러져 있고 싶지 않다, 여기에 호스줄 하나 더, 저기에 모니터 하나 더, 그러다가 언젠가는 그걸로 끝이다. 그건 원하지 않는다. 그건 그 누구도 원하지 않는다.

하지만 실은, 고난을 견뎌 내야만 한다고, 죽음은 이 삶의 구성 요소라고, 그것은 나름의 의미가 있다고, 나는 믿는다. 그것은 주사 한 방 놓아 달라고 해서 그냥 없앨 수 있는 게 아니다. 나는 나의 죽음을 견뎌 내고자 한다. 분명코 나는 겁쟁이고, 고통을 두려워하며, 내가 이제 여기 내 기독교 신앙 안에서 몇 가지 논의를 더 해야만 한다는 것 또한 느낀다. 하지만 나는 스위스에서, 어느 휴게소나 호텔 방에서 나를 잠들게 하고 싶지 않다. 그건 너무도 끔찍하다, 그건 정말 자유랑 아무 상관도 없다. 혹시라도 그래야 한다면, 나는 저 아래 아프리카에서 그렇게 하겠다. 잠든다는 것은 노동, 고통, 생산성, 고난, 이야기의 한 행위다.

그건 내가 나에게 허락해도 되어야 한다고 생각한다. 언젠가 내가 이렇게 말해도 되면 좋겠다. 나는 이제 죽음 속으로, 이 다른 세상 또는 우주 속으로, 발걸음을 내디딘다. 나는 여기에서, 모든 게 내 병 위주로 돌아가고 내가 마지막까지, 사전 전신마취나 뭐 그런 의미에서, 집중치료 전문의에서 집중치료 전문의에게로 건네지는 쇼에 장단을 맞추지 않겠다.

그러면 나는 아이노와 친구들에게 간곡히 부탁할 것이다. 만일 의사들과 이야기를 나눈 뒤나 3차 화학요법이나 뭐 그런 것 이후에 앞으로 어떤 수치가 기록표에 나타날지 진료기록에서 알 수 있게 되거든, 나에게 떠나갈 가능성을 마련해 주어야 한다고 말이다. 대부분의 사람들이 집에 가려고 하듯이, 나는 떠나려 하는 것이다. 그것도 될 수 있으면 아프리카의 어느 곳으로. 그곳에서 나를 온갖 부조리함까지 포함한 인격체로서 어찌어찌 꾸려 낼 수 있기를 바라마지 않는다. 이미지로 표상하자면 일종의 수집통이 떠오른다. 알렉산더 클루게*는 전화 통화에서 방주方舟라고 했다. 중요한 것이 모조리 수집되어서 하나의 상자에 꾸려진다고 말이다. 그건 사실 진부하고, 어쩌면 가소롭고 주제넘어 보일지도 모르겠다. 하지만 나는 마지막에 가서 어떤 식으로든 생각들을 모은다는, 한데 모은다는 생각은 매우 멋진 그 무엇인가를 의미한다고 생각한다.

그 때문에 나는 어쩌면 벌써 1년 전에 품었던, 아프리카에 오페라하우스를 짓겠다는 원안으로 되돌아가야만 할 수도 있다. 그리고 내가 짓는 이 오페라극장에는 진료소, 작은 학교, 숙소, 교회, 연습 무대가 더해진다. 아이노는 그곳에 소택지가 있어야 한다고 덧붙여 제안했다. 핵심적으로는 거기에 방주 역할을 하는 오페라하우스가 지어진다.

거기서 상연할 오페라도 작곡해야만 한다. 덕분에 나는, 아이노와 함께 우리가 그곳에서 무엇을 상연할지를 생각해 보면서, 어제 MRT 검사 이후로 처음으로 다시 웃을 수 있었다. 나는 그렇다면 앞으로 뭔가 작곡되어야 한다고 말했다. 누가 알겠는가, 우리가 다 함께 그냥 무엇인가를 마이크에 대고 흥얼거리거나 휘파람

---

* Alexander Kluge(1932~). 신독일영화 주창자 중 한 명으로 다방면에 걸쳐 활약하는 독일 지성계의 대표적 인물이다.

으로 불는지. 그러자 아이노는 그 오페라 제목이 '악성惡性'이어야 한다고 했다. 나는 끝내준다고 생각했다. 거기에 어울리는 부제도 떠올랐다. '우리는 모두 마지막 구멍으로 휘파람을 분다.' 그리고 마지막에는 오로지 하모니카를 든 호어스트*만 무대 위에 서고, 케어스틴**은 줄곧 팔을 들어서 자기 갈비뼈를 가리켜야만 한다. 그곳에는 천자 검사용 구멍이 뚫려 있고, 그런 뒤 그 한 귀퉁이에서 휘파람 소리가 나는 거다. 그러고 나서 모든 것이 끝나고 나면, 악기들을 모두 늪 속에 가라앉힌다.

이러한 생산적인 헛소리는 그야말로 멋지고, 그야말로 최고다. "아프리카에 쌀을" 같은 사회봉사 프로젝트가 다루어지는 것도 아니고, 누가 어떤 나라에서 무엇을 배웠고 누가 무엇을 서로에게서 훔쳐 갔는가 따위의 인식들이 마침내 곤두박질치는 변형 과정이 다루어지는 것도 아니다. 아마도 모든 것이 훨씬 더 단순할 것이다. 문제는 정말이지 단순한 진행 과정이다. 다시 말해서, 나는 오페라하우스를 지을 것이고, 연습 무대를 갖춰서, 거기에서 우리는 황당무계한 오페라 공연을 연습할 것이다.

그리고 대미를 장식하기 위해서, 우리가 나중에 어떻게, 어디서, 왜, 어째서인지를 알 수 있도록 항상 모든 것을 쥐어짜고 걸러내는 이 똑 부러지는 패거리〔비평가를 뜻함〕가 다시 올 듯하다. 그러

---

* 배우 호어스트 겔로넥Horst Gelloneck.
** 배우 케어스틴 그라스만Kerstin Grassmann.

면 그들은 스스로 이렇게 묻겠지. 이게 뭐야? 앞뒤가 안 맞잖아!

그러면 나는 이렇게 말할 수밖에 없다. 인생이 앞뒤가 안 맞잖아. 그건 그냥 아주 명확하게 확인될 수 있다. 그래서 교황이 화산에서 춤을 출 수도 있는 거다. 다시 말하자면, 인생은 더 앞뒤가 맞게 되지를 않는다. 여기 이것은 앞뒤가 맞지 않는 삶이고, 그것은 바로 이 불확실함에서 힘을 끌어낸다. 그리고 나는 사람들이 그걸 인지하기를 바란다. 자신들에게 앞뒤가 맞는 결말이란 있을 수 없다는 사실을 알고 있는 사람들이 충분히 있다. 우리나라처럼 상황이 좋지 않은 바로 그런 나라들에 말이다. 그들이 바라는 대로 되지를 않는다. 그래서 나는 언제나, 와서는 한다는 말이 '하지만 그건 앞뒤가 안 맞잖아. 왜냐하면 그것은 여차여차하거든'인 사람을 무너뜨리려고 할 것이다. 있는 그대로는 절대로 있는 그대로가 아니다!

…… 그러므로 마지막에 가서 아무도 더는 시간이 없고 친구들이 전부 집에 가야만 한다면 문제가 될 수도 있다. 나는 여전히 거기 아프리카에 눌러앉아 있다가 병을 이겨 낼 방도를 찾아내는 거다. 이것도 물론 웃기겠다. 일이 제 갈 길을 가고, 내 몸이 제 갈 길을 가는데, 그냥 목표에 도달하지 못하는 거다. 끝이 없는 피날레인 셈이다.

이 아프리카 프로젝트가 병에 대한 승리로 가는 길로 판명된다면, 나는 당연히 기쁠 것이다. 그게 성공한다면, 나는 최고로 기쁠 것이다. 그렇다면 이 프로젝트를 예순이나 더 나중에 끝낼 시간도 충분히 있을 것이다. 하지만 언제가 되었든지 간에 때가 되면, 언젠가 이렇게 말해도 되는 것은 아주, 아주 중요한 발걸음이라고 생각한다. 여러분, 이렇게는 모두 다 더 이상 계속되지 못하겠네요, 내가 엉덩이에 호스를 벌써 네 개나 꽂고 있거든요, 여기서는 병원에서의 마지막 인터뷰 하나 더, 저기서는 애도사 하나 더, 그렇게는 안 된다, 나는 이 다른 발걸음을 원한다. 그러면 내 친구들이 나에게 그것을 가능하게 해 줄 것이다. 지금은 그것이 일단 내 꿈이다.

그리고 나에게 아이가 있다면―며칠 전에 아버지 무덤가에서 그걸 생각해 보았다―나는 나중에 묘가 있어야 한다고 주장할 것이다. 그런 무덤은 아이가 없더라도 중요할지 모른다. 나와 가까운 사람들을 위해서 말이다. 그들이 거기서 나를 기리기 위해서가 아니라, 무덤가에서 나를 욕할 기회가 있게끔 말이다. 어딘가에 사람들이 그렇게 말할 수 있는 장소가 있게 말이다. 나는 다시한 번 그 자식한테 가서 이제 그냥 고맙다고 할 거야. 아니면, 조심해, 나는 자네랑 짚고 넘어갈 게 하나 있어라고 말하던가. 나에게는 그것이 아버지가 공기 분자들로 흩어졌다고 상상해야만 했을 때보다 아버지의 묘석에서 더 잘 통했다.

그러나 하나는 확실하다. 나는 부모님의 무덤에 묻히지는 않겠다. 어쩌면 이상할는지도 모르겠지만, 만약 세상에 홀로 있고 싶다는 목표를 달성하지 못한다면, 적어도 죽어서라도 홀로이고 싶다.

1월 26일, 토요일

자, 이제 아이노는 가고 없다. 나 혼자서 겪어 내야만 하는 일이기에, 그녀가 진절머리가 나서 가게 만들었다. 아무도 이 엿 같은 일을 함께할 수 없고, 나 혼자서 해내야만 한다. 나는 외따로 죽기를 원한다. 그녀는 공연 연습에 가야 하고, 거기서 다른 남자를 찾아야 한다. 내가 고층 건물에서 떨어질지, 내 머리통에 총을 쏠지, 아프리카나 수술대에 가게 될지는, 오롯이 나의 결정이다. 그러니 내가 아이노나 어머니를 생각할 수는 없다. 나는 무슨 일이 있어도 혼자서 결정하겠다. 왜냐하면 자유로 가는 길은 오로지 자신의 법칙들에 응하는 것만을 의미할 수 있기 때문이다. 그 법칙들은 당연히 자기가 직접 만드는 게 아니라, 특히 이 경우에는, 다른 사람들에 의해서 정해진다. 나는 돌봄을 받는다, 동정을 받는다, 나에게는 아직 손을 잡아 주는 누군가가 있다 등등이라고 말할 수 있는 구멍을 이제 와서 어딘가에 더 뚫는다는 것, 그건 정말 아니다, 그렇게는 안 된다. 그 물건에는 낭만적인 구석이 없다. 나는 아이노가 이 놀음에 끼도록 허락하지 않을 것이다. 그렇지 않아도 나도 아버지처럼 추잡한 놈, 나약한 놈이다. 그렇지만 나는 아버지처럼 모두를 같이 끌어들이지는 않을 것이다. 아이노는 말한다. 당신은 걱정해 주는 사람들이 이렇게나 많잖아. 당연하지, 온 군단이 이미 동원되었지. 천만에! 나는 더 이상 내가 아니다. 예전의 나도 아니다. 되고 싶었던 나도 아니다. 죄다 헛소리! 나는 그냥 속으로 이렇게 결단을 내렸다. 나는 혼자다. 그러면 아이노가 나를 사랑하든 사랑하지 않든, 클라우디아가 나를 두들겨 패려고 하든, 안체가 기도를 할 수 없거나 뭐 그러든, 이젠 전부 내 알 바 아니다.

어제 카이저 교수와 나눈 대화가 그 점을 분명히 해 주었다. 그는 매우 실무적이었다. "수술 후에는, 선생님 심장 말이에요, 아주 약해요, 폐 전체를 인공호흡시켜야만 하고, 거의 구실을 못 해요, 아프리카는 어려우실 겁니다. 단념하실 수 없습니까? 더위에, 거기다 선생님 심장은, 안 돼요!" 그러고는 또 충격. "만약 제가 선생님 성대를 살펴봐서 거기에 멍울이 있으면, 저는 그걸 들어내야만 합니다. 그게 성대 신경을 손상시킬 테니까요. 그건 분명해요. 그걸 완전히 잘라 내야만 할 수도 있습니다. 그 안이 깨끗해야만 하니까요."

이봐, 지금 우리가 도대체 어디에 있는 거지? 이거 정말 죄다 이해할 수가 없네! 아니, 나는 내적으로 죽었다. 반쪽 숨을 쉬며 발을 질질 끌며 동네를 돌아다니면 세상이 어떻게 보일지 보려고 폐 반쪽을 뜯어 내게 하지는 않을 테다. 아니, 그렇게는 안 한다. 그리고 나서 명성으로. 그리고 나서 또 검사. 전부 다 이해할 수가 없다! 정말 죄다 이해할 수가 없다고!

나는 뒤로 물러나서, 내 사람들에게, 사무실에서 알아서 혼자 계속해 달라고, 나름의 결정들을 내려 달라고, 혹시 짧은 보고 하나만 더 써 주겠냐고, 부탁할 것이다. 하지만 다른 관계들은 모조리 단절할 것이다, 전부 다. 아이노도 이 놀음에서 빠져야 한다. 나는 끊어 버릴 거다. 나는 뒤로 물러날 거다. 그리고 내가 깨어나면, 모종의 체액들을 흡인해 주는 사람도, 힘이나 그 밖의 무엇인가를 주고 싶어 하는 사람도 없다는 사실을 알게 될 것이다. 이 힘겨루기 놀이를 더 이상 하지 않기 때문이다. 힘겨루기 놀이는 끝났다.

나는 결단을 내려야 할 것이다. 내 머리통에 총을 쏠지, 그런데 나는 권총이 없다. 욕조에 들어가 그냥 혈관들을 갈라 버릴지. 아니면 어찌어찌해서 창문에서 뛰어내릴지, 하지만 그러기에는 여기 창문이 그리 높지 않다. 아니면 바라건대 알약이나 뭔가 다른 것을 얻을지. 내가 시종일관 부르짖었던 삶의 의지, '그래, 크리스토프, 그 녀석은 힘이 있지, 그놈은 해낼 거야'란 느낌, 그게 끝나 버렸다. 나는 지쳤다. 녹초가 되었다. 지친 지 이미 오래다. 나는 충분히 발버둥 쳤다. 충분히 해 봤다. 이젠 그게 열정적이라거나 뭐 그런 것이라고 생각하지도 않는다, 그저 들이닥치는 리얼리즘일 뿐. 저 어딘가에 숨어들어서 나를 핸디캡이 있고 숨이 가쁜 생존 투사나 뭐 그런 사람들이 겪는 궁지로 몰아가는 걸신들린 무언가를 내 안에 지니고 있다는 상상만으로도, 아니! 그건 안 된다. 나는 아직 고통이 허락되는 곳, 고통이 즉각 시스템에서 식별되지 않는 곳으로 갈 테다. 다른 곳에서는 고통을 지니고 있기가 더 좋다.

…… 그것은 어찌어찌 끝이 났다. 나는 벽난로를 응시한다, 그것은 비어 있다. 나도 더는 거기에 불을 지필 마음이 없을뿐더러, 불타는 무엇인가를 바라볼 마음조차 없다. 꼭 갖고 싶은 꽃도 없고, 시든 꽃은 더욱 싫다. 단지 아버지에 대한, 그리고 어머니에 대한 이 이해할 수 없는 언짢음만 있을 따름이다. 나는 부모님을 원치 않는다. 원하지 않는다고! 아빠는 이미 가 버렸고, 엄마도 가 버렸으면 좋겠다. 엄마가 자기 딕만(독일의 초콜릿 브랜드) 초콜릿들을 가져가도 된다. 거기서 온종일 초콜릿을 마구 먹어도 된다. 자기 집과 온갖 교회 나부랭이도 가져가도 된다. 도대체 뭐 이런 가족이 다 있담? 거기서 대체 무슨 일이 벌어지는 거지? 이게 뭐야? 아버지의 이 비애와 무력감의 실존, 마지막 10년 동안의 이 지속적인 우울, 나는 아버지의 이 모습들을 절대로 용서하지 않을 것이다. 그래, 좋아, 그 눈, 그 누구도 그런 일을 겪고 싶지 않지, 눈이 먼다는 데야. 거기다 나는 한 술 더 떠서, 눈이 머는 게 아니라, 내가 내 영혼을 갉아먹는단 말이다.

조상들의 가래가 폐에 가 얹힌다. 잠식해 들어가서 숨을 반 토막 낸다. 어머니에게 전화를 걸어 내가 얼마나 아버지에 맞서 싸우고 있는지 얘기하고 나자, 오늘 처음으로 다시 크게 심호흡을 할 수 있었다. 내가 자기를 따르게 만들려고 아버지가 내 팔과 다리, 그리고 영혼을 끊임없이 잡아당기는 것 같다고 했다. 나는 그것을 테러라고 느끼지만, 아버지는 테러리스트가 아니었다. 때로 그는 폭군이었고, 우리 모두를 귀찮게 하던 징징대고 우울감에 잠식당한 보잘것없는 노인네였다. 여기서도 아빠, 저기서도 아빠, 아빠 휠체어 탄다, 아빠 PSA(종양표지자 검사) 수치 재야 해, 아빠 장님 되려나 봐, 환영이 보여. 이 무슨 호러란 말인가! 그래도 기뻐하는 부모를 한 번 더 보려고 얼마나 많은 힘을 들여야만 했는지, 하지만 거기엔 아무것도 없었다. 가망 없는 슬픔의 헛짓거리에 불과했다.

그런 다음에는 엄마가 또 장기 자랑을 펼친다. 여기서 자빠지고, 저기서 의자에서 떨어지고, 엄살은 심한 데다, 늘 자식을 잘 지켜보지. 너 머리 잘 빗었니, 바지도 입었고? 그리고 가족의 다른 면은 이렇다. 이보다 더 많이 기도하고 교회에 가는 것은 정말이지 불가능에 가깝다. 병적인 신심, 불안 제조기. 그리고 거기다 또 오로지 경고에, 건강 염려증에….

정말 넌더리가 난다! 이 소시민적인 씨족에 정말 넌덜머리가 난다! 그들은 각자의 슬픔을 홀로 간직해야 한다. 자신들의 우울함을 안에 대고 게워 내야 한다. 나는 그게 싫다. 나는 혼자여야만 한다. 내가 더는 못할 때까지 어찌저찌 해 나가야만 한다. 그리고 곤드레만드레 취해야만 한다. 나는 창문에서 추락해야만 한다. 내돈을 다 날려 버려야만 한다. 그것이 내 요체에 대한 진정한 답일 것이다. 나는 더 이상 사랑이나 애착을 원하지 않는다. 깃대의 끝에 다다랐다. 나는 여기 이것을 받아들일 준비가 되어 있지 않다.

아이노가 생각하는 것처럼 자기연민이 아니다. 아니, 그게 아니다! 나는 죽은 지 이미 오래다. 그리고 이제는 더 죽은 것이다.

…… 암종이 발견된다. 이제 어떻게 하지? 환자는 거부한다, 수술을 받지 않으려 한다. 전기의자가 더 선호된다. 도대체 가정용 단두대는 왜 없는 걸까? 위스키 한 병 들이키고, 알약들 들이삼키고, 머리통 들이밀고—줄을 당기는 것까지도 성공하길.

아, 난 텅 비었고, 난 죽었고, 난 끝났다. 불꽃이 꺼졌다. 하지만 그전에 아직 위대한 계시가 남아 있었다. 예배당에서 예수님이 나를 침묵하게 하심으로써, 나 크리스토프 쉴링엔지프에게 현신하셨고,

하느님은 여기 계시지 않는다.
모든 게 완전히 죽었다.
모든 게 완전히 차갑다.

돌연 모든 것이 따뜻해졌다. 오, 최고네, 그대 고난을 짊어진 이여! 그것은 아름다운 경험이었다. 그걸 부인할 수는 없다. 나에게 뭔가를 가져다주셨다. 나는 좋다고 느꼈다. 하지만 예수님은 그럼에도 불구하고 여기에 계시지 않는다. 그리고 하느님도 여기 계시지 않는다. 그리고 성모마리아도 여기에 계시지 않는다. 모든 게 완전히 차갑다. 여기에는 더 이상 아무도 없다. 모든 것이 죽었다. 그리고 그렇다는 게 나쁘지 않다. 적어도 한 번은 완전히 혼자이고 싶다. 나는 그럴 권리가 있다! 그 권리는 나한테 있다! 혼자 있는 것….

나는 공격적이지만, 사실 나는 죽었다. 오늘 저녁에 나는 정말로 몽둥이를 들고 시내를 휘젓고 다니며 죄다 박살을 내 버릴 수도 있다. 나는 너무나도 모욕당했다, 그 정도로 이놈의 것한테 심하게 모욕당했고 마음을 다쳤다. 마흔일곱 살에. 진짜 믿기지 않는 모욕이다!

1월 27일, 일요일

나의 죽음을 이미지로 표상해 볼 때면, 사실 나는 언제나 내가 나의 죽음을 극작품으로 연출하면서 무대 위에 서 있는 모습을 본다. 한 남자가 자신의 의자에 앉아 있고, 별들이 손에 잡힐 듯 가까이 있으며, 귀뚜라미가 울고, 날은 더우며, 그리고 그는 죽는다. 그게 다이고, 종교적인 헛소동은 없으며, 한 시간이나 두 시간이 걸릴 테고, 관객들은 어쩌라는 건지 알지 못하고, 많은 이들이 결말 전에 이미 객석을 나선다. 그럼에도 불구하고, 지금으로서는 그것이 나에게는 통틀어 가장 아름다운 이미지이다. 요즘 나는 자기 이미지 안에서 죽는 것이 허락되지 않는 것이, 남의 이미지들에 내맡겨지게 되는 것이 제일 두렵다. 우리는 살아 있는 자로서 여전히 그 상황의 주인으로 남고자, 이렇게 말하고자 한다. 내가 원하는 동안 음악이 흐르고, 그 음악이 끝나면, 나는 죽어 있다. 그러면 나는 멋진 죽음을 맞이한 것이고, 그걸로 그만이다.

그런데 죽음에 대한 이러한 표상은 아버지의 죽음으로 인해 엄청나게 뒤흔들리고 말았다. 언젠가 아버지가 화장실에 다녀오시더니 "나 이제 죽나 보다"라고 말씀하셨다. 끝내주는 일이었건만, 성사되지 않았다. 4주 뒤에야 아버지가 돌아가셨다. 아버지는 음악이 끝나고 나서도, 영화의 엔딩크레딧이 끝나고 나서도, 그냥 여전히 계속 숨을 쉬었다. 아버지는 그냥 4주를 더 살아 있었다. 그래서 나는 죽는 게 다르게 작동한다는 사실을, 장대한 종지終止화음*이란 없음을 알아먹을 수밖에 없었다. 그런데도 아버지는 행복하게 돌아가셨다. 나는 정말로 이렇게 말할 수밖에 없다.

…… 어제는 아예 아무 일도 되질 않았다. 그때 나는 더 이상 거기 없었고, 나는 도주 중이었다. 멍청한 소리겠지만, 나는 내 몸속에 있는 이놈에게 목하 극심하게 모욕을 당했고 무자비하게 위협당했다는 느낌이 든다. 하지만 어쩌면 다시 괜찮은 단계에 다다를지도 모른다. 그 모든 울음 말고도, 예를 들어서 목요일에는 좋은 단계에 있었고, 철학을 논했으며, 이리저리 수다를 떨었고, 세상을 해명했다. 왠지 모르게 내가 부르심을 받았다고 느껴졌고, 새로운 생각들을 하고 싶었고, 새로운 경험들을 감행하고 싶었다. 그러고 나서 금요일에는 카이저 박사와 하드코어 대화가 있었고, 그때 이런 나무망치가 날아왔다. "이런저런 생각이야 마음껏 하실 수 있지요. 모조리 헛수고일 겁니다." 그가 말했다. "아프리카는 안 돼요, 어쩌면 말도 잘하지 못하게 될지 모릅니다."

이토록 극단적으로 내 자유를 강탈당했다는 느낌을 여태껏 단

---

* 악곡의 끝이나 중도에서 끝맺는다는 느낌을 주도록 2~3개의 화음을 연결하는 것을 일컫는 음악 용어.

한 번도 느껴 본 적이 없다. 나에게는 언제나 세상을 인용하고, 세상에 대해 울고, 그것을 우스꽝스럽게 만들거나, 그저 지루하다고 여길 자유가 있었다. 그리고 제지당할 때까지 이 자유들을 사용했다. 그런데 이제는 더 이상 그렇게 안 된다니, 그 사실이 나를 불안하게 만든다.

무엇보다도 수술을 받고 깨어났는데 모두가 내 주위에 빙 둘러서서 날 바라볼 순간이 두렵다. 오직 공기를 들이마시고 어떻게든 다음 라운드로 넘어가는 것이 관건이니, 아마도 그때쯤엔 모든 게 상관없을 거다. 하지만 나는 자문해 본다. 사람들이 누군가를 마냥 쳐다보고 있을 때면, 그건 어떤 시선일까. 그러면 나는 그들의 시선에서 진실을 보게 되겠지. 저기 독단적이고 죽지도 않을 것 같던 놈이 재가 되기 직전의 존재로 쪼그라들어 있다는 진실 말이다. 그리고 그것이 나를 겁먹게 만든다. 이 현실의 틈입을 여태껏 단 한 번도 겪어 본 적이 없으니까, 그것이 더 이상 허구가 아니니까, 내가 관객들에게 심장마비를 연기해 보여 주는 연극이 아니니까.

…… 나는 이 두려움 속에서 나와 동반해 줄 누군가를 찾아야만 한다. 왜냐하면 나는 혼자서 이걸 해낼 수 없을 테니까. 어쩌면 요제프 보이스의 이 희한한 텍스트들이 나에게 도움이 될 수도 있겠다. 마침 그의 인터뷰들이 실린 책을 읽고 있다. 여기서 그는 예를 들어서 자기에게는 병이란 없노라고, 모든 게 다 하나의 과정 안에 있노라고 말한다. 어쩌면 나도 언젠가 이러한 차원에서 생각

하게 될지도 모르겠다. 하지만 비관주의가 나를 뒤흔들고 나에게 이렇게 말하는 것 역시 정상 아닌가. 이봐, 근데 넌 반년 뒤에 거기에 다시 멍울이 생길 거라는 걸, 거기에 다시 한 번 칼을 대든가 화학요법을 다시 하든가 해야 할 걸 이미 알고 있잖아? 너는 그게 완전히 새로운 인생 관리가 되리라는 걸 이미 알고 있잖아, 안 그래? 내가 두려워하는 것은, 그렇게 되면 내가 쭈그렁 할아버지가 되어 지팡이를 짚고 경중대며 다니기밖에 못 하는 것이다. 지금까지는 모든 게 어찌어찌 가능했지만, 이제는 아니다.

…… 하지만 다른 가망이 없지 않은가. 수술하는 게 옳다. 그걸 밖으로 꺼내 버리자! 그러고 나면 다음 파도가 올 테고, 그러면 서핑을 배우거나 뭐 그러자. 내가 깨어나면, 세상이

여기는 종양 박사입니다!

다른 방향으로 돌고 있을 것이다. 미리 준비할 수 있다. 생각이야 그러고 나서도 여전히 할 수 있고, 대화 상대도 충분히 있고, 생각은 어차피 충분히 있다. 지금은 무엇보다도 생각들을 가다듬을 필요가 있다.

그래 그거야! 여기는 종양 박사입니다! 내가 지금 요나탄 메제*라

---

* Jonathan Meese(1970~). 아렌스부르크와 베를린을 무대로 회화, 조각, 설치미술, 행위

면, 나는 아마도 족히 28만 제곱미터는 되는 공간에 청동신 - 종 양황제 - 폐 어쩌구저쩌구 박사를 그렸을 텐데. 모든 게 이미 다 만들어져 있을 텐데. 오늘 나는 어딘가에서 뤼디거 자프란스키*의 신간 서적이, 현대의 낭만주의자들도 다루고 있는 낭만주의에 관 한 책이 있다는 것을 읽었다. 그들은 주제적으로 낭만주의의 중요 한 입장들을 구현할지는 몰라도, 실제로 겪어 보지는 못했을 것이 다. 그래서 내가 그걸 한번 단순화해서 재현해 볼까 한다. 그가 메 제와 나를 예로서 거명했으니, 자프란스키에게 몇 주 뒤에 편지를 써서 이렇게 보고할까? 내 형태의 낭만주의는 진짜인 무엇인가가 되었답니다. 하지만 당신은 그걸 그저 꿈이나 꿀 따름이지요. 그 래서 내가 당신에게 그것에 관해 논문을 한 편 써 드리겠습니다.

미술, 비디오아트, 연극 작업 등 전방위로 활동하는 독일 예술가.
* Rüdiger Safranski(1945~). 독일의 문예학자이자 철학자, 작가.

1월 28일, 월요일

　　나는 내일 아침에 수술을 받게 된다. 여기는 지금 사람들로 가득 차 있고, 내가 수술대로 가기 전에 우린 작은 모임을 가질 것이다. 아이노가 있고, 클라우디아와 카를, 마이카도 있다.

　카이저 교수도 진작에 다녀갔다. 나는 일전에 그와 그 끔찍하고 사무적인 대화를 나누었더랬다. 오로지 여기도 메스, 저기도 메스 얘기였다. 그러니 스스로 이렇게 묻게 된다. 저 사람이 나를 수술하려는 걸까, 아니면 도살하려는 걸까? 그래서 집에 가서 내 머리통에 총알을 박아 넣겠다고 결정했더랬다. 하지만 권총을 찾지 못했다. 책상에서 뛰어내리려 했지만, 책상은 너무 낮았다. 그런 다음에는 아프리카로 가서 사라져 버리겠다고 결심했지만, 그것 또한 되질 않았다.

　나는 전화번호부를 낚아채서 카이저의 개인 번호를 찾아냈다. 그에게 곧장 연결해서 이렇게 말했다. "여보세요, 쉴링엔지프입니다. 대화를 나누고 나서 너무 불안해서 선생님과 다시 한 번 이야기해야만 하겠습니다. 선생님으로 결정을 내리긴 했지만, 제가 이젠 세상을 잘 이해하지 못하겠어요. 수술 전에 무조건 한 번 더 선생님과 말씀을 나누어야만 할 것 같습니다."

한 시간 뒤에 그가 왔고, 여기 병원에 있는 자기 사무실에서 나를 맞이했으며, 우리는 정말로 유익한 대화를 나누었다. 보아하니 이전에 의사들 간의 의사소통에서 뭔가가 약간 잘못되었던 모양이다. 그래서 지난 금요일에 그렇게 말수가 적었고, 자기가 그 모든 것을 신속하게 종결시킬 수 있으리라고 생각했던 것이다. 그럴 때 우리는 확실히 지나치게 예민하긴 하다. 그래서 나는, 이 외과 의사들이야말로 프로들이라고, 내가 내 자동차를 맡기는 정비공한테 호감을 느낄 필요는 없지 않느냐고, 나를 설득하려 했더랬다. 하지만 그런 생각은 잘 먹히지 않았다. 내 몸은 자동차가 아니고, 그 안에서 여기저기 잘라 내는 사람에게 가 닿는 어떤 선이 필요하다.

어쨌거나 우리는 정말 순조롭게 이야기를 나눴다. 그는 폐를 최대한 많이 보존하기 위해서 전력을 다하겠노라 다짐했고, 성대 신경은 망가뜨리지 않겠다고 약속했다. 모든 것을 정확하게 따져 볼 거고, 그 대신에 내가 나중에, 말하자면 반대급부로서, 자기가 원하는 대로 해야만 한다고 했다. "제가 그러라고 하면, 선생님은 그냥 일어서는 겁니다. 진통제는 충분히 있어요." 그가 말했다. "수술 뒤에 당분간은 전력을 다해 따라 주셔야 합니다. 산보 수준은 아닐 거예요. 하지만 우리는 정말로 선생님의 힘과 의지가 필요합니다. 그리고 나쁜 신싸로 끝나는 겁니다. 우리는 지금 선생님한테서 그 더러운 놈을 끄집어낼 거고, 그다음에 3주간의 훈련, 그러고 나면 선생님은 댁으로 가시는 겁니다."

이러한 명확한 작전 지시가 좋게 작용했다. 나는 이제 그렇게 할 거다. 한 마디로 자기실험인 것이다. 나는 그냥, 실제로는 나에게 종양이 없노라고 말한다, 그냥 뭔가를 시험해 보고 싶은 거라고. 그런 일은 여태껏 없었다. 그런 다음에 그것에 관해 장담컨대 실패작이 될 극작품을 쓰는 거다.

그렇지 뭐, 어쨌거나 카이저가 오늘 저녁에 한 번 더 왔다. 분명 왼쪽이 약간 흉벽 안쪽으로 자라 들어간 것처럼 보이지만, 천자 검사 때문에 그랬을 수도 있다. 그 안을 들여다봐야 판정을 내릴 수 있다. 만약 그렇다 하더라도, 그것도 문제가 안 된다. 그렇다면 거기서 작은 흉벽 조각이 나오고, 그 대신 거기에 고어텍스를 삽입하면 된다. 극도로 세련된 일 아닌가. 아무나 그게 있는 건 아니니까. 어쩌다 비를 맞더라도 그 부분은 젖지 않을 거다. 색상 선택이 여기서 유일한 논쟁거리다. 그것 때문에 내일 또 수술을 취소하게 되지 않을까. 사람들은 나를 황토색으로 꿰매 주려고 하는데 나는 은색을 원하기 때문에 말이다. 내가 두 팔을 들어 올리고 아이노가 거기 있는 작은 종양이든 뭐든 살펴볼 때, 그게 은빛으로 반짝여야 한다. 이걸로 고해도 잘할 수 있다. 나는 무릎을 꿇고 이 고어텍스 조각에 대고 고해를 하는 거다. 그러면 그것이 곧바로 비어 있는 내 폐 속으로 들어가서 에너지로 전환된다.

…… 내가 이미 마약에 절어 있다고 생각하는 사람은 없겠지. 나

는 닭 다리 두 개밖에 안 먹었다. 거기에 워낙 호르몬 성분이 많이 들어가 있어서 그런지 나는 이미 약간 맛이 가 있다. 당연히 억지 유머이다. 그래도 억지 유머가 아버지가 시력을 잃어 가면서 보인 우울 상태보다는 낫다. 내가 지금 아버지와 그토록 심하게 싸우는 것도 그 때문이다. 나는 아버지처럼 그렇게 전락하고 싶지 않다. 어차피 다 아무 상관 없다고 말하고 싶지 않다. 이 비관주의 때문에, 아버지가 우리에게 쏟아 냈던 그 시커먼 가래 때문에, 나는 아버지가 더 이상 좋지 않다. 나는 아버지에게 거듭 이렇게 말한다. 아빠, 노력해 보세요! 나는 아빠를 아주 많이 동정했어요. 하지만 아빠한테 힘을 주려고 노력했고, 전혀 주지 못했죠. 아빠가 아직도 어떻게든 관계를 유지하고 싶거든, 내가 아직 아빠한테 뭔가 의미가 있거든, 아빠는 지금 뭔가를 해야만 해요. 내 치료를 돌보라는 뜻은 아니에요, 하지만 내가 이 숙명론과, 아빠의 이 망령과 아무 상관이 없도록, 내가 삶의 기쁨을 간직하도록, 아빠는 최선을 다해야만 해요.

그는 아직도 해내지 못했다, 내 아빠 말이다. 그러니 내가 이토록 오랫동안 요제프 보이스를 붙들고 있을 수밖에 없다. 보이스는 물론 쉬타이너 학파로 허튼소리도 많이 지껄여 댔지만, 그에게는 훌륭한 생각들이 아주아주 많다. 질병이란 없다는 문장이 그 예이다.

발도르프 학교의 주창자로 알려진 루돌프 쉬타이너(1861~1925)는 영석 세계관에 기반한 인지학Anthroposophie를 창설했으며, 요제프 보이스는 학창 시절부터 쉬타이너의 이론에 강한 영향을 받았다.

그것은 멋들어진 문장이다. 왜냐하면 질병에 관해 말하면, 이는 즉각 희한한 표창表彰이 되고, 뭔가 특별한 것이 되기 때문이다. 그러면 어찌어찌 결단이 내려진다. 하지만 그러고 나서 보니 웬걸 건강하다거나 아니면 다시 건강해진다면, 십자가에 앞뒤로 못 박히게 된다. 그러면 우리는 결국 특별한 것이 아니고, 그러면 표창이 다시 몰수되고, 그러면 다시 시스템 정체 상태로 되돌아가는 거다.

그러니 '질병이란 없다'라고 말하는 편이 오히려 낫다. 나는 질병을 상태로, 약간 불쾌한 상태로 보려 한다. 내가 못마땅한 고통을 느낄 테고, 더 이상 쉽게 몸을 긁을 수 없을 테니까 말이다. 하지만 질병이란 없다. 그걸로 끝! 그냥 사고인 거다. 마치 기사들의 무술 시합에서 미친 듯이 돌진하다가 창에 찔리는 것과 같다. 하지만 그것 또한 당연히 보조구성**에 불과하다.

글쎄, 그럼 나는 이제 다시 한 번 양쪽 폐엽으로 숨을 쉬고, 내일 나한테서 그 오물 덩어리를 끄집어 내도록 하지 뭐. 그럼 그때까지 안녕.

** Hilfskonstruktion. 어떤 사태나 문제에 접근하기 위해 사용하는 발상이나 생각.

1월 30일, 수요일

　자, 내가 다시 돌아왔다. 수술은 어제 아침에 시행되었고, 네 시간 아니면 다섯 시간이 걸렸는데, 정확히는 모르겠다. 어쨌든 잠드는 것이 아주 좋았다. 염려해 주는 진짜 친절한 사람들. 그러고 나면 그냥 잠이 든다. 전혀 아무것도 알아채지 못한다. 그냥 몸이 따뜻해지고, 약간 어른거린다. 그러면 나는 사라진다. 깨어나면서 내가 아이노가 핸드폰을 꺼야 한다고, 그 대신에 귀에다 버튼을 달아야 한다고, 우리가 연락할 필요가 있을 수도 있다고, 중얼거렸나 보다. 우리는 버튼으로 연결될 필요가 있을지도 모른다고, 하지만 아무도 그걸 알면 안 된다고 말이다. 간호사가 나중에 내 여자친구 이름이 버튼이냐고 물었다. 반쯤 잠든 상태에서 내가 자꾸만 내 버튼이 어디 있느냐고 물었단다.

　그날 하루가 지나는 동안, 나는 적어도 반쯤은 의식이 있었다. 마르틴이 와 있었고, 아이노가 와 있었고, 분명 내 상태가 어떤지 보고 싶어 하는 사람들이 더 많이 와 있었을 것이다. 나는 그 모든 것을 제대로 인지하지는 못했다. 저녁에야 내 왼쪽 가슴이 이상하게 딱딱하다는 사실을 눈치챘다. 어쩐지 묘했다. 팔에는 관이 대략 여섯 개가 연결된 카테터가 있었다. 예컨대 심장 바로 앞까지 관을 집어넣어서 거기에 물이 너무 많이 차 있지는 않은지 본다. 그것 말고도 등에 관이 하나 더 있다. 거기서 흘러나오는 액체를 보고 출혈이 얼마나 있는지를 안다. 나는 아마도 아주 미량의 혈액 손실만 있었던 듯하다.

개괄하자면, 수술은 멋지게 진행되었다. 움직이면 등에 통증이 있기는 하다. 기침을 해서 가래를 뱉어 내는 것도 몹시 힘들었다. 하지만 그것은 정상이다. 카이저 교수는 횡격막에도 피해가 있어서 그 일부를 제거할 수밖에 없었다고 했다. 그리고 결국 두 개의 폐엽을 제거해야만 했다는 말도. 그러니까 왼쪽 폐의 절반이 사라진 것이다. 어제는 그 모든 걸 제대로 알아차리지 못했지만, 그럼에도 불구하고 그 일을 해냈다는 것이 자랑스러웠다. 나는 진짜 무지 우쭐했다.

…… 하지만 아이노가 가고 나자, 그 일을 해냈다는 기쁨이 서서히 사라졌다. 그 대신에 또다시 의구심이 찾아왔고, 나의 분노와 두려움과 싸워야만 했으며, 내가 너무 이상하게 숨을 쉬어서 공황 상태에 빠지기도 했다.

그리고 나서 밤이 지나는 동안 뭔가 아주 희한한 일이 일어났다. 난데없이 곁에서 한 아이가 비명을 지르는 소리가 들렸다. 아주 큰 소리로. 그래서 나는 이렇게 생각했다. 오 맙소사, 저 아이가 죽나 보다, 쟤도 상황이 더럽게 안 좋구나, 쟤도 저렇게 슬프고 외롭고 사랑이 필요하구나. 나는 말했다. 그렇다면 저 아이는 살려 주시고 나를 죽게 해 달라고. 하지만 감정이 과해서가 아니라, 정말로 완벽히 진지하게 그런 느낌이었다.

내가 그 말을 내뱉자마자, 혈압과 맥박, 산소포화도, 모든 수치를 측정하는 내 슈퍼 전자장치가 경고음을 울렸다. 그리고 그 순간, 나는 이렇게 생각했다. 오 이런, 거 봐, 뭔가가 잘못됐어, 그리고 인제 너는 정말로 죽는 거야.

하지만 나는 죽고 싶지 않아! 그러자 진짜로 공황 상태에 빠졌다. 왜 지금 내가 죽어야 한다는 거야? 성모마리아여, 제발, 저를 좀 사랑해 주소서, 도대체 당신들한테 무슨 일이 생긴 건가요? 제발, 제발, 난 살고 싶어요, 아주아주 오래 더 살고 싶습니다. 아직도 할 일이 아주 많아요, 나는 세상에서 아주, 아주 더 많은 일을 하고 싶어요. 그 순간 그 아이가 비명을 멈췄다. 오 맙소사. 나는 생각했다, 내가 약속을 지키나 안 지키나 봤구나, 그 아이가 죽었어. 이런 젠장, 이제 나는 살았고, 그 아이가 죽었구나.

…… 내 기계장치 소리가 다시 나지막해졌다. 나는 한 의사에게, 저기 비명을 지르던 아이가 있지 않았느냐고, 그 아이에게 무슨 일이 있느냐고 물었다. 그러자 그 남자가 대답했다. 예, 그 아이는 간단한 수술을 받는데요, 지금은 괜찮습니다. 그 아이는 아마도 내가 이미 며칠 전에 보았던, 어머니와 같이 있던 아이였을 것이다. 그 엄마는 자기 아이가 지능이 매우 높다는 생각, 장애가 있는 것이 아니라 그냥 독특한 걸음걸이로 대지 위를 돌아다니는 것뿐

이라는 생각에 매우 행복해했
더랬다.

그 아이와 나, 우리는 둘 다
그냥 살아가는 것밖에 더 이상
바라는 게 없다. 지금은 이 말
이 너무 감정적으로 들릴 수도

> 우리는 늘 '양자택일'만 알 뿐,
> 결코 '다 함께'를 알지 못한다.

있겠지만, 내 생각에는, 이 이야기의 리듬 속에는 무엇인가가 있
다. 이를테면 우리가 늘 양자택일만 알 뿐 결코 다 함께는 알지 못
한다는 사실을 불현듯 깨닫는 것 말이다.

그 사실을 명확히 깨닫고 나자, 나는 깊은 평온을 느꼈다. 사실
수술 전에 하느님, 예수님, 성모마리아와 나의 관계는 극단적으로
삐걱거렸다. 너무 화가 치밀고 열을 받아서, 마치 싸움에 임하듯
했다. 그들이 나를 그냥 내버려 두기를 원했고, 애 취급을 당한다
고 느꼈다. 아빠한테도 비난만 퍼부었고, 내 부정적인 생각에 대
한 책임을 모조리 아버지에게 전가했다. 그러나 어젯밤에 나는 예
수님, 하느님, 성모마리아와 화해하고 이렇게 말할 수 있었다. 나
를 그냥 조금만이라도 사랑해 주시옵소서. 그래 주시기를 간청 드
리옵나이다. 아버지와도 화평을 맺을 수 있었다. 편찮으신 동안
아버지는 일절 펼치지 못한 삶의 기쁨을 나는 이제 받아들일 수
있는 이유이다. 사실은 아버지도 인생을 즐기고 싶었고, 누구라도
행복을 느낄 만한 수많은 소소한 것들을 원했다. 하지만 아버지는
언젠가부터 그걸 어떻게 시도해야 할지 모르게 되었고, 올바른 길

을 발견하지 못했다. 어쩌면 아버지가 기독교의 죄와 벌 같은 헛소리 탓에 너무나도 뒤틀려 버렸기 때문일 수도 있다.

그리고 내가 그렇게 아버지에게 뭔가 긍정적인 사고를 부탁하기는 했지만, 그게 먹힐지 안 먹힐지는 나한테 달려 있다는 것도 이해가 갔다. 내가 나한테 긍정적인 것을 허용하지 않는데, 도대체 어떻게 아버지가 나한테 긍정적인 생각을 보낸단 말인가? 나 스스로 긍정적인 것에 열려 있지 않으면서 아버지한테 그러기를 요구하고, 아버지한테 힘을 달라고, '애야, 다 괜찮단다'라고 해 달라고 요구한다. 그래서 아버지가 그렇게 하지 않으면, 한없이 모욕감을 느끼는 것이다. 내가 지금까지 끊임없이 저항을 호소했고, 세상을 그 안에서 무엇보다도 저항을 해야만 하는 무엇인가로 보았던 까닭이다. 나조차도 핵심에서는 그 힘에 열려 있지 않으면서. 사실, 저항이 필요하지 않거나 저항을 낳지 않는 일이라면, 아무런 저항도 할 수 없다.

아마도 많은 이들이 이런 상황에서는 끝까지 싸워야 하고 모종의 힘들과 생사를 놓고 협상해야만 한다고 생각할 것이다. 나 역시 그랬다. 나는 싸웠고, 협상했고, 구걸했고, 그러면서 두 사람이, 그 아이와 내가, 살고 싶어 한다는 사실을 망각했다. 하지만 그 사이에 확신하건대, 하느님을 적대시하거나 하느님과 승부를 겨루는 것은 문제가 아니다. 때로는 아무것도 할 수 없다는 것을, 저항이 잘못이라는 것을 불현듯 깨닫는다면, 어쩌면 그것이야말로 한 인간 안에 있는 하느님의 원리일지도 모른다. 의학을 개입시키고 다시 건강해지기를 소망할 수도 있지만, 본래는 뜻에 따라야만 한다는 것을 깨닫는다면 말이다.

무엇보다도 잘못을 다른 사람에게 돌리지 않도록 주의해야만 한다. 거기에는 하느님도 포함된다. 이따금 하느님이 어떻게 그것을 용인하실 수 있었는지, 그게 무슨 의미인지를 자문하게 되는 일들이 일어난다는 건 자명하다. 당연히 모든 것이 의미가 있다. 모든 것이 긴밀하게 연관되어 있다는 오직 그 이유에서만 그러하다. 인간은 고독한 전사도 아니고, 이제 암도 한번 정복해 보려는 영웅적인 등반가도 아니다. 이건 벌써 싹수가 노랗다. 우리가 다른 사람들과 엮여 있다는 사실을 분명히 해 두는 편이 훨씬 낫다. 그렇다고 내가 죽으려면 모두를 죽음으로 끌어들여야 한다거나, 다른 사람이 살아 있는 한 나 역시 계속 살 수 있다는 뜻이 아니다. 내 말은 그저, 나를 혼자서 동네를 휘젓고 다니면서 하느님 그리고 세상과 맞장을 뜨는 고독한 전사라고 보는 짓을 그만두어야 한다는 뜻이다.

어쨌거나 나는 어젯밤에, 살아야 하는 그 작은 아이와, 아량 넓게도 더 이상 살고자 하지 않은 나를 구분하기를 그만두었고, 그제야 비로소 평온을 찾을 수 있었다. 우리 둘 다 살고자 한다는 것을, 우리가 우리도 모르게 서로에게 속해 있다는 것을 이해하고 나서야, 나는 비로소 나를 무너짐에 내맡길 수 있게 해 달라는 부탁을, '이루어지게 하소서'라고 말할 수 있게 해 달라는 부탁을 입밖에 낼 수 있었다. 비장하게 들리지만, 그것은 아름다운 문장이다. 이루어지게 하소서, 렛 잇 비.

…… 그럼에도 불구하고 불안이 다시 찾아왔다. 숨 쉬는 것이 뭔가 온전치 않다고 생각했던 까닭에, 나는 깨어날 때마다 번번이 깜짝 놀라 몸을 움츠렸다. 그래서 밤에 아이노에게 한 번 더 전화를 걸었다. 하지만 그녀는 받지 않았고, 나는 안경이 없어서 그 번호가 맞는지 확신할 수가 없었다. 그때 너무 친절해서 거의 어머니나 진배없는 도리스 간호사가 왔다. 그녀는 '푸른 구름, 양, 풍경들을 생각해 보세요, 그런 것들을 생각해 보세요, 도움이 될 거예요'라고 말했다. 사람들은 아마도 그런 게 죄다 키치라고 말하겠지. 아기, 구름, 양 따위는 죄다 키치라고. 키치이기야 하지. 하지만 거기엔 뭔가가 있다. 나라면 굳이 구름과 양 같은 이미지를 선택하진 않겠지만, 그것 역시 요점이 아니다. 요점은, 그 간호사가 그 말을 하면서 나를 도와주려고 했다는 사실이다. 그것은 사랑이었다. 내가 당장 너를 도와줄게, 꼬마 신사분, 꼬마 크리스토프야. 그것은 정말 좋았다.

그리고 언제쯤인가 아이노와 전화 통화가 이루어져서, 틀림없이 반 시간은 이야기했다. 원래 중환자실에서는 허락되지 않는 일이지만, 그들은 지금 많은 것을 허용해 준다. 전화 통화 뒤에 나는 다시 더 차분해졌다. 더구나 진정제를 한 알 더 먹었고, 아침에 다시 검사, 운동치료가 시작될 때까지 잤다. 나는 어마어마한 꿈을 꾸었다. 내가 성경을 고쳐 쓴다거나 뭐 그런 꿈 말이다. 아마도 내가 완전히 종교적인 환각 상태에 빠졌다고 할 법하다. 하지만 그 말은 틀리다. 나에게는 단지 사고의 극단적인 전환점 문제일 뿐이다. 그리고 그것은 아프다, 또한 취하게 만들기도 하고, 어쩌면 약간 정신이 나가게 만들기도 한다.

…… 나는 아직도 그 모든 것을 이해하지 못한다. 다른 사람들도 그런 상황에서는 무슨 일이 벌어지고 있는지 이해하지 못할 것이다. 나는 점점 더 많이 생각하지 않을 수 없다. 얼마나 많은 사람이 자기 집에 죽치고 앉아 있고, 암에 걸리지는 않았더라도 다른 재앙들을 겪으면서 절망에 빠져 사랑을 찾아 헤매고 있을까? 그들도 왜 그 여자나 그 남자가 떠나가 버렸는지, 왜 자기 아이가 길에서 차에 치였는지 이해하지 못한다. 왜 자기들 몸 안에 그런 희한한 것이 들어 있는지 이해할 수 없다. 나는 점점 더 거세게 자문해 본다. 도대체 누가 그들과 이야기를 나누어 주고 있을까? 대체 누가 거기에 연락을 취하고 있을까? 나야 아주 많은 이들과 이야기를 나눌 수 있는 특권이 있다. 하지만 다른 이들은 죽치고 앉아 있고, 곁에 아무도 없다. 그들은 온종일 인터넷서핑을 하고, 이런저런 허튼소리들을 읽고, 같은 병을 앓는 이들과 사이비 의사들에게 글이나 쓸 수밖에 없다. 같은 병을 앓는 환자들도 대책 없기는 매한가지다. 그래서 내가 지금 "허튼소리"라고 말하지만, 전혀 폄하하려는 뜻이 아니다. 나는 그들이 절망으로 인해 허튼소리를 쓴다고 생각한다. 그들은 이렇게 전하고 싶은 거다. 나는 암을 이겨 냈

다. 우리 아버지는 5일 전에 이러저러한 진단을 받았는데, 누가 나를 도와주실 수 있나요, 어떤 방도나 의사를 알고 계신 분 있나요?

끔찍하다! 그런 인터넷 포럼들을 읽다 보면, 속이 몹시 메슥거려지고, 곧장 병이 도진다. 그리고 이 보건 시스템에 어떤 속수무책이 들어박혀 있는지 알아채게 된다. 어떤 무대책, 어떤 무능이 그곳을 지배하고 있는지 한번 큰 소리로 분명하게 말할 필요가 있다. 왜냐하면 사람들이 자신의 불안과 함께 홀로 방치될 뿐만 아니라, 그 절망 속에 멈춰 설 수밖에 없기 때문이다. 아프다는 통보를 받고 나면 금치산 선고가 내려지는 과정에 접어들고 만다. 병이 고통인 것이 아니라, 병든 자가 고통을 당한다. 병에 반응할 능력이 없는 까닭에, 그에겐 함께할 가능성이 없는 까닭에. 이 시스템 안에 있는 그 누구도 그와 진지하게 이야기를 나눌 준비가 되어 있지 않기 때문에, 병든 자는 시스템 속에 방치되어 있다. 물론, 진단, 예후, 치료 과정을 설명해 주기는 하지만, 진짜 대화는 없다. 병이 들면 사람들과 이야기를 나누거나, 생각을 활성화하거나, 두려움이나 소망을 물어봐 주는 것만으로도 도움이 될 텐데 말이다. 그러기만 해도 환자는 다시 과정에 참여하게 될 테고, 그러면 병이 그에게 강요하는 이 정적인 상태에서 해방될 텐데.

그리고 고통의 강도에 따라 그에 상응하는 클리어링 킥*이 개발될 것이다. 그러면 환자는 홀연히 다시 시스템의 일부가 될 것

---

* 자기 문전에서 공을 멀리 차 내는 것을 뜻하는 축구 용어.

이다. 그리고 그것을 해낸다면, 적어도 고통에서는 벗어날 것이다. 그리고 어쩌면 심지어 암을 이겨 낼는지도 모른다. 지금 암 전문가 쉴링엔지프 가라사대, 물론 그는 코감기에 걸렸지만, 문제없다. 새로운 코감기, 새로운 행복.

…… 그리고 이제 벌써 수요일 저녁이다. 나는 몹시 피곤하고 쇠약해졌다. 내 왼쪽 가슴이 분비물로 가득 찼다. 온통 흐늘거리고, 꾸르륵 소리를 낸다. 내 심장은 4리터 반의 피를 사실상 고작 한 방향으로밖에 운반하지 못하고, 다른 편은 막아 놓았다. 힘들지만, 의사들은 내 심장이 그걸 해낼 수 있다고 한다. 그리고 모든 사람이 여기 이것은 미래로 향하는 멋진 발걸음이라고 설명해 준다. 그건 1년이 걸릴 수도 있고, 5년이 될 수도 있으며, 또 10년이나 20년이 될 수도 있다. 다 가능하다. 토대는 놓였다.

하지만, 당신들이 앞으로 놀라게 될 거라고, 어떻게든, 내가 분명히 해낼 거라고 지금 거창하게 떠벌리는 것이 중요한 게 아니다. 너희들 죄다 엿이나 먹으라고, 난 더 이상 의욕이 없다고 이야기하는 게 중요한 것도 아니다. 둘 다 안 되면, 어찌어찌 다른 길을 찾아내야만 한다. 하지만 어떻게? 이것은 행복과 불행, 자유와 구속, 사랑과 증오로 이끄는 모든 힘을 자기 안 어딘가에 간직한 아주아주 희한한 상황이다.

거참, "어찌어찌", "어딘가에" … 내가 얼마나 견디지 못하던 단어들인가.

2월 1일, 금요일 낮 동안

       수술한 지 사흘째 되는 날, 쉴 새 없이 똥을 싸 대는 밤으로 시작되었다. 나는 항문기로 진입해서 침대에다 푸짐하게 똥을 싸질렀건만, 의사들은 그것이 좋은 신호라며 고무되었다. 장이 활동하면, 회복될 조짐이 보이는 거라고.

  그사이에 이미 몇 발짝 걸을 수도 있게 되어서, 오늘 내 배뇨관도 빼 버린다고 한다. 내 심장도 온갖 것들을 잘 처리하고 있는지 다시 한 번 검사를 받아야 한다. 그건 내가 확신한다. 일어서고 걸어도 아무 문제가 없기 때문이다. 왼편이 자꾸 아프기는 하지만, 상처가 있는 곳만 그렇다. 그건 언젠가 사라질 거다. 말하는 것도 약간 더 느려졌다. 어쩔 수 없다. 일단은 그렇다.

  어제, 아이노가 면회하러 왔을 때에는 분위기가 약간 긴장되었다. 그녀는 초콜릿 푸딩, 티라미수 등등 멋진 것들을 아주 많이 사 왔다. 그렇지만 내가 좋아하는 건 하나도 없었다. 그래서 나는 기분이 나빠졌고, 상당히 퉁명스러워졌다. 당연히 부당한 처사였다. 그녀는 총 열 시간을 여기에 있었는데, 그건 한번 상상해 봤어야 한나, 널 시산이라니! 서시가 반내났녀라면, 나는 실내 닐 시산꼭 여기에 붙어 앉아 있지 않았을 게다. 노트북을 펴 놓고, 일을 하고, 이메일을 쓰는 등등 자주 사라질 것이다. 하지만 나의 아이노는, 거의 언제나 여기에 있고, 나를 돌보아 주거나 내 품에 머리를 기대고, 그러고 나면 우린 둘 다 잠이 든다. 그건 정말, 정말 좋다.

어제는 어차피 내가 엄청나게 잠을 잔 날이었다. 나는 요즘 암 치료 과정 전반을 제대로 생각하지 않고 있는데, 그것은 당연히 좋게 작용한다. 내가 거기서 이리저리 떼 지어 날아다닐 수도 있을 사소한 것들을 여전히 내 안에 지니고 있을지도 모른다는 것은 어쩌면—나는 분명히 "어쩌면"이라고 했다—더 이상 중요하지 않을지도 모른다. 일단은 내가 존재한다는 것이 제일 중요하다. 통증이 어떻게 누그러지고 내 활동성이 점점 더 좋아진다는 것을 내가 알아차리는 것. 내가 스스로 돌보는 것이 말이다.

카이저 교수는 심지어 내가 약간만 더 재활훈련을 하면 내일쯤 저 위 일반 병동으로 갈 수 있을 거라고 했다. 그렇게 된다면 나는 중요한 단계 하나를 아주 성공적으로 끝마친 것이다. 수술 후 출혈이 없었으니, 이미 크나큰 행운이다. 그리고 수치들, 맥박, 혈압 등이 최고이다. 혈중 산소포화도 역시 끝내준다. 내 심장도 잘 협조한다. 나는 기운이 있고, 수다를 떨고, 그저 이따금 아주 졸릴 뿐이다. 그러나 그것 역시 즐긴다. 졸리면, 그냥 졸린 거고, 그걸로 끝. 그러면 꾸벅대며 졸 테고, 긴장이 풀릴 테니 반갑다.

내 꿈들은 판단을 내리기가 어렵다. 이상한 것들이지만, 본래는 전부 긍정적이다. 거기서는 갑자기 내 청바지에 전류가 흐르고, 플러그에서 청바지를 끄집어내지 못하고, 그걸 얼른 떼어 놓으려

하지만, 잘 되질 않는다. 그런 다음 아이노가 오고, 그 청바지가 다시 자유로워지고, 우리는 트럭을 타고 이리저리 다니고, 그녀가 불명확한 말들을 하는데, 나는 편안하게 느낀다. 또는, 내가 한 친구가 ALS[*] 환자들을 위한 후원 행사를 조직하는 모습을 보고 있다. 그는 엄청난 노력을 기울이고, 그 행사를 루게릭병 환자들이 별들로 그려 넣어진 지구의에 비유한다.

그렇다, 지금 나는 긴장이 풀려 있다. 나는 꿈을 잘 꾸고, 주위는 밝고, 태양은 빛나고, 나에게 이 수술을 받을 용기가 있었다는 게 정말로 무지하게 기쁘다. 기력이 돌아올 것이고, 그건 내가 확신한다. 내가 얼마나 더 기운을 차리게 될지, 벌써 느낌이 온다. 이 모든 상처야 당연히 존재하지만, 그건 내가 바꿀 도리가 없다. 심장의 적응 역시 내가 바꿀 수 있는 일이 아니다. 기침에 대한 두려움 또한 여전히 상존한다. 그건 내가 좀 바꿀 수도 있을 테니, 나중에 한 번 시도해 볼지도. 세상에, 이제 겨우 수술한 지 사흘째다….

…… 어제 아이노가 잠깐 극장에 가야만 했을 때, 내가 여전히 멋진 관계를 이어 가고 있는 오랜 친구가 찾아왔다. 우리는 많은 이야기를 나누었는데, 가능한 모든 것에 관해, 무엇보다도 개인을 위한 자유 개념이 무엇을 의미하는지에 관해 이야기했다. 내 생각에, 이 문제는 아직 충분히 숙고되지 않았고, 언제나 다른 사람과 관련

---

[*] amyotrophic lateral sclerosis. 근위축성 측삭경화증, 일명 '루게릭병'.

한 자유만이, 정치적인 자유만이 문제가 된다. 개인의 자유는 아마도 자기 자신에 관해서만 깊이 생각해 보아도 되는 데에 있을 것이다. 하지만 그것은 쉬운 일이 아니다. 그러기 위해서는 자신의 동굴을 떠나야만 할 테니까. 그건 거의 불가능에 가깝다. 자신으로부터 빠져나올 수 없으니 자신에 관해서 숙고하기란 어려울 수밖에 없다. 당최 거리를 두지 못한다. 어쩌면 요가 수련자나 사이비종교 광신도, 명상하는 구루들이나 가능한 일일지도 모른다. 모르겠다, 어차피 내 분야는 아닌 것 같다. 다만, 그런 상황에서야말로 그 동굴에서 나오는 길을 무슨 수를 써서라도 찾아내야 하지 않을까.

클라우디아와 이런 이야기들을 나눴다. 때로 슬픔이 다시 밀려와 울지 않을 수 없었다. 그러자 그녀가 내 머리에 손을 얹었다. 나는 그러한 따스한 몸짓이 나에게 얼마나 좋게 작용하는지, 사랑의 불꽃을 받는다는 게 얼마나 아름다운지 느꼈다.

요즘 나는 사랑의 불꽃을 많이 선사 받는다. 또 다른 친구에게 나와 그 아이의 이야기를 들려줬을 때, 그녀는 이렇게 말했다. "네가 살면서 워낙 많이 베풀어서, 이제는 너도 좀 받아도 괜찮아, 너는 사람들의 보호와 돌봄을 받을 자격이 있어." 미치도록 아름다운 말들이다. 그리고 아이노는 나를 사랑하고, 나는 아이노를 사랑한다. 그것은 큰 행복이다. 사랑받고 있음을 깨닫는 것은 아름답다. 누군가를 사랑하는 것 또한 아름답다.

하지만 아무도 없는 사람들은 어떻게 하지? 자기 자신을 좋아할 방법도 찾아야 한다고 점점 더 생각하게 된다. 하지만 어떻게 오만하고 불손해지지 않으면서도 자기 자신을 사랑할 수 있을까? 그러기는 어렵다는 생각이 든다. 자기 자신을 사랑해야 한다는 말은 너무나도 자명하게 들린다. 하지만 어떻게 그렇게 하지? 다른 사람들은 어떻게 그렇게 할까?

하지만 나는 옳은 길을 가고 있다고 생각한다. 나는 내가 더 이상 완전한 무력감에서만 우는 게 아니라, 내가 살면서 해 온 모든 것들에 대한 자부심에서 울기도 한다는 사실을 깨달아 가고 있다. 아직도 내가 어떤 조각품을 만들었는지, 그리고 어째서 그것이 그 형태로 가시화되지 않는지 모를지라도 말이다. 어쩌면 그것을 알아내는 것은 그다지 중요하지 않을 수도 있다. 어쩌면 지금은 왜 내가 그토록 많은 부분에서 나 자신을 좋아하지 않았는지를 이해하는 것이 나에게 더 중요할지도 모른다.

거의 정확히 1년 전에 아빠가 죽었다. 그것은 혹독했다. 나는 아빠가 이제 휙 가 버리고 없다는 사실을 거의 깨닫지 못했고, 끔찍이도 슬펐다. 또한 내가 자기애 결핍을 앓고 있다는 사실을 깨달았다. 내가 해 온 일들 때문에 너무나도 자주 나를 혐오해 왔다는 사실을 말이다. 아버지의 이야기를, 내 질문을, 누군가가 영원히 사라져 버렸을 때 그의 이야기가 어떻게 될지를, 그 죽음에 대한 애도를 곧장 내 작업에 집어넣어야 하는 일은 물론 힘들었다. 많은 것이 내가 계획했던 것보다 더 공개적이게 되고 말았다. 그 때문에 나는 나 자신을 미워했고, 그 때문에 내선이 나 자신을 좋아하지 않는다. 어째서 아버지가 돌아가시자마자 부랴부랴 베를린을 떠나야만 했는지 지금까지도 나 자신에게 해명할 수가 없다. '나는 여기서 내빼야만 해'라고 외치는 미칠 듯한 강박감이 내 안에 있었다. 그러고 나서 나는 실제로 달아나 버렸고, 집을 정리했고, 다들 도와주었다. 그것은 완전히 공포 환각 체험이었다. 나는 그 어떤 텍스트도, 어떤 편지도 더 이상 1인칭으로 쓸 수 없었다. 나는 실질적으로 나, 크리스토프 쉴링엔지프와는 끝장이 났었다.

…… 이제 그 일을 되짚어 볼 때면, 나는 스스로 이렇게 묻는다. 도대체 그게 뭐였을까? 아버지 없이는 더 이상 내가 존재할 필요가 없으리라고 생각할 정도

왜 나는 그냥 나 자신을 좋아하지 않았을까?

로 내가 나 자신을 좋아하지 않았던 것일까? 저기서 자기 일을 하고 있는 저 크리스토프는 이제 없어도 된다고? 내가 버텨 온 이유였던 사람이 궁극적으로는 아버지라고 믿어 왔단 말인가? 아들이 살아 있고, 그렇게 점차 성취해 나가는 것을, 아들이 여행을 다니며 서서히 국제적으로도 유명해지는 걸 아버지도 알게 되시도록? 어쩌랴, 아들은 실제로 항상 몹시 노력했는걸. 그건 내가 말하지 않을 수 없다. 아들은 정말로 자기부정에 이를 때까지 노력했다. 그는 정말로 많은 일을 했다. 그는 부모님 댁에 가서 자신의 성공담들로 이리저리 재주를 넘었다. 집을 환하게 만들려고, 집구석에 활기를 불어넣으려고, 아버지를 조금이라도 우울증에서 벗

어나게 하고 어머니에게 좋은 분위기를 만들어 드리려고 하얀 거인Weisser Riese* 노릇을 했다. 하지만 아들은, 자신의 그런 행동에 대해, 자기가 거기서 그토록 야단스럽게 떠들었던 자신의 작업들에 대해 한 번쯤 잘했다고 자기 머리를 쓰다듬어 주는 걸 까맣게 잊었고, 스스로 칭찬하고 '잘했어 친구'라고 스스로 말하는 것도 잊어버렸다. 오히려 그는 자신을 괴롭혔고, 혹평들을 읽었다. 참나, 저 쉴링엔지프는 … 더 이상 새로운 게 없고 … 더 이상 도발적이지 않고 … 예전이 더 나았고 … 박물관에 전시될 급은 아니다 … 기타 등등. 왜 나는 다른 사람들이 뭐라고 하든 그냥 나와 내 일을 좋아하지 못했을까? 왜 나는 인생을 그냥 즐기지 않았을까? 왜 나는 그토록 많은 생각들이 한꺼번에 몰려드는 것을 좋다고 느끼지 않았을까? 내가 그토록 많이 다른 사람들과 함께 일했던 것을 말이다. 그건 언제나 팀 작업이었는데. 내 작업은 분명 생각을 담는 그릇들을 창출하는 데에, 연구 실험실을 만들어 내는 데에 있었지, 폭동이나 폭발이나 감전이 아니었다. 왜 나는 그런 일을 하는 자신을 그냥 좀 좋아하지 않았을까? 사람들을 한데 모으고, 생각들을 한데 모아서 혼합하는 능력을. 나는 분명 그런 재주가 있고, 그것이 나한테 중요하지 않은가. 나는 생각의 힘을 믿는다. 나는 반대 생각의 힘을 믿는다. 생각의 자유를 믿는다. 하지만 나는

---

* 독일 헨켈Henkel사의 세탁 세제 이름. 건장한 흰색 거인이 더럽고 지저분한 때를 말끔히 물리치는 내용으로 광고한다.

기뻐할 줄 모르고, 나 자신을 칭찬할 줄도 모르고, 나 자신을 쓰다 듬어 주고 사랑해 줄 줄도 모른다. 자신에게 늘 다시 한 번 '크리스토프, 오늘은 훌륭한 날이었어, 너 그거 잘 해냈어'라고 말을 건네는 것—나는 그걸 완전히 까먹어 버렸다. 그것이 참 유감스럽다. 그것은 정말, 정말이지 유감스럽다.

…… 반 시간 전에 회진이 있었다. 서로 친근하게 말이 오갔다. 좀 어때요 등등. 사실 오늘 나는 눈부시게 잘 지내고 있다. 점심을 두둑히 먹었고, 후식으로 계핏가루와 설탕을 뿌린 라이스 푸딩에 애플 소스까지 곁들였다. 이미 아침으로 브뢰첸 하나 다에 달걀, 마멀레이드, 커피 두 잔이 나왔더랬다. 틈틈이 나는 키위 하나, 파워 뮤슬리, 바나나가 든 파워 요구르트를 먹었다. 사실 아주 충분히 먹었다. 그리고 진통제는 계속 줄어든다. 마취과 의사가 이미 수술 다음 날에 말하기를, 자기는 내 상태가 벌써 괜찮은 게, 마치 아무 일도 없었다는 듯이 내가 거기 그렇게 누워 수다를 떨고 있는 게 이해가 가지를 않는단다. 심지어 한 번씩 진통제 주입기가 꺼지곤 했는데도 아무도 알아채지 못했다고 했다. 그러면서 전에는 나를 달리 평가했노라고, 더 엄살을 부릴 줄 알았노라고 했다.

그 말도 맞다. 나도 정말 나한테 놀랐다. 그리고 모든 것이 다 함께 나를 치료한다고 믿는다. 한편으로는 이 약들이, 다른 한편으로는 고비를 넘겼다는, 이 더러운 놈이 내 몸에서 끄집어내졌다는 기쁨이—그리고 물론 아무도 내 성대 신경을 끊어 먹지 않았다는 기쁨도.

　하지만 내 가슴은 평소보다 약간 더 목화木化 또는 금속화되었
다…. 그걸 묘사하기란 너무 어렵다. 내가 거기에 삽입된 낯선 소
재를 감지하는 거라는 생각이 든다. 횡격막에서 암이 벌써 파먹어
들어간 지점이 하나 발견되었다. 그것은 전부 다, 넓찍하게 도려내
어졌다. PET 검사에서 보였던, 그 빛나던 두 번째 지점. 그것은 물
론 아직도 여전히 수수께끼다. 그것이 폐종양에서 뻗어 나온 돌기
인지, 아니면 단독으로 자라는 다른 무엇인지 아직 모르기 때문이
다. 그것은 나를 노리고 있던 종양류가 거기에 하나 더 있다는 것
을 뜻할 테니까, 후자가 분명 더 곤혹스러울 것이다. 하지만 종양
자체는, 카이저 교수가 말해 준 바로는, 확실하게 제거되었다. 맨
눈으로 보았을 때, 그리고 현미경으로 본 동결절편*에 따르더라도,
나의 다른 모든 림프는 깨끗하다. 일단은 좋은 이야기다. 림프들이
아직 종양의 영향을 받지 않았다는 뜻이기 때문이다. 카이저 교수
는 이 역시 이렇게 설명해 주었다. 선생님은 이제 깨끗합니다, 선생
님은 임상적으로 보았을 때 완벽하게 암에서 해방되셨습니다. 그
리고 이 작은 놈, 거기서 지금도 여전히 이리저리 떠다니는 놈은
화학요법으로 제압될 겁니다. 그런 다음에는 암이 퍼진 림프가 하

---

*　동결절편 검사frozen section examination. 수술 중에 이상 소견을 보기에 인부를 떼서,
액체질소로 동결시켜 표본을 제작하여 현미경으로 진단하는 방법. 10~20분이면 진단
할 수 있어서 신속진단이라고 불리기도 한다. 이것으로 수술 속행 여부, 장기 절제 범위
등을 결정한다.

나 들어앉아 있는 이 구석에 방사선을 쬘 겁니다. 이 종양 세포들도 더 이상 퍼져 나갈 수 없도록 확실히 해 두기 위해서요.

폐 속에 있는 종양은 하여튼 샘암종이다. 그것만큼은 확실하다. 전형적인 비흡연자 종양인데, 그 말도 맞는 것이, 나는 20년 전부터 더 이상 담배를 피우지 않기 때문이다. 암이 소세포**는 아닌 모양이다. 소세포였다면 더 빨리 확산했을 것이기 때문이다. 그러나 편평상피도 내 종양 구조 속에 나타난다. 내가 제대로 이해한 거라면, 나는 각종 암세포 뷔페인 셈이다. 또다시 완전히 혼란스러운 꼴이다. 모두 다이거나, 모두 아니거나. 그것이 나를 기분 좋게 만들지는 아직 정확히 모른다. 일단 기다려 볼 작정이다. 조직학 결과는 오늘 진작에 나왔어야 한다. 그러나 여태껏 나오지 않았다. 그렇지만 카이저 교수가 이미 이틀 전에 화요일까지 걸릴 수도 있다고 했더랬다. 아마도 그렇게 간단하지 않은 모양이다. 다시 말해서, 암세포를 찾아 헤매다가 암세포들이 뒤죽박죽된 것을 발견할지도 모른다. 그렇게 되면 이구동성으로 이렇게 말하겠지. 암세포들이 이렇게 뒤죽박죽된 것을 우리는 여태껏 한 번도 본 적이 없습니다.

나는 그동안 여기서 정말 아주아주 친절한 간호사와 의사들을 많이 알게 되었다. 나에게 가장 중요한 사람은 당연히 카이저 교

** 폐암은 그 조직형에 따라 크게 소세포폐암과 비소세포폐암으로 구분한다. 이렇게 구분하는 이유는, 소세포폐암이 치료법과 예후 면에서 다른 종류의 폐암과는 확연히 구분되는 특징이 있기 때문이다. 폐암 가운데 80~85퍼센트는 비소세포폐암이고, 그 나머지인 소세포폐암은 전반적으로 악성도가 높다.

수이다. 그에게 수술을 맡긴 것은 내가 할 수 있는 최선의 결정이 었다. 현재 그는 내 모든 것의 척도이다. 우리가 어렵게 의기투합 했는데도 불구하고가 아니라, 그렇게 했기 때문에 말이다. 처음에 는 정말 그게 그렇게 쉽지는 않았다. 그러나 나는 그로 결정을 내 렸고, 지금까지 그 때문에 벌을 받지는 않았다. 오히려 보답을 받 았다. 그 남자는 정말로 전력을 다해서 얻어 낼 수 있는 것 중에서 최선의 것을 얻어 냈다. 그리고 내가 벌써 이렇게 기동성을 보이는 걸 진심으로 기뻐하고 있음을 알아챌 수 있다. 그에게서도 나는 따 뜻함과 사랑의 불꽃을 받는다. 그러니 그저 감사할 따름이다.

나는 이제 우리가 모든 것을 순서대로 잘 처리하는 것을 출발 점으로 삼아 볼까 한다. 나도 착실하게 동참할 것이고, 그것은 이 미 보여 주었다. 화학요법과 방사선치료가 분명히 나를 쇠약하게 만들겠지만, 이제는 그 점이 그렇게 비관적이지 않다. 넉넉한 분 량의 쓰담쓰담과 아이노가 있다면, 다음 몇 달 동안에도 멋진 순 간들을 경험할 수 있으리라 상상할 수 있다.

…… 그사이 몇 시간이 흘러갔고, 내 기분은 다시 바닥까지 가라 앉았다. 아, 나도 모르겠다, 끊임없는 오락가락에 오르락내리락이 다. 아까는 그토록 낙관적이었는데, 이제는 미래를 생각하면 다시 두려움에 몸이 굳는다. 당연한 의문이 여전히 해소되지 않은 채 남아 있기 때문이다. 내 피 안에 어떤 종류의 조각들이 아직 남아 있을지, 그것들은 지금 거기서 뭘 하고 있을지. 혹시 새로운 암이

생기지나 않을지. 하지만 다들 그것에 관해 깊이 생각하지 말아야한다고 입을 모은다. 그러면 숙명론에 빠지니까 그러면 안 된다고들 한다. 하지만 그것이 이 일을 아주 부자유스럽게 만든다. 내가여기에 골몰하지 않는다면, 어쩌면 그게 더 나을지도 모르지만, 그러면 나는 이 대상 그리고 이 상황과 대결하지 않게 된다. 어쨌거나 그건 이제 내가 함께 살아가는 법을 배워야만 하는, 내 세상의 구성 요소이지 않은가. 그것과 함께 살아가는 법을 배워야만한다는 것이 바로 이 병의 난제이지 않은가.

그래서 의사들과의 대화, 특히 카이저 교수와의 대화가 현재 나에게 중요하다. 오로지 그 사람들하고만 터놓고 말할 수 있을 것같은 생각이 들기 때문이다. 내가 거기서 무슨 일이 벌어질 수 있는지, 거기서 어떤 세포들이 떠돌아다닐 수 있는지를 물어보면, 그들은 곧바로 진지하게 받아들이기 때문이다. 내가 어떤 호러 시나리오를 그리는지는 중요하지 않지만, 그것이 곧 어떤 삶이 될지에 관해 진솔하게 이야기를 나눌 수 있는 믿을 만한 누군가가 필요하다. 나는 당연히 나한테 이렇게 말하는 사람을 원하지는 않는다. 그러니까, 조심하세요, 반년 후면 머리카락이 다 빠질 거고, 1년 후에는 당신 몸에서 다음번 종양을 확인하게 될 거고, 그러면우리는 이것과 저것을 할 거고, 그 2년 후엔 당신은 마지막입니다. 이런 종류의 진실은 문제가 아니다. 이런 종류의 대화도 문제가 아니다. 그러나 이러한 절망의 경직 상태에서 벗어나도록 나를도와주고 나의 불안을 진지하게 여겨 주는 것은 문제가 된다. 나는 그것이 두렵다. 그건 내가 안다. 나는 거기서 또 뭔가가 이리저리 기어 다니고 박멸되지 않을까 봐 겁이 난다. 나는 또, 여기 이 암이 제거되기는 했지만 언젠가 다른 암이 나타날까 봐, 그러니까 나한테 소인素因이 있고 내 면역체계가 이 세포들을 알아채고 먹어 치우지 못할까 봐 겁이 난다. 내가 이 지구상에 그리 오래 머물지 못할 거라는 걸 충분히 상상할 수 있다.

　나는 몹시 친절한 수석 의사와도 이러한 불안들에 관해 이야기를 나누었고, 그녀에게 질문을 했으며, 내 의구심을 이야기했다. 왜냐하면 그런 진단을 받을 때, 나는 그냥 이렇게 말하는 사람을 보고 싶기 때문이다. 네, 전에는 그랬고, 지금은 이렇고, 앞으로 나아가는 겁니다. 불안은 그것을 무시하는 것만으로는 나아지지 않는다. 절대로 그렇게 되질 않는다. 언젠가 카를 헤게만*은 비행기에 올라타면서 조금의 불안도 없으면, 추락할 위험이 더 커진다고 말한 적이 있다. 그것은 말도 안 되는 가톨릭적인 표상일지도 모르지만, 일리가 있다. 나는 내 불안을 억누르고 싶지 않다. 만약 내 몸이 뭔가 잘못 돌아가고 있다면, 마흔일곱 살에 '나는 더 이상 못하겠어'라고 말한다면, 그것은 내 기분과는 아무 상관이 없다. 내가 지금 밖에 나가서 '부정적인 생각을 하지 않으면 나을 거예요'라고 말할 수는 없는 노릇이다. 완전 헛소리다. 당연히 제일 좋기로는 다시 한 번 47년을 살고 싶다. 자명한 일이다. 누군들 안

---

* Carl Hegemann(1949~). 독일의 작가이자 연극인.

그렇겠는가? 내가 도대체 왜 지금 '그걸로 충분해, 충분히 일했어, 안녕'이라고 말해야 한단 말인가? '예술가라면 젊어서 죽는 것이 낫지, 나이 들어서 자기가 한 말이나 인용하기 전에'라는 말로 자위하다니, 아니, 사양하겠어! 그러느니 차라리 더 이상 예술가가 아니고 싶다. 나는 차라리 살고 싶다.

…… 나는 당연히 모든 것을 다 시도해 볼 작정이다. 그래서 만약 그런 엿 같은 조각이 다가오면 조심해야만 한다는 것을 내 몸이 알도록 말이다. 그러고는 획 하

악령이 맴돈다.

고 싹 다 먹어 치우는 거다. 듣기는 쉬워도 하기는 어려운 일이다. 속수무책인 암 종류도 있으니까. 이걸 알고 있는 악령, 그가 왔다. 악령이 맴돈다.

악령이 나를 몹시 괴롭힐 때면, 언젠가 아이노가 더 이상 버틸 수 없을 순간을 마음속에 그린다. 만약 상황이 더 짜증 나게 흘러가면, 만약 다음번 생쇼가 시작되고, 또 하나, 또 하나가 잇따른다면, 그녀가 떠나 버릴 거라고 가정해 본다. 나도 안다. 그녀가 그걸 나와 함께 이겨 내려 한다는 걸, 그녀가 내 곁에 남을지 말지는 나한테도 달려 있다는 걸. 지금은 아주 잘 지낸다. 둘이 손을 잡고 나란히 평화롭게 누워 있을 때면, 모든 게 그냥 다 좋다.

그러니 나는 절대 부정적으로만 생각하지 않는다. 그랬다면 수

술도 받지 않았을 것이다. 낙관주의와 비관주의, 용기와 불안, 두 가지가 동시에 존재한다. 지금은 일단 그런 상황이다. 그 말은, 나는 깨끗하고, 그 진상은 사라져 버렸다는 뜻이다. 그리고 그 말은 내가 깨끗하지 않다는 뜻이기도 하다. 어쩌면 이 괴물의 이런저런 찌꺼기들이 여전히 이리저리 헤엄쳐 다니고 있을지도 모르기 때문이다. 이는 악령이 아직도 여기에 있다는 뜻이다.

그렇지만 악령들을 모종의 방식으로 이용하거나 자신을 위해 투입할 수도 있다. 예를 들어서 사람들에게 곧바로 이렇게 말하면 얼마나 멋질까 상상해 본다. 안 돼요, 난 지금 못해요. 만약 '도대체 왜 안 되는데요? 당신은 대체 왜 못하는 거예요?'라고 묻는다면, 나는 간단히 이렇게 대답하는 거다. 내가 아직 생각을 해야만 하거든요. 오늘은 내가 못 해요. 안됐지만, 그러고 싶기는 한데, 내가 아직 생각을 더 해야만 해요. 어쩌면 그것이 이 질병의 악령과 긍정적으로 연관된 그 무엇일 법하다. 나는 더 이상 여러 사람에게 내 생각을 밝힐 필요가 없다. 그래야 할 이유는 또 뭔가? 설명할 게 전혀 없다. 지금은 시간이 없다. 그냥 그런 거다. 미안하지만, 나는 관심이 없습니다. 아니, 관심이 없다고 말해야 할 필요조차 없다. 그냥 이렇게 말하면 된다. 물어봐 주셔서 감사합니다. 동참하지는 못하겠네요. 지금 막 생각 중이거든요.

그리고 세상을 바라보는 나의 시선이 지난 몇 주 동안 얼마나 많이 변했는지, 내가 지금 나와 세상에 관해 얼마나 더 많이 알고 있는지를 긍정적으로 깨달으려고 해 볼 수도 있다. 이제 나에게는 어쩌면 3년 뒤에 세상이 끝날 것이다. 어쩌면 1년 뒤에, 또 어쩌면 5년 뒤에. 물론 나도 모른다. 하지만 나는 안다. 내가 살아 있는 한, 이 세상을 약간 다르게 바라보게 되리라는 걸. 어쩌면 중환자실에 있던 아이처럼 조금 더 까치발을 하고 대지 위를 돌아다니게 되리라는 걸.

어쨌든 간에 나는 소소한 것들을 누려 볼까 한다. 내가 달 위에서 춤을 출 수 있다는 것을 곧바로 증명해 보이는 게 문제가 아니다. 화성인들은 목소리를 얻지 못했지만 그래도 한 번씩 말은 해야 하니까, 지금부터 나는 화성인을 돌보겠노라고 떠벌리는 것도 문제가 아니다. 그런 게 아니다. 문제는, 세상에, 바로 내 코앞에, 너무나도 멋진 것들이 많다는 이 느낌이다. 그것은 어떤 나무일 수도 있고, 맛있는 음식일 수도 있으며, 나에게 과거 그 어느 때보다도 더 많은 것을 의미하는 것 모두일 수 있다. 가장 평범한 것이 가장 아름다운 것이다.

물론 많은 사람이 이미 그것을 알고 있었고, 그들은 절대로 무사태평으로 살아오지 않았을 것이다. 그러나 그렇다고 해서 내가 또다시 나를 비난해야 하는가. 그건 말도 안 되는 소리다. 언제나 예외는 있다. 처음부터 삶을 세세한 것 하나까지, 거의 사로잡히다시피 해서, 관찰하고 사랑하고 거기에 몰입했던 사람들도 있다. 그것도 멋지다. 하지만 나는 좀 다르다. 나는 전에는 소소한 것들

> 가장 평범한 것이
> 가장 아름다운 것이다.

을 즐기지 못했다. 자연의 아름다움 같은 것을 말이다. 안타까운 일이다, 오케이, 하지만 내 생각에는, 나 혼자만 그런 게 아니다.

바로 요즈음 나는 얼마나 많은 사람들이 이 세상을 다급하고 사무적으로 바라보고 있는지 깨닫는다. 마치 모든 것이 당연히 자신들의 미친 듯한 질주만을 위해서 존재하기라도 하는 것처럼 말이다. 요새 그러한 누군가를 만날 때면, 나는 때때로 이렇게 생각한다. 도대체 이 사람들은 왜 이렇게 생겼지? 내가 사람들의 얼굴을 전보다 훨씬 더 오래 들여다본다는 것도 알겠다. 그렇게 보고도 그들의 모습이 이해가 가지 않는다. 그들의 얼굴이 아니라, 그들의 옷이. 얼굴은 부분적으로 뭔가 다른 것을 말해 준다. 나는 스스로 이렇게 묻는다. 대체 저 사람들 옷에 무슨 일이 일어난 거야? 번지수 틀린 무대 의상실에라도 있었나? 뭔가가 맞질 않는다. 얼마 전에 나는 정말로 사람들의 옷가지를 떨어뜨리지 않도록 조심해야겠다고 생각했다. 내가 얼른 저기 저 남자의 재킷을, 저 여자의 블라우스를 꼭 붙들어 주러 가야만 한다고 말이다. 마치 옷들이 그 사람들에게 제대로 고정되어 있지 않은 것같이, 그 옷들이 당장에라도 흘러내릴 것같이, 그리고 내가 그들의 이 난처한 상황을 모면하게 해 주어야만 할 것같이 느껴졌다. 그 순간엔 정말로 완전히 현실 같았고, 나는 정말로 깜짝 놀랐다. 이제 다시 웃을 수 있어서 다행이다. 사람들이 어떻게 옷을 입는지는 당연히 그들의 문제지만, 많은 것들이 지금은 다르게 보인다. 사람들을 보는 내 시선이 뭔가 달라진다는 게 이상하기는 하지만, 중요하기도 하다.

나는 다른 사람들에게 닥치는 일들을 틀림없이 당장 더 많이 챙길 것이다. 매일 너무나도 많은 일이 벌어지건만, 우리는 그걸 받아들일 줄 모른다. 곧장 두 손을 머리 위에 얹고서는 '오, 너무 끔찍해, 불쌍한 사람, 뭐 이런 무서운 일이'라고 탄식할 줄 모른다. 우리는 그것이 정상임을, 그것이 삶의 일부임을 다시 배워야만 한다. 병이나 죽음이 문제가 되면, 언제나 센세이션이나 이례적인 사고들에 관해서만 듣게 된다. 아마도 커피 찌꺼기 처벌 예언*까지 포함해서 말이다. 인과응보였다는 뭐 그런 요지로.

하지만 반드시 그 사람들과 이야기를 나눠 보아야 한다. 아픈 사람들은 어떻게 대화의 물꼬를 틀까? 나중에 부모님을 어떻게 돌보아야 할지 진지하게 고민하는 사람들은? 자식의 죽음을 슬퍼하는 이들은? 그들은 모두 혼자서 어물어물 때워 나간다. 네, 물어봐 줘서 고마워요, 괜찮아요. 내가 할 수 있어요. 실은 아무도 정말로 그들이 어떻게 지내는지 알고 싶어 하지 않는다는 걸 그들은 알고 있다. 그러니 우리는 경험을 나눌 새로운 길을 발견해내야만 한다. 환자와 건강한 사람들 사이도 마찬가지다. 다른 이들과 이러한 것들을 나누는 것, 그것이 중점이 되어야 한다.

어쩌면 또 다른 나눔이 있을지도 모른다. 살아남을 수 있게 자기 안에서 무엇인가를 나누어야만 하는 것 말이다. 나는 그 일을 한 번도 그런 눈으로 본 적이 없다. 나에게는 겨우 폐의 오른쪽 반

---

* 커피를 마시고 잔에 남은 찌꺼기 모양으로 점을 치는 풍습.

만 남았고, 왼쪽은 전부 없어졌다. 그러므로 살아남기라도 하려면 무엇인가를 나눠야 한다. 그것은 '내가 너한테 내 외투의 반쪽을 줄게'라고 말하는 것과는 다른 그 무엇이다. 이러한 나눔은 죽음에 이르게 할 수도 있다. 나누어주는 사람, 외투를 건네는 사람이 바로 그날 밤에 당장 얼어 죽을 수도 있다. 그는 그 두툼한 외투에 익숙해져 있었을 테니까 말이다. 외투를 받은 사람도 얼어 죽을 수 있다. 외투를 얻었지만, 자신과 아이들을 보호하기에는 여전히 부족할지도 모르기 때문이다. 그러니 더 살고자 내 안에서 무엇인가를 나눠야만 한다면, 어떻게 해야 할까? 사람들은 세포가 나뉘는 것에 관해 이야기한다. 삶이 지속되려면 그 일이 몸속에서 부단히 일어나야 하고, 필수적이다. 하지만 잘못 나누어지거나, 너무 자주 나누어지거나, 아예 주변 세포군과는 다른 정보를 지닌 채 나누어지거나 뭐 그런 세포들도 있는 거다. 그러면 종양 세포나 악성종양, 몸 안에 속하지 않는 것에 관해 말하게 된다. 다시 말해서, 나 자신의 몸속에서 나누어지는 것마저도 죽음으로 이끌 수 있는 것이다. 미칠 노릇이다. 갑자기 이 모든 게 생각난다니….

…… 나는 어떻게 죽고 싶은가. 이 물음 또한 여전히 내 머릿속에 있는 핵심적인 질문이다. 그렇게 부정적인 생각만은 아니다. 나는 오히려 이 물음이 생산적이라고 느낀다. 이 물음에서는 내가 나를 위해서 약병을 투입할 수 있다. 첫 며칠 동안에는 저수하는 것밖에는 할 수 있는 일이 없었다. 이 무슨 엿 같은 일이야! 구역질

난다, 난 죽고 싶지 않아! 그러면서, 늘 그런 것은 아니지만 훨씬 더 차분하게, 어떤 장면으로 내가 죽고 싶은지 숙고할 수 있게 되었다. 마지막 장면은 어떤 모습일까? 대부분의 사람들은 이렇게 말할 것이다. 비관주의적인 헛소리, 무엇 때문에 그런 걸 해야 하지? 그러나 나는 그런 생각을 해 봐야 한다고 굳게 믿는다.

그럴 때면 자꾸만 아프리카가 떠오른다. 마지막에, 부득이 그래야 한다면, 친구들과 함께 아프리카로 가서 나의 오페라하우스를 짓고, 때가 되면 고통 없이 가도록, 더 편하게 가도록 친구들이 도와줄 것이다.

그 모습이 눈에 그려진다. 아프리카에는 내가 나를 위해 투입할 수 있는 악령들도 많이 있다. 일종의 장례 보험도 거기로 가져가야지. 수석 여의사는 이렇게

마지막 이미지는 어떤 모습일까?

말했다. "폐를 소중히 보호하셔야 합니다. 만일 거기에 염증이 생기면, 선생님은 정말로 즉각 의사의 돌봄을 받으셔야만 합니다." 폐가 양쪽에 있을 때와는 전혀 다르다고 했다. 그 말은, 내가 아주 쇠약해져서 더 이상 지탱하지 못하게 되면, 그냥 감염될 수도 있고, 그러면 약간 편안한 죽음을 맞이하게 된다는 얘기다. 자살 문제는 나에게 더 이상 큰 의미가 없다. 단지 여기서 호스를 연결한 채 어찌저찌 몰래 빠져나가는 건 나한테 어울리지 않는 것 같다. 나는 순수한 순교자도, 마조히스트로 태어난 사람도 아니니까.

어쨌거나 이 아프리카와 관련한 아이디어가 있다. 이 발상은 분명히 아직 무르익지 않았고, 아마도 다른 생각들과 마찬가지로 정신 나간 것일지도 모른다. 하지만 정신이 나갔다는 것은 잘못된 표현이다. 여기서는 어릿광대짓*이 문제가 아니다. 이 개념은 중세에만 해도 아직 긍정적으로 사용됐지만, 어리석음으로 여겨지는 모든 것은 어차피 아무것도 생각하지 않는 배부른 놈들을 위한 생크림 케이크에 불과하다. 그들에게는 그게 필요하다. 저놈은 어차피 진지하게 말한 게 아니라고 말하기 위해서 어릿광대짓이라는 발상이 필요하다. 아니, 그게 아니다. 나는 내 일이 정신 나간 짓이라고 생각하지 않는다. 나는 내가 하는 일에 대해 나를 좋아해도 된다. 치료소, 학교, 연습 무대, 숙박 시설이 딸린 아프리카의 오페라하우스에 대한 생각은 그야말로 나로 하여금 생각을 하게 만드는 이미지이다. 그것이 정확히 무엇인지, 그리고 거기서 무슨 일이 벌어질는지는 중요하지 않다. 이따위 종양의 경우와 꼭 마찬가지로. 그 이미지와 종양은 지금 그냥 여기에 있고, 둘 다 나를 평소보다 더 많이 숙고하게 만드는 이유다. 다르게 생각하고 더 정치하게 생각하게 만드는 이유다. 저기 내 애인이 돌아온다. 더 많은 이야기는 아프리카 극장에서 개봉박두.

---

* 독일어의 Narr는 바보와 어릿광대라는 두 가지 뜻이 있다. 궁정의 광대가 주로 바보짓을 했던 까닭이다.

2월 1일, 금요일 저녁에

텔레비전을 조금 보려고 했건만, 지금은 그렇게 안 된다. 이 매체는 아주 영악하게 굴고, 신과 세상에 자신을 피력하며, 우리 모두를 손아귀에 넣었다. 나는 이 매체를 더 이상 견디지 못한다. 그들이 거기서 걱정거리 없는 삶에 관해 말하고 있기 때문이 아니다. '너도 뭔가를 누리렴, 너에게 새 차를 사 주고, 너의 아이들에게 초콜릿이나 그 밖의 뭔가를 사 주렴'이라고 말이다. 내가 그것들을 수준 없다고 여기기 때문도 아니다. 나는 허튼짓을 보고 웃는 걸 즐긴다. 그러나 더 이상 텔레비전을 켜지 못하겠다. 그것은 지금으로서는 나에게 완전히 낯선 매체이다. 왜냐하면 거기에서는 무한 루프에 빠진 것처럼 항상 똑같은 말만 하기 때문이다. 그러니 마취 전에 하던 말을 마취가 풀리고 나서 아무런 문제 없이 이어서 하듯 텔레비전을 켤 수 있는 것이다. 여기 마취과 의사들이 설명해 주었다. 요즘에는 수면마취를 받으면서 뭔가를 말할 수 있는데, 깨어나면 이야기를 계속 이어 가고, 그 문장들이 들어맞는단다. 그 사람은 정신이 나갔던 게 아니라, 그냥 잠깐 시간이 중단되었을 뿐이다.

신문도 더 이상 읽고 싶지 않다. 거기에는 가련하고 하찮은 인간들의 징징거림이 적혀 있는데, 그들이 글을 쓰는 이유는 그들이 글을 쓰고 싶어 하고, 가장 좋은 경우에는 쓸 줄도 알기 때문이다. 그들은 대부분 상사가 원하는 것을 쓴다. 그들도 한 번씩은 줄행랑을 쳐도 되겠지만, 제발 너무 많이는 말고. 그러고 나서 무엇인가를 제출하는데, 그것은 세상으로 나오는 순간 벌써 사라져 버린다. 혹시 운이 좋다면, 누군가가 전화해서 불평을 하거나 어떤 친구가 말하겠지. 네가 쓴 기사 읽었어, 되게 흥미롭더라. 그걸로 끝이다.

신문 기사가 내일이면 벌써 죽어 있다는 이 논거는 당연히 유효하지 않다. 나도 안다. 사람들이 이렇게 생각하는 것도 상상해 볼 수 있다. 그래, 전형적이야, 쉴링엔지프란 작자는 자기가 기사를 하나 쓰면 정치가 죽어 넘어갈 걸로 생각하는 모양이로군. 내 말은 그런 뜻이 아니다. 내 말은 그저 만사를 관계 속에서 바라보아야 한다는 뜻이다. 어떤 기사가 인쇄되고, 저녁이면 벌써 술집 어딘가에 널브러져 있고, 그것에 주목하고 반응하는 사람은 자기 공연이 훌륭하지 못했다는 걸 읽어야만 하는 가수이거나, 그 모든 것이 완전히 앞뒤가 맞지 않았다는 걸 또다시 읽어야만 하는 연출가다.

그래, 맞다, 사실 나는 내 이야기를 하는 것이다. 자주 과민반응을 하고, 자주 관계를 유념하지 않은 게 바로 나다. 하지만 상관없다. 더 이상 그러고 싶지 않다. 그것은 완전히 정신 나간 짓이다. 재수 없는 예술가도 아니고 얼간이 비평가도 아니라서 세상을 향해 목청 높여 의견을 피력할 가능성이 없는 사람들은 차고 넘친다. 이 모든 것 없이도 아마 잘살 수 있을 테고, 심지어 더 잘살지도 모른다.

　그러므로 나는 더 이상 그것에 맞서고 싶지 않다. 나는 더 이상 그걸 견뎌 낼 수가 없다. 어차피 사람들은 내 작업의 사회적인 측면을 대부분 나에게서 삭제해 버렸다. 독일에서는 더 이상 아무것도 해 볼 엄두가 나지 않는다. 누군가 조금이라도 다르게 생각할라치면, 선동꾼이나 뭐 그런 걸로 치부하기 때문이다. 이곳에서 모든 것을 압살하는 방법이다. 끔찍한 떼거리다. 내가 그럴까 봐 겁이 난다. 신문 문화면과 토크쇼 따위는 그야말로 저열함의 공장들이다. 무언가에 대해 끊임없이 이렇다 저렇다 의견을 내고 자기 옷가지를 허공으로 던지는 사람들이 도처에 있다. 다른 사람이 뭘 할 작정인지 정작 아는 이는 아무도 없다. 어떤 주제가 다루어지는지, 그걸 어떻게 생각해 볼 수 있을지, 어렴풋이라도 아는 사람조차 없다. 오로지 무엇인가에 관해 깊이 생각하는 듯이 행동하는 것만이 중요하다. 어떤 사안에 이미 극도로 몰두한 듯이 행동하는 것 말이다. 그러나 죄다 집중과는 거리가 멀다. 나도 집중 상태에서 빠져나오려 했었다. 그래야 빨리 반응할 테니까. 물론 나는 무지하게 빨리 생각할 수 있고, 위기 상황에서도 재빠르게 반응할 수 있다. 하지만 우리 모두가 머물고 있는 이 삶과, 1초 1초가 어쩌면 마지막 순간일 수도 있다는 의식 사이의 진짜 긴장. 그것은 아무도 이해하지 못하거나, 견뎌 내지 못한다. 모든 게 완전한 무의식 상태에서 벌어진다. 나는 언제나 이렇게 말한다. 의식을 놓지 않는 한, 인간은 죽을 수 없다….

…… 물론 전부 다 중요하진 않다. 어쩌면 전부 다 헛소리일지도 모른다. 어쨌거나 지금 미디어에 열을 올리고 이런저런 사람들을 까대는 것보다 더 중요한 것이 있다. 지금 왜 이토록 분통이 터지는지 나도 모르겠다. 어쩌면 두려움이 다시금 내 뼛속까지 파고들고, 이 밤을 어떻게 견뎌 내야 할지 나 자신에게 묻고 있기 때문인지도 모르겠다. 마치 순식간에 모든 자유를 강탈해 가는 처참한 사고라도 당한 것 같다. 오로지 이 생각뿐이다. 도대체 이게 뭐지, 지금 나한테 무슨 일이 일어난 거야? 내가 사방에 욕을 해대야만 한다면, 그것은 전부 '도대체 지금 여기서 나한테 무슨 일이 벌어지는 거지?'라는 의문의 변형들일 뿐이다. 가장 큰 자유의 강탈은 물론 병원이 아니고, 몸에 칼질을 하라고 내 몸을 넘겨주어야만 하는 의사들도 아니다. 그건 전적으로 내가 깨어 있으면서 끊임없이 이 공포를 느끼는 순간이다. 거기에 맞서서 아무것도 할 수 없고, 깨어나니, 그 공포가 여기 있고, 오로지 이 생각밖에 없다. 아, 제기랄, 이게 뭐야, 이 안에서 무슨 일이 벌어지는 거야? 좋아, 난 수술을 잘 견뎠고 수술도 잘됐어, 숨을 약간 다르게 쉬고, 약간 더 느리게 걷지만, 지금 머리가 돌아 버릴 이유는 없어. 실제로 그렇지도 않고. 내가 도대체 언제 여기서 꼭지가 돌았단 말인가? 오케이, 어느 날 저녁에, 내가 전화를 할 수가 없어서, 마음을 털어놓

을 수가 없어서, 공황 상태에 빠졌더랬지. 나는 혼자였고, 겁이 났고, 내 애인과 상의를 할 수가 없었다. 그게 나를 몹시 흥분시켰다. 하지만 그 이상은 분명히 아니다. 내가 여기서 의사들에게 달려가거나 밤마다 전화를 해대는 건 아니지 않는가.

그러니까 나는 마음을 가라앉히는 게 맞다. 내가 이제부터 절대로 흥분하지 않는 강자라고 말하는 게 아니다. 어차피 되지도 않을 일이다. 하지만 실제로 무슨 일이 일어났는지, 그것이 나에게 어떤 종류의 충돌이었는지는 깊이 생각해 보아야 한다. 어쩌면 대략 언제쯤 암이 자라기 시작했는지 알게 될 수도 있고, 어쩌면 상관관계들이 있을 수도 있다. 나는 이제 온 힘을 다해서 많은 것을 누리고 나를 위한 일들을 하려고 노력할 것이다. 그리고 사람들에게 이렇게 말할 것이다. 여러분, 나는 더 이상 그렇게 빠르지 않습니다. 나는 느려졌어요. 나는 47년 동안 전속력으로 달려 왔고, 이제는 한번 약간 힘을 빼 볼까 한다. 그럼에도 불구하고 여전히 몇몇 재빠른 사람들을 따라다닐 수도 있다. 여기저기서 한 번씩 몇몇 사안을 말할 수도 있겠지. 사람들을 충고로 두들겨 패겠다는 게 아니라, 어쩌면 이 사람이나 저 사람의 머릿속에 생각을 심어 줄 수 있을지도. 느려지면 그런 일도 할 수 있다.

…… 소원을 빌어 볼 수도 있다고 생각한다. 빌었던 소원이 가끔은 이루어지기도 하니까. 정말로 가끔이지만. 나라면 절대 그걸로 법칙 따윈 만들지 않을 것이다. 그러려면 오로지 제대로 된 것

나는 소원을 빌어 볼 것이다.

만 빌어야 하고, 그러면 소원이 이루어진다고 할 수 있을까. 그렇게는 안 된다. 하나는 명확한데, 나는 종양을 바라지 않고, 전이를 바라지 않는다. 그것은 결단코 바라지 않는다. 나는 이제 지금으로서는 내가 납득하지 못하는 무엇인가를 겪어야 한다. 하지만 지금부터는 내가 거지 같은 일만 겪을 수 있다고 상상하지는 않을 것이다. 그렇다, 도대체 왜 그래야 하는가? 암은 이제 나를 이루는 하나의 구성 요소이다. 마흔일곱의 나이에 왜 그따위 것이 생긴 걸까 하는 의문은 부질없다. 어차피 내가 한 번쯤 한 방 먹어야 해서? 내가 너무 많은 일을 하고 이리저리 허풍을 떨었기 때문에? 내가 건강을 잘 돌보지 못했기 때문에? 말도 안 된다. 나는 담배를 피운 적이 없다. 분명 한두 잔 술을 과하게 손에 든 적이 있고, 오케이, 약간 마시기도 했다. 하지만 그것은 내 폐암과는 무관하다. 그게 어디서 온 것이고 무엇인지는 단지 이미지로만 파악할 수 있는데, 그것은 너무 의구심이 들고 너무 이상해서, 이렇게밖에는 말할 수 없다. 전형적으로 쉴링엔지프네, 도대체 어떻게 또 이런 일이 일어난 거야?

장담컨대 이번에는 절대로 내가 계획한 이미지가 아니다. 백 퍼센트 아니다. 두려움이야 차고 넘쳤고, 병에 대한 상상도 그랬다. 그렇다고 이따위 것은 아니었다. 어쩌면 지금 정확히 무슨 일이 벌어지고 있는지 이해하지 못하는 것도 나쁘지 않을 수 있다. 예를 들어서 나는 카이저가 내 몸에다 무슨 짓을 했는지, 폐엽 하나를 어떻게 제거했는지를 모르는 것이 기쁘다. 어쩌면 몇 년 뒤에 설명을 들을 수 있을지도 모른다. 하지만 현재로서는, 내 몸에 지금 무슨 일이 벌어지고 있는지, 왜 오른쪽보다 왼쪽이 더 꾸르륵거리는지, 왜 숨이 이렇게 이상하게 가르릉대는지, 일단은 몰라도 괜찮다.

그래서 나는 차라리 이 상황을, 고통이 사회에 어떤 의미인지, 언제 고통이 시작되고 언제 멈추는지, 왜 고통이 그런 낯선 개념이 되어 버렸는지를 곰곰이 생각하는 데에 써먹는다. 그리고 죽음에 대한 이미지를 계속 짜 맞춰 본다. 마지막 생각을 할 때 케이블과 전화선에 매달려 있지 않은 것이 내게는 중요하다. 마지막에 올라탈 수 있는 이미지, 그 안에서 마지막 생각을 하고 싶은 바로 그 이미지를 사전에 만들어 놓는 것이 중요하다. 그러니 이 이미지는 커 가야만 한다. 내가 이 이미지 속으로 사라질 수 있도록. 그러고 나면 최소한 한 가지 생각은 남을 것이다. 세상을 근본적으로 바꾸거나 온갖 문제에 대한 해법을 제공하는 생각이 아니라, 그 자체로 커다란 소망일 생각.

…… 아, 이제 그만 해야겠다. 이 생각의 기적은 어차피 일어나지 않을 거다. 사실은 사랑을 받는 행복, 안온하다고 느끼는 곳으로 가는 행복이 중요하다. 그것이 1년 뒤가 될지, 2년이나 3년, 아니

면 5년 뒤가 될지는 카테터들에게 물어보아야 한다. 저기 저 진상을 제거하거나 우회시키려면 시간이 얼마나 남았는지 카테터들에게 물어봐야 한다. 무엇보다도 카테터들이 얼마나 긴지를 알아내야 한다. 아직 이미지 속으로 여행을 갈 수 있으려면 말이다.

카테터들이 결정해야 한다. 그러면 카테터의 보호 아래 여기 이곳을 떠난다.

> 카테터들이 결정해야 한다.
> 그러면 카테터의 보호 아래
> 여기 이곳을 떠난다.

2월 2일, 토요일

　　　　　　원래는 오늘 하루가 멋지게 시작되었다. 왜냐하면 일반 병동으로 석방되었기 때문이다. 그것은 위대한 승리였다. 바보 같은 단어이기는 하지만, 상황이 좀 좋아지면 그런 개념이 곧바로 떠오른다. 하지만 사실은 아무 의미도 없다.

　깨어나면서 통상적인 통증을 느꼈다. 그래도 씩씩하게, 이불 밖으로 나와, 욕실로 가서, 씻고, 뒤쪽은 손이 잘 닿지 않아서 약간 도움을 받았다. 그런 다음에 다시 한 번 엑스레이를 찍었고, 다시 말해서 휠체어를 타고 복도를 누볐다. 그러고는 다시 침대에 올라 각종 수치를 재는 등의 이 모든 것들. 혈중 산소포화도는 정말 미치도록 좋다. 믿기지 않을 정도다. 95에서 최대 98퍼센트에 달한다. 숨 쉬는 게 약간 이상하게 느껴지기도 하는데, 마치 공기가 그리로 쏠리거나 왠지 모르게 멈춰 있는 구석진 곳이 있는 것 같다. 하지만 통증은 누그러지고 있다. 오늘 기침을 많이 해야만 했는데도 그게 느껴진다.

　일반 병동으로 옮기기 전에 카이저 교수도 왔다. 자기 의료진 앞에서 나를 후하게 칭찬했다. "정말로 멋지게 해내셨습니다, 운동치료도 그렇고, 멋진 태도도 그렇고, 아주 좋았어요." 칭찬을 듣고 그렇게 기뻐해 본 적이 언제였던가. 카이저 교수는 작별하면서 위층 방에서 잘 지내고 아이노와 멋진 주말을 보내라고도 했다.

　그전에는 목욕가운에 관한 질문도 나왔다. 이제 서서히 다시 관심이 가는 그런 사소한 일들이다. 도대체 왜 여기에는 목욕가운이 없지? 지난 며칠 동안에는 전혀 들지 않았던 의문이다. 그런데 다시 목욕가운이 문제가 되는 거다. 너무나도 진부해서 너무나도 좋은 순간들이다. 그러니까 아주 훌륭하게 하루를 시작한 거다. 위층에 도착해 보니 아이노가 벌써 와 있었다. 나는 우선 내 팀이 인쇄해 준 완쾌를 비는 이메일 한 뭉치를 차분히 읽었다. 그러자 내가 얼마나 많은 사람을 알고 있고, 얼마나 많은 사람이 나와 함께 애를 태웠는지를 단박에 깨달았다. 당연히 좋은 영향을 미쳤다. 나 자신이 아주 작게 느껴지고, 엘리베이터를 타고 5층으로 올라가는 그런 여행이 마치 달 착륙이라도 된 듯 기뻐하는 순간, 그것은 감동을 준다.

　그리고 나서 점심 식사가 나왔다. 배가 고프지는 않았지만, 나는 '상관없어, 이제 그걸 먹는 거야'라고 나에게 말했다. 그랬더니 식사가 심지어 맛있어졌다. 으깬 감자가 곁들여진 쇠고기 구이에 붉은 비트 샐러드도 싹 먹어 치웠고, 후식으로는 키위 두 개가 나왔다.

　점심을 먹고 나서 독서도 약간 했는데, 급속히 피로해져서 잠이 들었다. 깨어났을 때도, 모든 것이 여전히 훌륭했고, 무엇보다도 어찌나 기뻤던지, 다시는 공포감이 나를 덮치지 않았다. 그러나 그때부터 상황이 불쾌하게 흘러갔다…. 이것 참, 이 "그러나"도 당연히 다시 있어야만 하지. 그렇지 않으면 내 기준엔 완성된 강연이 아닐 테니까. 이런 젠장, 항상 이 '그러나'가 있어야만 한다. 어쩔 도리가 없다.

아무튼 조금 떠들썩한 간호사가 들어오더니 친구 분이 나를 찾아온 것 같다고 했다. 여기 위에서는 중환자실에서처럼 모든 방문객을 차단할 수 없으리라는 걸 미리 알고서 아이노는 진작에 아주 적은 수의 방문자 명단을 작성해 놓았다. 그리고 그 친구는 그 명단에 없었다. 하지만 그 간호사에게는 알 바 아니었던 모양이고, 어쩌면 그녀는 그 명단을 구경조차 못 했을 수도 있다. 어쨌거나 간호사가 불쑥 들어와서는 어떤 친구가 나를 만나고 싶어 하며, 그가 이미 복도에서 기다리고 있다고 말했다. 이럴 때는 어떻게 해야 하는 거지? 그냥 보내 버리나? 나는 그렇게 하지 못한다. 그렇게 하려면 힘이 필요한데, 요즘 나는 힘이 없다. 게다가 그 친구도 내가 안되었다고 여기는 거고, 그게 느껴지고, 나도 그를 아주 좋아한다.

그래서 나는 간호사에게, 좋다고, 그렇다면 들어와도 좋다고, 그렇지만 꼭 15분 뒤에 다시 와서 이제 나한테 휴식이 필요하다고 말해 달라고 했다. 나는 그렇게 부탁했다. 그러나 그 간호사는 오지 않았고, 나는 차마 이제 가 달라고 말하지 못했다. 그는 한 시간을 머물렀다. 그렇게 되면 당연히 이런저런 것들에 관해서, 〈성 요한나〉 연출에 관해서 이야기하게 되고, 아마도 여기 이곳에서 전혀 세상에 알릴 마음이 없을 이야기들을 경솔하게 늘어놓게 된다. 마침내 그가 갔을 때 내 목소리는 완전히 걸쭉해졌고, 흡입기를 아주 많이 들이마셔야만 했다. 모르겠다, 가끔씩 지금 나에게는 나를 보호해 줄 누군가가 필요하다는 생각이 든다. 당연히 여기 복도를 전부 봉쇄하고 경호원을 세운다는 뜻이 아니다. 내 말은 단지, 만약 어떤 친구가 명단에 없다면, 그는 절친이라서 실수일 수도 있겠지만, 내가 녹초가 되었으니, 그렇다고 바꿀 수는 없다는 뜻일 뿐이다.

모든 게 너무, 너무 어려운 것 같다. 병을 앓고 있는 다른 사람들은 도대체 어떻게 할까? 그들은 도대체 어떻게 안식을 얻을까?

…… 거기에 더해, 내가 여기 위층에서 행복해지도록 놔두지 않는 일들이 몇 가지 더 벌어졌다. 언제쯤인가 내 사무실의 레오와 율리안이 나타났다. 물론 그들을 보게 되어서 기뻤다. 그들은 멋지다. 그러나 그러고서 우리는 조형예술 분야의 일을 대행해 주는 취리히의 갤러리에 관해 이야기했다. 그들은 하우저&뷔르트[*]에서 온 남자가 사실은 애초부터 갤러리는 후원자가 아니라고 말하더라고 이야기해 주었다. 내 원룸의 임대료를 부담하거나 월별 고정 금액을 지불해 줄 수는 있지만, 그건 나중에 수익에서 공제될 거라고 하더란다. 이미 오래전부터 알고 있던 이야기다. 식은 커피처럼 아무도 관심 없는 이야기. 그런데도 너무나도 실망해서 상

---

[*] 스위스 취리히에 있는 근현대 미술 갤러리.

황이 내가 나의 꿈공장에서 상상했던 것과는 다르게 흘러갔다. 나는 레오와 율리안에게 왜 이 정보를 더 일찍 알려 주지 않았느냐고, 너희가 내가 바라는 바를 충분히 명확하게 전달하지 못한 게 아니냐고 호통을 쳤다. 완전히 가당치도 않다. 하지만 여기 위층으로 온 뒤로, 나는 다시 이리저리 닦달하고 질문을 해 대기 시작했다. 저기랑 거기는 어떻게 돌아가고 있어? 어째서 사람들이 내가 무엇이 필요한지를 알아먹지 못할까? 인터넷 사이트는 어떻게 되어 가고 있지? 베를린 국제영화제에 출품한 아프리카 영화는 어떻게 되어 가고 있어?

거참, 〈아프리카 쌍둥이 빌딩The African Twintowers〉**은 열여덟 개의 모니터로 어떤 터널 속에서 상영될 것으로 알려졌다. 원래는 베를리날레 팔라스트***에서 그냥 벽에 영사되기로 약속됐고, 나는 그렇게 이해했다. 그랬던 것이 이제 어떤 쇼핑 구역, 소니****와 또 어떤 곳 사이가 되었다. 그게 어딘지 모르겠다. 아직 그곳의 사진조차 보지 못했다.

나는 그저 이 프로젝트가 좋게 마무리되기만을 바랄 뿐이다. 그게 중요하다. 그게 핵심이다. 오케이, 그 영화는 미완성품이고, 대화를 나누는 개별 조각들로만 이루어져 있지만, 그렇다고 해서 그

** 쉴링엔지프가 2008년에 감독한 다큐멘터리영화.
*** 베를린 포츠담 광장에 있는 영화관으로, 베를린 국제영화제의 메인 상영관.
**** 포츠담 광장 옆의 소니센터 건물.

걸 몇몇 엉뚱한 사람들이 어쩌다 그리로 접어들게 될 터널에서 상영해야 할 필요는 없다. 도대체 그 영상들을 그냥 화장실과 샴페인 바 사이에 있는 벽에다 영사하면 안 되는 이유가 뭐란 말인가? 내 이름이 나오지 않아도 된다. 〈성 요한나〉 연출은 충분히 고된 과제이다. 하지만 희한하게도 그것은 상상이 간다. 그건 명확하다. 그런데 왜 이 세력이 아프리카-영화 같은 오랜 난제를 좋은 결말로 이끌어 가지 않는 건지, 그야말로 이해가 안 간다.

…… 나는 또다시 흥분한다. 나는 그게 싫다! 아마도 그건 베를린 영화제 사람들의 훌륭한 아이디어일 테고, 아마도 터널 상영은 멋질 것이다. 나는 다만 통제권을 잃어버릴까 봐 겁이 나는 거다. 실제로 그렇기도 하다. 나는 요즘 게임에서 열외라, 여전히 함께 고민하고 계획을 가다듬을 수는 있지만, 상황을 통제하지는 못한다. 그 대신에 사람들을 믿어야만 한다. 그러니까 요점은, 내가 신뢰하는 법을 배워야 한다는 것이다. 그런데 그게 그리 쉽지만은 않다.

왜냐하면 보다시피 나를 피곤하게 만드는 희한한 일들이 끊임없이 계속되기 때문이다. 여기 일이 그저께 대중에 떠들썩하게 알려졌다는 사실도 오늘 알게 되었다. 내가 폐암에 걸렸고, 다섯 시간의 혹독한 절제 수술을 받았으며, 내가 정말로 싸우고 있고, 미래는 물음표로 가득하다고, 어떤 바보 같은 놈이 술집에서 이리저리 지껄여 댄다. 그러면 이 성가신 사람들이 받아 적을 종이를 들고 몰려오고, 그 바보는 쉴 새 없이 나불대기 시작하고, 다음 날이면 어느 멍청한 대중 신문에 이렇게 적혀 있겠지. 셜링엔지프 중환, 바보가 큰 걱정을 하다.

왜 이 병을 나한테 그냥 좀 맡겨 둘 수 없는 걸까? 왜 내가 몇 년 전부터 더 이상 말을 섞지도 않는 누군가가 저기서 자기가 큰 걱정을 하고 있다고 사방에 이야기해야 하는 걸까? 왜 내가 언제 어떻게 그걸 알릴지 스스로 결정할 수 없는 걸까?

이 모든 일을 이야기했을 때, 아이노는 심지어 내가 그냥 계속 중환자실에 있을 거라고 외부에 알려야 하지 않을까도 생각해 봤다고 했다. 그냥 단지 그래서 내가 없는 사람이 되도록. 나는 지금 정말로 일종의 위험지대에 처박힌 것 같다. 그런 패싸움을 하기에는 내가 너무나도 지쳐 있기 때문이다. 나는 알 파치노 영화에서 본 상당히 격렬한 총격전 상황에 빠져 있고, 몸은 당장 백 퍼센트로 작동해 주지 않는다. 해가 지날수록 나아지겠지만, 나 또한 그 모든 것을 다루는 법을 배울 작정이지만, 지금으로서는 그게 불가능하다. 그래서 지금 여기에서 벗어나야만 한다. 나는 그 무엇보다 보호가 필요하고, 내 사무실이 잘 돌아가고 있는지 염려하며 생각을 낭비하고 싶지 않다. 누군가 내 일을 도맡아 주고, 나에게 '오케이, 이제 아무 걱정하지 마, 팬케이크나 뭐 그런 거나 생각해, 우리가 네 캠핑카를 팔아치울지 말지는 절대 신경 쓰지 마'라고 하는 믿을 만한 사람이 필요하다. 나는 이 모든 일에서 벗어나야 한다. 그냥 더 이상 아무 걱정도 안 했으면. 돈 걱정도 안 했으면 좋겠다. 그리고 혼자 있고 싶다. 그냥 아이노와 내 친구들과 함께 있고 싶다.

…… 다른 한편으로는 내가 바로 일을 그르치는 장본인이라는 사실도 잘 안다. 내 안에선 이런 목소리도 들린다. 바로 그게 너한테 필요한 거야, 이런 커피 모임의 분주함 말이야, 여기서 컨베이어 벨트로 온갖 문제와 근심들을 실어 나르는 건 바로 너야, 네가 다시 욕을 퍼붓기 시작한 그 사람들이 절대 아니야. 네가 바라는 그 정상성에 도달하려면 직접 뭔가를 해야만 한다고. 하지만 그러려면 힘이 필요하다. 내 안 저 깊숙이에는 몹시 지친 무엇인가가 있다. 그것은 아마도 진짜로 내 안의 작은 아이일 것이다. 알렉산더 클루게에게 전화로 비명을 지르는 아이 이야기를 하자, 그는 이렇게 말했다. "그 아이가 당신 자신이었다는 걸 당신은 이미 알고 있지요?" 나는 그게 멋지다고 생각했다. 당연하지, 거기서 비명을 지르던 것은 충분히 내 안의 아이였을 수도 있다.

그러니까, 나는 더 이상 나를 방어하고 싶은 것이 아니라, 내가 힘이 없을지라도, 나를 그냥 좋아하고 싶다. 내 안의 그 아이는 어쩌면 전혀 소진되거나 지치지 않았고, 사실은 살고자 하는 마음이 클지도 모른다. 그 아이는 소리 지르고, 방귀 뀌고, 똥을 싸고, 또 학교에도 가고 뭐 그런 것들을 하고 싶어 한다. 그 아이에게는 마음먹은 거대한 일이 아직 남아 있다. 그러나 아이는 그것을 모종의 사랑과 안온함 속에서 하고 싶어 한다. 그리고 비상사태에서 벗어난 첫날부터 이런 분주함을 시작한다면, 나는 내가 얼마 못 가 심부신으로 고꾸라지거나 아니면 똥방 쇼를 다시 멀리하게 될 거라고 확신한다.

아무튼 나는 오늘 제대로 겁을 집어먹었다. 너무나도 뒤죽박죽이고 너무나도 미친 듯이 흥분해서, 나는 나 자신에게 몹시 경악했다. 나도 내가 왜 그런 것을 필요로 하는지 모르겠다. 왜 내가 그렇게 흥분해야만 하는지. 그러고 나서 자문해 본다. 내가 어디에서 그만둘 수 있을지, 어떻게 그만둘 수 있을지, 그리고 어디에서 돈을 벌 수 있을지. 사람들이 이렇게 생각하는 것만 같다. 당연하지, 쉴링엔지프, 그 사람은 용을 때려누이고, 그러고는 커피를 마시러 간다니까. 지금 상처를 입기는 했지만, 그건 아무 상관없어, 보이지도 않잖아.

나는 진짜 어찌할 바를 몰랐다. 나는 아이노와 오래오래 이야기를 했고, 그런 뒤에 침대에서 같이 잠이 들었다. 아마도 지칠 대로 지쳐서였겠지. 나는 이렇게 말할 수밖에 없다. 감사합니다, 사랑하는 하느님, 나에게 아이노를 주셔서. 이 얼마나 행운이란 말인가.

…… 다음 한 가지는 분명하다. 나는 죽음을 감지했고, 그것은 내 안에 들어앉아 있었다. 나는 싸웠다. 아마도 몇 번의 싸움이 뒤따를 것이다. 그건 두고 보면 알겠지. 나는 나에게 힘이 있다고 믿는다. 물론 그것 또한 끝장날 수 있다. 그러므로 건강한 심리 상태를 갖고 유지하는 것을, 멋진 순간들이 많다는 걸 아는 것을 관건으로 삼아야 한다. 그리고 단기적으로 나쁜 순간들도 있다는 걸 나에게 설명해 주고 자기애를 북돋아 줄 사람을 발견하는 것이 관건이다. 시건방이나 교만이 아니라 자기애 말이다. 그 사람은 내

가 원할 때 뒤로 물러날 수 있는 방법을, 멋지고 훌륭한 요령을 알고 있었으면 좋겠다. 그러면 나는 기회가 생길 때마다 그걸 연습할 것이다.

밤이면 어차피 여덟 시간에서 열 시간 동안 내가 없는 셈이고, 낮 동안에도 여덟 시간은 부재 중이다. 그러니까 나는 24시간 중에 고작 여덟 시간밖에 존재하지 않는다. 끝도 없이 무엇인가를 솟아나게 만들고 나 자신을 계속 코르셋으로 조이는 데에는 더 이상 관심이 없다. 사실 나는 독서를 하고 음악을 들을 시간이 더 많았으면 한다. 노골적으로 말하자면, 나는 공급 부족 상태로 있는 거다. 이제 다시 영화도 많이 보고 싶다. 가능하다면 영화관이 아니라 집에서, 좋은 분위기로. 아내와 함께 보낼 시간이 더 많았으면 좋겠다. 그리고 도보 여행을 하거나 그저 죽치고 앉아서 바라보기 위해서라도, 한번 밖으로 나가 자연으로 들어가고 싶다. 이것이 내 소원이다. 전부 사랑과 건강과 안온함과 관련이 있는 수만 개의 다른 소원들과 함께.

내 몸 안에서 일어난 일, 그 일을 초래했고 앞으로 초래할 그것은 엄청나다. 진짜로 엄청나다. 그 진동은 고작 책장에서 떨어진 책 한 권이 일으키는 미세한 리히터 진도 정도가 아니다. 그것이 일으키는 그 모든 의심스러움, 그 모든 고독은 말로 설명할 수가 없다. 그래서 나에게는 그토록 많은 시간이 필요한 것이다. 그래서 나는 미리 미 주시시를 원한다. 이제는 좀 자야겠다. 안녕히 주무시길.

2월 3일, 일요일

오늘 저녁에는 원래 더 이상 녹음기에다 대고 말하지 않을 작정이었다. 넘겨다본 바로는, 이미 밤 한 시이고, 나는 오늘 충분히 떠들었다. 그러나 몇 가지 사안을 분명히 해놓고 싶다. 한번 짧은 버전을 시도해 보겠다.

하루는 아주 평온하게 시작되었다. 잠에서 잘 깨어났지만, 목덜미의 머리카락이 흠뻑 젖어 있고 등도 축축했던 걸로 보아 밤새 땀을 심하게 흘렸던 게 틀림없다. 기상, 세수, 약 바르기, 혈압 측정 등등 모든 것이 다 괜찮았다. 물론 지금도 움직이는 것은 정말 아프다.

그런 다음에 차분히 아침을 먹었고, 심각한 생각은 하지 않으면서 창밖을 내다보았다. 태양이 빛났고, 하늘에는 선형 비행운들, 새 몇 마리, 거친 서리 등등 아주아주 아름다웠다. 그런 뒤에 다시 신문을 읽었다. 언제쯤인가 문이 열리고 기분 좋은 모습의 카이저 교수가 들어왔다. 반 시간은 틀림없이 머물렀다. 나는 그에게 나의 혼란스러운 생각에 대해 이야기했고, 그는 나에게 용기를 주었다. 내가 자부심을 가져도 된다고, 분명히 더 많은 관점 변동이 있을 거라고, 그런 경고 사격을 받았을 때 보이는 정상적인 반응이라고 했다. 그래도 기분 좋게 작업을 하러 가고, 〈성 요한나〉 연출을 하고, 다른 프로젝트에도 착수하라고 했다. 그 모든 것을 기분 좋게 끝까지 해내야 한다고. 그전에 자기들이 내가 집에서도 약간 수월해질 정도까지 나를 재건해 놓을 거라고. 그는 그런 스타일로 말했다. 그러니까 하루의 훌륭한 시작이었다.

그런데 얼마 뒤에 한 친구가 문병을 왔을 때, 나는 내가 좀 까칠해져 있다는 것을 알아차렸다. 아마도 오늘 통증이 더 심했기 때문이었을 거다. 그러고 나서 한 시에 점심을 먹었다. 또다시 거의 다 먹어 치웠다. 언제나 똑같이 흘러간다. 처음에는 배가 고프지 않지만 그래도 먹고, 그러다 보면 잘 넘어간다. 밥을 먹고 나서는 잠을 잤다. 출항은 더뎠으나 이내 순항했고, 편안하게 잘 잤다.

그런 뒤에는 커피를 마시는 것으로 계속되었다. 해는 서서히 기울었고, 그러자 다시 검은 생각들이 맴돌기 시작했다. 17시, 대개 그때 악령들이 활동을 개시한다. 이번에는 무엇보다도 어쩌면 내가 곧 아이노를 떠나야만 하리라는 생각이었다. 맙소사, 내가 여기 걸어 놓은 우리 사진은 너무도 아름답다! 너무나도 아름다워서 그것을 뗄 뻔했다. 그녀와 헤어져야 한다는 생각은 견디기가 어렵기 때문이다. 나는 어쨌거나 울부짖지 않을 수 없었고, 녹초가 되었으며, 고통스러웠고, 점점 더 징징대기 시작했다.

그러고 나서 마침내 아이노가 왔다. 그녀는 오늘 온종일 외출했고, 모처럼 자기 자신을 돌보며 자신에게 선행을 베풀었다. 하지만 그러면서 양심의 가책을 느꼈노라고 했다. 아마도 그것이 내가 오늘 하루 종일 기분이 좋지 않았던 진짜 이유일 것이다. 통증이 더 심해졌기 때문이 아니라, 혼자 버려졌다고 느꼈기 때문이고, 그녀가 속한 저 밖의 세상은 나 없이도 여전히 멋지게 돌아간다고 상상했기 때문이다. 내가 그녀에게 더 이상 아무것도 해 줄 게 없다는, 이제는 내가 이따위 굼벵이라는, 그런 두려움. 그래서 그녀가 돌아오기 전에 한번 혼자서 복도를 왔다 갔다 해 보았다. 그것은 너무 힘들었고, 그러자 어찌나 무기력하게 느껴지던지, 다시 침대에 누웠을 때 울지 않을 수 없었다. 거기 그렇게 누워 있는 나를 보자, 아이노는 곧장 나를 위로해 주었고, 우리는 같이 프랜시스 베이컨Francis Bacon에 관한 극영화를 보았다. 나한테는 사실 죽음, 장기臟器, 마조히즘 등이 약간 과했지만, 영화가 돌아가는 동안, 우리는 서로 꼭 껴안고 있었고, 그것이 다시금 아주 좋았다.

저녁을 먹고 나서 우리는 이런저런 이야기를 좀 나누었는데, 어느 때쯤인가 종교로 화제가 옮겨 갔다. 그것은 처음에는 끔찍이도 어려웠다. 나는 아이노가 하느님, 예수, 마리아를 어떻게

> 나는 창밖을 내다보다가 마치 여태껏 한 번도 해와 구름을 보지 못했다는 듯이 경탄한다.

생각하는지 궁금했다. 아니, 그건 전혀 사실이 아니다. 사실 나는 그녀가 하느님을 믿는지만 물어보았다.

그러자 그녀는 거의 손사래를 치며, 자기는 그 모든 피안에 대해 그다지 할 말이 없다고, 자기는 차라리 소소한 현세의 것들을,

자연이나 뭐 그런 것들을 좋아한다고 이야기했다. 그녀가 현세의 것이 얼마나 아름다운지 열을 올리며 이야기하면 할수록, 나에게 는 그 말이 점점 더 강하게 내가 그걸 모른다는 비난처럼 들렸다. 물론 엄청난 오해였다. 하지만 처음에는 상당히 상처를 받았다. 게다가 나는 하필 지금 여기에 앉아서 창밖을 내다보며 여태껏 한 번도 해와 구름을 보지 못한 것처럼 경탄하고 있지 않은가. 아이노는 왜 내가 그렇게 공격적으로 반응하는지 이해하지 못했다.

그래도 멋진 것은, 우리가 결국에는 그것을 해냈다는 점이다. 몇 주 전이었다면 절대로 그런 혼란한 상태에서 빠져나오지 못했을 것이다. 우리가 서로 더 부드럽게 지내는 법을 배운다는 것도 이 상황이 주는 어떤 긍정적인 점이기도 하다. 어쩌면, 너무 빨리 포기하지 않는 것, 정말로 다른 사람을 이해하려고 하고 또 이해받으려 하는 것도. 아이노가 잠시 화장실에 갔을 때, 나는 어쨌든 나 자신과 말을 했고, 낮은 목소리로 아버지와 이야기를 나누었다. 이제 나는 그녀에게 맡겨야 하고 그녀는 나에게 맡겨야 한다고. 그누구도 지금 다른 사람에게 무엇인가를 강요할 수도 없고, 강요해서도 안 된다. 그녀가 돌아왔을 때, 나는 그냥 저 위에 있는 나의 세 사람이 나에게 무엇을 의미하는지 설명하려고 해 보았다. 물론 그리 쉽지는 않았다. 오늘날 미끄러져 자빠지지 않고 자신의 믿음에 관해, 내 경우에는 자신의 믿음 없음에 관해, 제대로 말할 수 있는 사람이 도대체 몇이나 있을까? 대부분은 그냥 침묵하고 만다. 아이노는 진득이 내 말에 귀 기울여 주었고, 내가 쓸데없이 힘을 허비할 때에도, 나에게 그것이 얼마나 중요한지 알아차렸다.

아무튼 나는 내게는 마리아가 사랑, 온기, 애정, 안온함, 어머니, 누이나 뭐 그런 것들을 대변한다고 말했다. 마리아는 한 마디로 안온함과 사랑과 보호의 화신이다. 또한, 어두운 생각의 숲을 뚫고 가는 동반자이기도 하다.

예수의 경우에는 일이 훨씬 더 복잡해진다. 그는 이 세상에 깊은 고난을 가져온 자이다. 여하튼 기독교에게는 그렇다. 정의나 돈이 아니라, 깊은 고난을 가져왔다. 그것이 무엇인지는 묘사하기 어렵고, 그러한 까닭에 예수 역시 묘사하기 어렵다. 그의 수난 이미지에 관해서는 많은 것을 생각해 볼 수 있다. 그가 있기 이전과 이후에도 훨씬 더 심한 고난을 겪어야 했던 수백만의 사람들과 비교하면, 십자가에 매달려 있던 그 세 시간은 실로 가소롭다고 할 수 있다. 나는 여기서도 언젠가 분노에 차서 큰 소리로 그렇게 말했다. 하지만 고난의 본질, 도대체 언제 고난이 시작되고, 어떻게 그것을 자기 힘으로 극복하며, 고난이 혹시 뭔가 의미심장한 것을 세상에 가져다주지 않을지, 그러니까 고난에 어떤 기능이 있는지—이것들이 예수의 이야기에 의거해서 토론해 볼 수 있는 물음들이다. 하지만 그것은 설명하기 어렵고, 나는 끊임없이 거기에 태클을 건다.

하느님은 나에게 당연히 모든 것을 서로 연결하는 원리이다. 물론 기독교인, 불교도, 힌두교도 등도. 모든 힘은 서로 긴밀하게 결합해 있다. 그래서 원래는 시작도 끝도 없다. 그러한 까닭에, 예수에게 문제가 되는 이 고난은 어쩌면 죽음으로도 끝이 나지 않을

지도 모른다. 왜냐하면 사실 결코 시작한 적도 없기 때문이다. 나는 아이노에게 뉘른베르거의 책에 나온 이 단락을 읽어 주었는데, 거기서 그는 하느님의 유토피아는 모든 인간이 자신의 운명을 스스로 정하려 들기를 포기하지 않을 때까지는 실패한다고 쓴다. 이는 물론 정치적으로 보면 전혀 안 될 일이다. 당연히 인간이 개입해야지. 하느님은 그렇게 할 수 없는 사람들을 위해 뛰어들어야 한다. 자원에 접근하지 못하는 사람들을 위해 자리를 마련해야 한다. 또한 싸우기도 해야 한다, 당연하다. 하지만 이 싸움, 호전성이라는 요소는 이 개입의 동인들을 최소한 양가적이게 만든다.

물론 뉘른베르거의 주장에서 결론을 도출할 수도 있다. 이 하느님의 유토피아가 오늘날까지 실현되지 못했기 때문에, 하느님의 패배는 아주 명확하게 증명되었다고 말할 수도 있다. 그러나 요즈음 나는 그것에 관해 깊이 생각하고 싶지 않다. 오히려 우리가 우리를 맡기고 일들이 일어나도록 내버려 둘 때 비로소 우리가 가진 자유를 경험한다는 사실을 나 자신에게 명확히 하고 싶다. 물론 역설적인 표상이다. 극단적인 부자유의 순간에 비로소 진정한 자유를 경험한다니. 상당히 복잡하다.

이 한 가지는 분명하다. 나는 무신론자가 아니다. 그리고 지금 이렇게 말할 수도 없다. 그래 뭐, 우주란 왠지 모르지만 뭔가 더 높이 있는 거야. 아니, 더 구체적이라야 한다, 나는 무슨 일이 있어도 마리아, 예수, 하느님과 함께, 이 세 존재와 함께 계속 살아가고 싶다. 그것이 가장 주된 일이다. 이 셋의 정확한 구분은 별로 중요하지 않다. 그러면 곧장 자기모순에 빠지게 된다. 지금 우선 중요한 일은, 내가 그들과 화목하게 지내는 것, 내가 다시 관계를 맺고 그들에게 이러한 종류의 추가적인 시련으로부터 나를

정신분열증적인 생각의 숲속에서 길을 잃지 말라!

보호해 달라고 부탁하는 것이다. 그리고 사랑받고자 한다는 것. 내가 나 자신을 사랑하려고 한다는 것. 다른 사람에 의해서든 나 자신에 의해서든, 내가 더 이상 벌을 받고 있다고 느끼고 싶지 않다는 것이다. 나는 정말 그러고 싶지 않다. 내가 지금 암에 걸렸다는 것, 그래, 그건 엿 같다. 여기서 누가 무엇을 망쳐 놓았는지 나는 모른다. 왜 그렇게 됐는지도 나는 모른다. 하지만 벌 받는 것, 무엇보다도 자신에게 벌을 주는 것은 문제가 아니다. 만약 내가 그것을 이해하게 된다면, 나도 예수와 마리아, 하느님의 손에 나를 맡길 수도 있다. 나는 나를 위해 이 발걸음을 내디뎌야만 한다. 나는 강하지 않다. 나는 차라리 나를 내맡기고 싶다. 다만 그러다가 한편으로는 너무나도 평온하게 은은히 빛나고, 다른 한편으로는 오로지 가시만을 품고 있는, 이 정신분열증적인 생각의 숲속에서 길을 잃지 않도록 조심해야 한다. 왜냐하면 내가 그 속에서 어떻게 움직이든, 나는 항상 잘못된 편에 있기 때문이다. 나는 항상 가시를 생각하는 까닭에, 아름다움에 대해서 제대로 기뻐하지 못하고, 가시들에 처해 있으면, 아름다움에 대한 동경밖에 남지 않

기 때문이다.

…… 화요일이나 수요일에 조직검사 결과가 나올 것이다. 나는 무엇보다도 도대체 언제 이 암세포의 성장이 시작되었는지를 기간별로 좀 알아볼 수 있기를 희망한다. 그저 어둠 속에서만 이리저리 쑤석대지 않도록, 그것에 관해 몇 가지 정보라도 받으면 좋겠다. 하지만 어쩌면 거기서도 아무것도 알아내지 못할 수도 있다.

내가 하느님과 마리아와 예수에게 바라는 커다란 소망은 어쨌든, 이 두 번째 화근이 상급 종양에 연결되어 있었으면 하는 것, 그것이 또 다른 무엇인가를 의미하지는 않는 것이다. 그리고 내가 화학요법과 다른 것들로 암을 완전히 쓸어 버릴 기회를 받는 것이다. 그런 다음에는 나 자신을 정신적으로나 육체적으로 깨끗하게 유지해야 한다. 당장에 하드코어 채식주의자나 부두교 광신자가 되지 않고도 아주 많은 것을 할 수 있다. 그러면서 경직되거나 그 일을 전투로 만드는 게 아니라 삶을 사랑하고 기쁘게 바라보는 거다. 설사 내가 완전히 건강해지지 않을지라도 말이다. 내 커다란 부탁은, 내가 여기서 마음먹은 것이라도 약간은 실천에 옮길 수 있게 해 달라는 것이다.

그러므로, 많은 소망이 있고, 많은 두려움이 있으며, 많은 희망이 있다. 바라건대 이제 나에게 저 위에 계신 분들의 가호가 있기를. 더는 말할 수가 없다. 그렇잖아도 또 내가 계획했던 것보다 더 많이 떠들었다. 이제 좀 자야겠다.

2월 4일, 월요일

　　　　　　　아무 활동도 없었으니, 그렇게 보면 오늘 하루는 나쁜 날이었다. 좋은 건 하나도 없었지만, 나쁜 것도 없었다. 두세 번 슬픈 순간도 있었겠지만, 사실상 하루가 죽은 거였다. 나로서는 그것을 제대로 묘사할 도리가 없다.

　어쨌거나 오늘 아침에 나는 수술하고 나서 처음으로 제대로 샤워를 했다. 그런 뒤에는 반창고를 떼어 내고 수술 흉터와 삽관이 있던 자리를 차분히 살펴보았다. 그것은 꽤나 힘든 일이었다. 흉터는 문제가 아니다. 지금 뭐 미적인 문제나 그런 것에 직면해 있는 게 아니니까. 하지만 절개 부위를 보는 순간, 저기 내 안에 지금 거대한 구멍이 있다는 상상을 하고 말았다. 그것은 끔찍한 이미지였다. 게다가 샤워 뒤에 찌르는 듯한 통증이 심장에 느껴져서 얼른 다시 침대에 누웠다. 완전히 탈진해 버렸다.

　그런 뒤로 오한이 나기 시작해서 사실상 온종일 덜덜 떨었다. 금요일부터 장腸이 움직이지 않고 있는 통에 아랫배가 뭉쳐 있기도 했다. 도움이 된다는 마사지를 받은 것까진 좋았지만, 그 뒤로 왠지 폭발 직전이었다. 내가 아침을 먹었는지도 모르겠고, 배가 전혀 고프지 않았다. 점심은 거들떠보지도 않았다. 카이저 교수가 와서 내일이나 모레 나올 조직검사 결과에 관해 이야기했을 때, 비로소 공포가 제대로 시작되었다. 물론 나는 다시 마음을 추스른다. 당연히 나는 그가 좋은 것만 보고해 주길 바란다. 나는 엄청난 힘이 비축된 척한다. 하지만 전부 소용없다. 나는 힘이 없다. 그 모든 게 무엇을 의미하는지, 그리고 무슨 일이 벌어질지 알지 못한다. 그리고 그것을 해낼지 못 해낼지도.

오늘은 이전 며칠보다 모든 게 훨씬 더 아프기도 했다. 침대에 많이 누워 있었고, 등과 배의 통증에, 가슴은 찌르는 듯 아프고, 참담한 기분이었다. 계속 오한이 나서, 추가로 덮을 것이 필요했다. 하지만 아무짝에도 쓸모가 없었다. 나는 당장에 열을 재 봐야 한다고 생각했고, 간호사들이 곧장 달려오지 않자, 약간 감정이 격해졌다. 하지만 별것 아니었다. 이런 게 이해가 안 간다. 덜덜 떨리도록 오한이 나는데, 열은 없다. 그것 참. 중간중간 나는 자꾸만 희한한 경직 상태로 빠져들었다. 마치 죽어 있는 것처럼 느껴졌다.

언제쯤인가 아이노가 왔고, 입맛 당기는 것들, 주스와 과일을 가져왔지만, 감 반쪽을 제외하고는 아무것도 넘기지 못했다. 그 대신에 나는 그녀가 가져오기로 한 실내화를 빼먹었다고 투정을 부렸다. 오늘 아침에, 극장 소품실이 열릴 때까지 기다리는 동안에 그 신발을 살 수도 있었잖느냐고 나는 억지를 부렸다. 그러자 그녀는 신경이 날카로워졌고, 다시 옷을 입더니 가 버렸다. 이 생각은 당연히 말도 안 되는 소리였다. 왜냐하면 소품실은 시내에서 멀리 떨어져 있고, 차를 몰고 나갔다가 다시 들어올 때까지면… 완전 헛소리다. 그녀가 화가 난 것은 당연하다. 하지만 이렇게 부당한 처신과 영문 모를 질투가 끊임없이 재발한다. 이곳에 제대로 속하지 못한다고 느껴지는 이 순간들을 더 이상 견디지 못하겠다.

그러고는 아이노가 다시 돌아왔다. 멋진 신발을 찾아냈고, 갈아입을 잠옷까지 사 왔다. 정말 사랑스럽다. 처음에는 조금 서먹했지만 곧 나아졌다. 그녀는 잠깐 산책을 하자고 했다. 처음에는 내키지 않았지만, 우리는 복도를 따라 맨 끝까지 갔다가 다시 돌아오게 걸었다. 아주 멋진 여정이었다. 나는 잠깐씩 멈춰 서 있어야 했다. 하지만 아이노는 아주 차분했고, 그저 이렇게 말했다. 이리 와, 천천히 걸어, 가만히 있어. 이 몇 발짝을 떼려면 무지하게 집중해야만 해서 몸에 좋게 작용했다. 다시 방에 돌아왔을 때, 나는 곧장 화장실로 향했다. 이번에는 성공했다. 고작 다시 똥을 쌀 수 있게 되었다고 이렇게 기뻐하다니, 어이가 없다. 오늘 분명 자기도 파김치가 되었을 아이노도 같이 기뻐해 주었다. 눈 밑에 작은 다크서클이 생긴 것도 보이지만, 그녀는 정말 예뻐 보인다.

그러고 나자 심지어 뭔가 먹고 싶어지기까지 했다. 뭐든 간단한 것이면 좋겠는데. 알약을 더 잘 삼킬 수도 있게. 하지만 그 뒤로 아무것도 오지 않았다. 나는 성질을 부리는 대신에 다시 한 번 일어서서 밖으로 나갔다. 내 식사가 어디 남아 있나 살펴보았다. 그러는 내 모습이 약간 흐뭇하게 느껴졌다. 지금 다시 화를 내고 흥분할 필요 없다고 스스로 말했기 때문이다. 아무도 오지 않는데 지금 당장 뭐라도 먹어야겠다고 생각하거든, 직접 소시지 빵을 찾아 나서면 된다. 설사 그게 다소 힘이 들더라도.

아이노가 가고 난 뒤에 나는 여기저기 전화를 걸었고, 내 음성 사서함에 용건을 남긴 사람들에게 전화를 걸었다. 걱정해 주고, 잘되길 바라 주고, 용기를 주는 많은 사람들에게. 그건 분명 멋진 일이다. 특히 페터 차덱*과의 통화가 좋았다. 그 역시 지난 몇 년간 굉장히 아팠다. 나는 그에게 불안해질 때면 무엇을 했느냐고 물었다. 그는 그냥 일종의 잠에 빠진다고, 반수면 상태로 들어간다고 했다. 주변 사람들은 그런 그가 다른 세상으로 건너가는 게 아닐까 걱정했지만, 그에게는 잠이 치료 같았다고 한다. 그리고 당연히 아내가 도와주었다고 했다. 그리고 병원에 있는 많은 좋은 사람들 덕에 건강해졌단다. 지금 그는 새로운 연극 연출을 계획하고 있다고 했다.

하, 이 통화는 분명 멋지고, 나에게 약간 용기를 주었다. 화학요법과 그 모든 것을 이미 경험해 본 누군가와 대화를 하는 것 말이다. 자주 그렇게 해 보는 게 좋겠다. 하지만 왠지 오래가지는 않는다. 적어도 오늘은. 내 심장은 정상이 아니고, 그냥 온통 다 아프다. 내 안의 모든 낙관주의, 능동성의 모든 불꽃이 그냥 사라져 버렸다.

---

* Peter Zadek(1926~2009). 독일의 연극 연출가 겸 극작가.

…… 지금은 벌써 늦은 저녁이고, 나는 불안을 제거하는 알약 한 알을 나에게 허락했다. 조직검사 결과가 나오기 직전에 내가 강한 남자 시늉을 할 필요는 없노라고 생각했다. 지금으로서는 나는 결코 강한 남자가 아니다. 하지만 그래도 나는 보이스의 책을 좀 읽어 보려고 정신을 다잡았다. 제목이 '그리스도를 생각하다Christus denken'이다. 이 책은 메네케스 신부와의 인터뷰를 담고 있는데, 그는 훌륭한 질문들을 던진다. 그리고 보이스는 빼어난 언어 스타일로, 아주 적확한 표현들로 답한다. 참으로 경탄할 만하다. 여기서도 고난 개념이 문제가 된다. 그렇지만 이번에는 특히 보이스가 그의 확장된 예술 개념에 대한 비판, 그러니까 "모든 인간은 예술가"라는 그의 유명한 문장에 대한 비판과 논쟁을 벌이는 대목에 꽂혔다. 보이스는 모든 사람이 지금부터 그림을 그리거나 글을 쓰거나 음악을 해야 한다는 뜻으로 한 말은 물론 아니라고 한다. 오히려 예술 개념을 인간의 모든 활동과 연관시켜야 한다고, 모든 일에 창조적으로 착수해야 하고, 거기에서 뭔가 멋진 것이 생겨날 수도 있다고 말하려 했다는 것이다. 평가에 관한 질문을 받자, 보이스는 간단히, 무엇보다도 칭찬을 해야지 곧바로 판결을 내려서는 안 된다고, 긍정적으로 이야기해야지 항상 곧바로 평가해서는 안 된다고 말한다. 그 말이 너무나도 중요하게 느껴져서 차라리 인용하는 게 낫겠다.

"너무 닳아빠지고 근거가 없는 미 개념은 확장된 예술 개념에 종종 거치적거리기도 합니다. 나는 그냥 한번 그것에 관해 말하려는 것이지, 이건 이러지 않아야 하고 저건 저래야 한다, 이건 나쁘고 저건 좋다고 말하려는 게 아니에요. 그러면 나는 다시 그런 식의 판결에, 유죄판결에 빠지게 되지요. 정반대로, 모두를 격려해야 합니다, 모두를요. 그것이 중요합니다. 모든 이에게 이렇게 말해야 해요. 네가 만드는 것은 훌륭하고, 뛰어난 이야기야. 물론 그것으로 완전히 다른 것이 만들어질 수도 있어. 말하자면, 더 확장될 수 있지." 그리고 나에게 아주 깊은 인상을 준 문장들이 이어진다. "항상 긍정적으로 말하고, 판결하지 마십시오. 당연히 이따금씩 심한 말도 해야 하지만, 되도록 그것을 삼가야 합니다."

판결 기계와 평가 기계의 스위치를 꺼라!

만약 혼자 힘으로 진지하게 그렇게 해 볼 수 있다면, 이 판결 기계와 평가 기계의 스위치를 끌 수 있다면, 이미 많은 것을 얻은 셈이다. 물론 지금 요제프 보이스의 생각에 나타나는 희한한 요소들과 오류들을 찾아 나설 수도 있다. 보이스가 루돌프 쉬타이너 잡동사니 때문에 많은 지점에서 의심스럽기도 해서 나도 이미 그렇게 하고 있다. 어쩌면 보이스도 나와 싸우는 것이 재미있었을 수도 있다. 하지만 그것은 주제넘은 짓이고, 나는 현재 어떤 갈등도 비켜 가고 싶다. 망자와 그의 생각과 대립하는 것도 마찬가지다. 이 사고의 관대함을 의식적으로 한번 분명하게 보여 주는 편이 훨씬 낫다. 항상 긍정적으로 말하고, 판결하지 말라—누구나 이해할 수 있는 놀라운 생각이지 않은가. 그리고 매일 그에 따라 살려고 해 볼 수도 있다.

자, 이제 난 좀 자야겠다. 그래도 사랑하는 친구가 오늘 나에게 보내 준 마이스터 에크하르트*의 멋진 격언은 떠올리고 자야지. 마이스터 에크하르트는 이렇게 말한다. "네가 평화를 얻었다면, 너를 둘러싸고 있는 악령들은 실제로는 천사이다." 내가 벌써 거의 아버지만큼이나 멀리 나가서 의미 있는 금언들을 모으고 있구나! 하지만 상관없다, 그 격언에는 뭔가가 있다. 내가 당장에 이 평화를 감행하지 않더라도. 세상과, 또 나와도. 어떤 의미에서는 나에게 그럴 힘이 있길 바란다. 아빠는 마지막에 가서, 마지막 숨을 쉬며 그렇게 천천히 날아갈 때, 이 평화를 발견했다. 그것은 무척 좋았다. 아버지는 그걸 진짜 멋들어지게 해내셨다.

하지만 나는 더 오래 살고 싶다. 그래서 화평을 맺는다는 것이 죽어야만 한다는 것을 뜻할까 봐 겁이 난다. 계속 살기 위해서라면 차라리 지옥의 원**이라도 몇 개 더 기어오르겠다. 맙소사, 지금 내가 무슨 소리를 하고 있지? 지옥의 원이라고? 그것은 지금, 이미 너무 우스꽝스럽다. 아, 그만해야겠다. 안녕히 주무시길.

---

* Meister Eckhart(1260경~1328). 중세 말엽의 신학자이자 철학자로 영적인 삶을 중요시했다.
** 단테의 《신곡》에서 유래한 지옥의 단위로 총 9개의 원circle으로 이루어져 있다.

2월 5일, 화요일

오늘은 멋진 날이었다. 어제 이 죽어 있는 듯한 느낌에선 전혀 계산에 넣지 못한 날이었기 때문이기도 하다. 수술한 지 꼭 일주일 만인 오늘, 나는 6시에 잠에서 깼고, 또다시 축축할 정도로 땀을 흘렸으며, 약간 기진맥진하기도 하고, 통증을 삭였지만, 사실은 잘 지냈다. 욕실로 가는 노정을 문제없이 해냈고, 샤워도 처음처럼은 힘들지 않았다. 그러고 나서는 한 대체복무자의 도움을 받아 엑스레이를 찍으러 이송되었다. 그것은 분명 하루의 첫 번째 절정이었다. 그렇게 휠체어를 타고 이리저리 이송되는 게 정말로 재미있었고, 엑스레이 촬영 결과도 아주 좋아진 모양이었다. 어쨌거나 카이저 교수는 모든 게 최상으로 보인다고 말했다. 당연히 좋은 소식이었다.

엑스레이를 찍고 돌아오자 벌써 아침 식사가 나와 있었고, 햇살이 빛났고, 나는 아이노가 준비한 블라디미르 호로비츠의 CD에 귀를 기울였으며, 그러면서 아침을 먹고 《타게스슈피겔Tagesspiegel》*을 읽었다. 나는 그것을 제대로 즐겼다.

---

* 1945년에 창간된 베를린의 일간신문.

그러고 나서 10시경에 페터 차덱이 추천해 준 종양학 전문의가 화학요법에 관해 설명해 주러 왔다. 아주 호감이 가는 인상의 그 의사는 곧장 나에게로 와서 침대에 앉았다. 우리는 이런저런 이야기를 좀 나누다가, 그가 화학요법에 관한 몇 가지 정확한 정보들을 주었다. 그는 내가 화학요법을 하는 것이 절대적으로 중요하다고 말했다. 그는 내가 빈에서 받으려고 하는 수지상樹枝狀 세포 치료법을 중시하지 않는 게 분명했고, 겨우살이 제제나 다른 생약들에 대한 기대도 낮아 보였다. 아무 의미도 없고 효과도 없을 거라고 했다. 나는 그래도 그것이 나에게는 의미가 있을 수 있다는 점을 이해시키려 했다. 나는 화학요법을 받아야 한다. 나도 안다. 하지만 그 치료법들도 같이 시도해 보고 싶다. 그 치료법들이 나를 격려하고 뭔가 나 자신에게 좋은 일을 해 준다는 느낌이 든다면, 절대로 나쁘지 않다고 생각한다. 나는 그러니까 그 점에서 이 종양학 전문의와 완전히 같은 주파수가 아닌 것이다. 그러나 전체적으로 대화는 아주 훌륭했다.

마사지를 받고 나서는 카페테리아에 있는 아이노와, 내 사촌 마리온과 그 남편 미하엘을 방문했다. 나는 목욕가운을 걸치고 자랑스럽게 발을 내디디며 걸었다. 물론 이런 걸 보여 줄 마음도 있었다. 자 봐봐, 나는 벌써 걸을 수 있어, 내가 지금 너희들을 데리러 온 거야. 그리로 가는 도중에 마치 스파를 하러 가는 듯 손에 침대 시트를 들고 있는 약간 이상한 여자를 만났다. '아, 저 여자 약간 맛이 갔구나' 하고 생각했던 것이 아직 기억난다. 그러고 나서 다른 사람들과 함께 다시 병실로 올라왔을 때, 어떤 미화원 아주머니가 나를 이렇게 나무랐다. "여기서는 문을 열어 놓으면 안 돼요! 미쳤어요? 방금 환자분 방에 웬 여자가 들어와 있었다고요. 그 여자는 정신이 나가서 여기서 헤매 다녔어요." 그러니까 손에 침대 시트를 든 그 여자가 내 병실로 들어왔던 거다. 그 여자가 여기서 무엇을 했는지는 알아내지 못했고, 어쨌든 간에 아무 일도 일어나지 않았다. 하지만 그것이 끝이 아니었다.

그러고 나서 몇 시간 뒤에 그 일이, 오늘 하루 중 최고 절정이라 할 일이 벌어졌다. 병실에 앉아서 카를 헤게만을 기다리고 있는데, 난데없이 문이 열리더니 그 정신 나간 여자가 들어왔다. "저기요, 누구를 찾으시는 건가요?" 그러자 그녀가 밑도 끝도 없이 이름 하나를 되풀이 말했다. "데커 씨, 데커 씨, 데커 씨." 나는 말했다. "데커 씨는 여기 없어요." 그 순간 미화원 아주머니가 그녀 뒤에서 나타나 그 장면 속으로 돌진해 들어오더니, 바닥을 가리키고 이렇게 소리쳤다. "이런 염병할, 똥이잖아!"

그 여자가 내 병실 문 앞에 똥을 싸질러 놓은 것이다. 나는 어제라면 절대 꿈도 꾸지 못했을 그런 웃음보를 터뜨렸다. 상처 자국을 꼭 잡아야 할 정도로 그렇게 웃어 댔다. 온몸이 아팠지만, 웃음을 멈출 수가 없었다. 한 여자 환자가 내 병실 앞에다 똥을 싸고, 미화원 아주머니가 그 장면으로 뛰어 들어와서 "이런 염병할, 똥이잖아"라고 말하는 상황이 너무나도 난해했기 때문이다. 그 여자 환자는 데커 씨를 찾으러 다시 사라졌다. 믿기지가 않는다!

그 여자는 나중에 다른 곳으로 이송되었다. 아마도 마취제나 진통제 때문에 환각에 빠졌던 듯하다. 하지만 하필이면 내 병실 앞에 똥을 싸 놓은 것은 한 마디로 충격적이었다. 나에게는 그녀가 마치 이러한 방식으로 나한테 존경을 표시하려 한, '기회 2000Chance 2000*의 탈선한 추종자처럼 느껴졌다. 그러나 그녀는 아마도 그냥 다시 한 번 나를 제대로 웃기려고 파견된 누군가였을 것이다. 내 병실 앞에 있는 똥 무더기는 사실 선물이었던 거다. 어쨌거나 나는 그것을 내가 다시금 웃을 수 있게 만든 커다란 선물이라고 느꼈다.

어느 때쯤인가 그것이 내 아버지였을 수도 있겠다는 생각이 들었다. 어쩌면 진짜로 아빠였을지도 모르고. 아버지는 그렇게 말씀하셨을 것이다. "그래, 얘야, 이제 그냥 한번 제대로 웃어 젖히렴. 그러려면 뭔가 아주 황당한 게 있어야 할 거야." 이 이야기는 정확히 아버지 방식의 유머이기도 해서, 아버지도 그걸 보고 눈물이 나도록 웃으셨을 것이다. 불현듯 아버지와 나 사이의 친근함이 다시 나타난다. 내가 기분 좋은 까닭일 수도 있지만, 오늘 아버지가 다시 아주 좋아진다. 다시 한 번 그렇게 웃을 수 있다는 이 가능성을, 이 낙관주의의 순간을, 나는 절대로 잊지 않을 것이고, 영원히 아버지와 연결 지을 것이다.

---

* 쉴링엔지프가 1998년에 서커스 천막에서 창당한 소규모 정당으로, 기성 정치를 비판하며 국민 개개인의 가치를 되새기자는 취지를 내세웠다.

그 일이 벌어지기 전에는 마리온과 미하엘이랑 몇 시간을 떠들었고, 어느 순간 문이 열리고 카이저 교수가 들어왔다. 그는 거의 45분을 우리 곁에 앉아 있었고, 미하엘은 의사 대 의사로 그와 대화를 나누었다. 미하엘이 상당히 비판적으로 거듭 질문을 해 대는 통에, 나는 몇 번이나 진땀을 흘려야 했다. 하지만 카이저는 침착한 상태를 유지했다. 하기야 그가 자신에게 과민한 반응을 허용할 리가 없지 않은가. 그 수술들을 견뎌 내려면 자신의 감정을 잘 다스려야 할 테니. 정말 경탄할 만하다!

어쨌거나 미하엘은 카이저에게 나의 예후에 대해 아주 구체적으로 물었다. "대체 어떻게 보십니까? 수술하시면서 받은 인상이 조직검사로 많이 바뀔까요?" 카이저는 조직검사 결과가 자신이 수술하면서 내렸던 평가에서 그리 많이 벗어나지 않을 거라고, 자기는 나의 예후를 긍정적으로 본다고 했다. 정말로 그렇게 말했다! 무엇보다도, 나의 횡격막 건이 폐에서 비롯됐다고 거의 확신한다고 했다. 그 말은 그것이 하나의 전체를 이루고 있음을, 화근이 또 하나 있지 않음을 의미한다. 그렇다면 화학요법이 성공할 가능성이 더 크다는 의미이기도 하다.

화학요법과 관련해서, 카이저 교수는 그것은 단지 예방조치에 불과하다는 의견이었다. "저는 그걸 만일에 대비해서 예방으로 추천할 겁니다." 보조 치료 정도라고 부르면 되겠다. 그러니까 혹시라도 어딘가에서 계속 쑤시고 돌아다닐 작은 조각들을 가능한 한 일찍 붙잡는 거다. 다른 게 아니라 바로 그것이 중요한 거다. 화학요법을 하지 않아도 된다면 더 기뻤을 테지만, 카이저가 모든 것에 관해 어찌나 터놓고 말하던지 흡족했다.

카이저에게는 나에게 전할 긍정적인 소식이 하나 더 있었다. 수술한 부위가 어떻게 아물고 있는지 보려고 금요일에 기관지 검사를 한 번 더 할 거라고 했다. 그리고 다음 주 중반에는 출발 명령이 떨어질 거라고 했다. 정말로 다음 주 수요일에, 그러니까 수술 후 2주 만에 퇴원할 수 있다면, 그건 물론 믿기지 않는 이야기일 것이다. 다음 주에 다시 집에서 벽난로 앞에 앉아 있을 수 있다면, 꿈만 같을 듯하다. 한번 기대해 보자, 어떤 것도 애걸복걸하지 말고. 정말로 그렇게 되기를 말이다.

카이저가 가고 나서도 미하엘과 마리온이랑 조금 더 이야기를 나눴다. 그것도 정말 좋았다. 정말 멋진 녀석들이다. 암이 얼마나 심하게 나를 덮쳤는지는 여전히 의문이다. 그것은 어떤 경우에든 생각의 전환을 요구하는 타격이다. 더 기다려 봐야만 하는, 아직 끝나지 않은 것들이 여전히 많이 남아 있지만, 끝나기를 애걸복걸해 봐도 달라질 건 없다. 오늘 어쩌면 그것을 배운 것 같다.

그래 좋다, 지금 나는 허풍을 떨고 있다. 내일 다시 장이 안 좋아지거나 하면, 나는 또다시 사태를 달리 보게 될 것이다. 어쨌든 간에, 어제는 모든 게 끝장났다고 생각했는데 오늘은 여러 차례 보상을 받은 느낌이다. 이 완전히 다른 느낌들이 그토록 바짝 붙어 있다는 걸 아는 것이 중요하다. 두려움이 들지 않기를 바랄 수는 없다. 바랄 수야 있지만, 정말로 그럴 거라고 바랄 수는 없다.

어제는 이제 다 끝났다고 확신했는데, 오늘은 모든 게 잘 되기를 희망한다. 죄다 힘들다.

······ 오후에는 또 카를이 들렀다. 우리는 도이체 오퍼에서의 〈성 요한나〉 연출을 거절하지 않는 게 낫지 않을까 같이 생각해 보았다. 미하엘과 아이노는 시간상으로도 기력 면에서도 그 일은 해낼 수 없다는 의견이었다. 나도 같은 의견이다. 그렇게 빨리 공적인 자리에 다시 서는 것이 좋을까. 그러려면 나를 보호할 조건들이 필요할 듯하다. 곧장 '그럼 그렇지, 강인한 쉴링엔지프'가 되는 건 나 역시 원치 않는다. 나는 강인하지 않잖는가, 정반대지. 게다가 지금은 시골로 가서 한두 주 정도 아담한 휴가지 별장을 빌려 그냥 나무나 보고 새 소리나 듣고 산책이나 다니고 싶다. 이번 일을 곱씹어 보고 나 자신을 진정시킬 휴식 시간을 나에게 허락하고 싶다.

지금은 자연을 향한 그리움이 워낙에 커서, 〈성 요한나〉 공연을 뒤로 미룰 수 있는지 도이체 오퍼에 정말로 물어봐야겠다. 그들의 제안대로 침대에서 모니터로 연출을 하는 건 말이 안 된다. 내가 침대에서 공연 연습을 보고, 조감독과 전화 통화를 하고, 그러면 조감독이 마이크를 들고 무대 위로 달려 올라가 나의 의견을 이야기한다는 뜻일 것이다. 그러니, 나도 모르겠다 ···. 사실 나는 무대 위에서 이리저리 손짓과 발짓을 해 대고, 사람들한테 소리를 지르고, 상황을 직접 연기해 보여 주고, 유사시에는 페인트통으로 무대를 엉망으로 만드는 인간이다. 그런데 그 짓을 하나도 못 하고 소파에서 빈둥거리기나 한다면, 그 연출 결과가 어떨지 나도 모르겠다.

차분히 조직검사 결과를 기다려 보고, 그 뒤에 결정할까 한다. 내 생각에, 그 결정은 나한테 얼마나 시간이 남아 있는지에 달려 있을 수밖에 없다. 만약 조직검사에서 '이런 참, 위험하네, 저 인간은 재발할 것이 확실하니 오래 기다릴 필요가 없어'라고 한다면, 나에게는 더 이상 잃어버릴 시간이 없다는 뜻이므로 작업을 미루지 말고 일해야 한다. 하지만 그 결과가 '저 사람은 그걸 잘 이겨 낼 거야, 저놈은 그렇게 악성이 아니야, 화학요법으로 제거할 수 있어'라고 한다면, 나는 그 오페라를 맡지 않을 거고, 일단 회복부터 할 거다. 대부분 나와는 거꾸로 하겠지만, 나쁜 소식이 있을 땐 일이 필요하다고 생각한다.

한 가지는 분명하다. 간단히 일정 이야기로 넘어갈 수 없다. 얼마 전에 카를이 우리는 이미 언제나 우리 작업에서 죽음과 관계를 맺어 왔노라고 했더라도 말이다. 그는 놀랍도록 간결하

기억한다는 것은 잊는다는 뜻이다.

게 이렇게 말했다. 우리는 무대 위에서 우리를 죽이고 나중에 피자를 먹으러 간다고. 최상의 경우에는 그렇기도 하다. 하지만 바로 그 지점에서 변화가 시작되었다. 지금은 일이 벌어졌고, 그러

니 공연 연습을 하고서 그냥 피자를 먹으러 가고, 아무 일도 아니라는 듯이 그렇게 행동할 수는 없다. 무대 위에서 마구 날뛰고 죽음을 연기할 수도 없다. 그것은 더 이상 불가능하다. 적어도 이제까지 그래 왔던 것처럼은 안 된다. 왜냐하면 그런 상황에서 나는 내가 진짜로 누워 있거나 적어도 누워 있었던 단두대를 끊임없이 떠올릴 테니까. 이 경험이 내 작업을 어떻게 바꿀지 아직 알 수 없고, 이제부터 알아내야 한다. 어쩌면 이 문제를 숙고할 때 오늘 저녁에 받은 뤽 본디˙의 멋진 이메일이 도움을 줄지도 모르겠다. 그는 얼마 전에 이 유명한 신경학자 에릭 캔들Eric Kandel을 알게 되었나 보다. 캔들은 기억할 때 중요한 기능을 하는 단백질의 발견자이다. 이 물질은 우리의 기억이 어렴풋하고 어떤 것을 절대로 정확히 똑같이 기억하지 못하는 이유를 해명해 준다고 그는 말한다. 어쩌면 수열은 그럴지 몰라도 항상 뭔가 다른 것이 되는 이야기나 체험은 아닐 것 같다. 바이로이트에서 〈파르지팔Parsifal〉 공연을 준비하다가 어떤 장면에서 대본에 "기억한다는 것은 잊는다는 뜻이다"라고 썼던 일이 떠올랐다. 그 말은, 모든 기억은 사건의 덧칠이고, 덧칠 뒤에는 매번 많은 망각이 있다는 뜻이다. 언제, 그리고 어떻게 나의 단두대에 덧칠을 시작할 수 있을까.

…… 조금 전에 〈파르지팔〉 연출을 떠올렸을 때, 고난의 의미에

˙ Luc Bondy(1948~2015). 스위스의 연극 · 오페라 연출가이자 영화감독.

관한 질문도 다시 떠올랐다. 그
것이 더 이상 나를 놓아주지 않
는다. 세상 속 고난의 가치란 무
엇인가? 그리고 왜 그것은 더 이
상 인지되지 않는가? 보이스는
고난을 들을 수 있다고 했다. "고

**이 세상에서
고난의 가치란 무엇인가?**

난은 이 세상 속의 특정한 음조이다. 그것은 들을 수 있다. 아마
보이기도 할 것이다. 그것을 인지하려고 애써 본 사람은 고난 속
에서 지속해서 혁신의 원천을 본다. 그것은 고난을 세상으로 방출
하는 소중한 실체의 원천이다. 거기에서 우리는 그것이 불가시적
이자 가시적인 성스러운 실체임을 본다. 오늘날 그것을 알아차리
는 것은 사람들이기보다는 나무들이다."

　나는 당연히 이 지점에서 멈칫하고는 이렇게 생각한다. 그래,
그래, 그렇다면 저기 당신 나무들로 한번 가 봐.** 이건 나에게는
지나치게 밀교적이다. 그것은 설사 인생이 완전히 다르게 흘러가
더라도, 모든 것을 가능한 한 부드럽게 씻어 내리고 싶어 하는 경
직된 약골들을 위한 그 무엇이다.

　하지만, 좋다, 어쩌면 나도 한번 나무들에 귀를 기울여 보아야
할지도 모르겠다. 더 이상 간단히 질책하지 않으련다. 그것은 입

** 요제프 보이스는 1982년 카셀 도쿠멘타에 '도시 행정 대신 도시의 산림화'라는 제목으
　로 다음 도쿠멘타가 열리기 전까지 5년간 카셀에 7천 그루의 나무를 심는 프로젝트를
　진행했다.

장에, 끊임없이 변할 수 있는 관점에 달려 있다. 나는 요즘 끝도 없이 내 관점을 바꾼다. 어제 나는 내가 완전히 컴컴한 숲속에 있다고 생각했는데, 어떤 교수가 들어와서 자기는 이러저러하게 생각한다고 말했다—그러자 홀연히 숲이 약간 밝아졌다. 나는 가능한 한 많은 것을 받아들이고 싶다. 그 모든 제한, 그렇게는 안 돼, 이렇게만 가능해, 그런 것은 원하지 않는다. 그래서 오늘 꿈에서 보았던 이미지를 떠올렸다. 햇살을 받으며 해변에 있는 아이노를. 예전 같으면 꿈에서 그런 게 떠오를 리 없었을 거다. 나는 내가 그런 걸 꿈꾸게 내버려 두지 않았을 거다. 실제로도 그랬고. 내가 꿈을 꾸는 게 아니라 그것이 나를 꿈꾸게 하는 것이다. 내가 꿈을 꾸게 되는 거다. 그리고 나는 내가 이렇게 꿈꾸게 되어 기쁘다.

…… 그렇지만 나에게는 더 많은 시간이 필요하다고 생각한다. 내가 그토록 빨리 지나쳐 질주했던 그 모든 것들을 위한 시간과 평온함이. 그 시간에 "우리는 그것을 경험했노라" 동호회 따위엔 가입하지 않을 것이다. 다음과 같은 모토 아래 말이다. 우리는 그 자리에 있었어, 우리는 스탈린그라드 전투를 함께했지, 다리 하나 잘리고, 허파 한쪽 날리고. 아니면 다른 이미지로. 우리는 단두대에 누웠다, 이것 좀 봐, 특종감이네, 목이 겨우 반쪽밖에 안 잘려 나갔어, 우리는 또다시 운이 좋았어.

아니, 요점은 이렇다. 나에게는 배워야 할 무엇인가가 있고, 거기서 추론해 내야 할 것도 있다. 자유를 인지하고 새롭게 규정해야 하는 과제가 있고, 더 관대해지는 법을 배우는 것도 있을 거다. 내가 만약 충분히 시간을 선사 받는다면, 다른 사람들도 도울 수 있으면 좋겠다. 다른 암 환자나 에이즈 환자, 루게릭병 환자와 이야기를 나누고, 비록 그들의 불안을 없애 주지는 못하더라도 이 충격, 이 불확실성을 다루는 법을 배우도록 도왔으면 좋겠다. 만약 다시 건강해진다면, 이 일을 그냥 빨리 잊어버리지 않을 것이고, 이렇게 변명하면서 겁먹고 달아나지 않을 테다. 휴, 암이라니, 너한테 나쁜 일이로구나, 그래, 나도 유감이야, 잘 알지, 하지만 안타깝게도 너에게 전념할 수가 없구나, 그게 개인적으로 너무 심하게 부담이 되거든. 그것은 자기기만일 것이다. 완전히 가식일 것이다. 나중에 샴페인 잔을 들고 카메라 앞에 서고, 저명인사 행세를 하고, 어느 암 재단을 위해 모금을 하는 것만큼이나 가식이다.

이건 당연히 헛소리다. 만약 누군가가 돈이 필요한 누군가를 위해서, 뭔가 뜻깊은 일을 후원하는 재단을 위해서 모금을 한다면, 그가 어리석어 보이든, 멍청한 영화를 만들든, 머리에 똥밖에 안 들어 있든, 아무 상관 없다. 뭐든 다 오케이다.

하지만 그럼에도 불구하고 더 많은 일을 할 수 있지 않을까. 우리 사회에서 질병, 고통, 죽어 감, 죽음을 논의할 때 드러나는 우매화를 조금이나마 막아 보려고 노력해 볼 수 있지 않을까. 왜냐하면 허튼소리는 끝도 없으니까. 비참하게 살아가는 것에 관해, 더 이상 혼자서 똥을 싸러 갈 수 없거나 뭐 그렇게 되면 상실된다고들 하는 존엄에 관해서, 얼마나 많은 헛소리가 말해지고 글로

쓰이는지, 당최 이해할 수가 없기 때문이다. 도대체 이 얼마나 궁색한 자유와 존엄에 관한 표상이란 말인가? 정말이지 한번 진지하게 고난에 대해 생각해 보아야 하고, 정말로 괴로움을 겪는 순간이란 도대체 어떠한 종류의 것인지 자문해 보아야 한다.

현실이 어떤 모습인지, 대부분의 사람들이 어떻게 죽어 가는지도 살펴보아야만 한다. 대중매체를 통해서 거의 호러 현상들만 알려져 있지 않은가. 질식, 기침, 입에서 피를 흘리고, 배에는 또 뭔가가 있고, 기관 전체 제거 수술 몇 차례, 약간의 모르핀, 그리고는 그걸로 끝이다. 모든 게 너무 끔찍하다. 하지만 모든 사람이 그렇게 죽는 것은 절대로 아니다. 나는 그렇게 생각하지 않는다. 여기 독일에서 매일 저녁 이러저러한 숫자의 사람들이 병원에서 고무관들에 매달려 있고, 끝도 없는 고난의 길을 지나 죽음을 기다린다는 것은 결코 사실이 아니다. 물론 그중에는 심장마비나 뇌졸중이 온 사람들도 있다. 그거야 분명하다. 하지만 암에 걸린 사람들이 모두 그 같은 괴로움을 겪어야 한다고는 상상할 수 없다. 다르게 진행될 수도 있다는 걸 반드시 훨씬 더 명확하게 세상에 알려야 한다.

그래, 내가 지금 궁리하는 이 모든 걸 어떻게 곧 만회할 수 있을지 생각해 보자. 오늘은 어쨌든 좋은 날이었다. 몇 가지 사안들이 진행 중이다. 이미 대단한 거다. 어쩌면 그럼에도 불구하고 나는 곧 피자를 먹으러 갈 수 있을지도 모른다.

2월 6일, 수요일

　　　　　　나는 나 자신에게 놀란다. 조직검사 결과가 금요일에나 나온다고 소식이 왔는데도 여전히 기분이 좋다. 어제의 박장대소가 아직까지 효과가 있나 보다. 여하튼 나는 여기서 느릿느릿 통로를 걷고 있고, 원래 같으면 절망했을 것이다. 그런데 그렇지 않다. 오히려 내가 걸음의 박자를 정할 수 있다는 느낌을 즐기고 있다. 사람들은 나에게 말을 걸 수도 있고, 보조를 맞춰 천천히 갈 수도 있지만, 20미터쯤 가다가는 그냥 가 버린다. 내가 여전히 그 자리에 서 있으면 왜 내가 대답을 하지 않는지 이상해할 뿐이다. 하지만 그것도 나쁘지 않다. 여기에도 장점이 있다.

　그래서 내가 오페라를 거절하는 게 옳다고 점점 더 확신하게 된다. 내가 회복할 수 있기 위해서뿐만 아니라, 이 암의 전체 규모를 이해하는 데에 더 많은 시간을 할애하기 위해서도. 아직도 나는 그것이 무엇인지조차, 내가 무엇을 이해해야만 하는지조차 모른다. 1년 뒤, 혹은 2년 뒤, 혹은 5년 뒤가 마지막이 될지를 파악해야 하는 걸까? 아니면 내가 이미 세상의 몰락을 겪어 냈고, 지금은 나무들에서 이파리가 피어나고 어느 멍청한 아줌마가 내 신발에 똥을 싸지르기를 고대하고 있다고 말해도 되는 걸까? 다음

번 재앙까지 분위기 좋게? 하지만 단지 세상의 몰락이 어떻게 느껴졌는지를 파악하는 데에만도, 나는 아직 몇 주간의 안식과 집중이 필요하다.

…… 물론 나에게는 〈성 요한나〉 연출이 제법 상세하게 눈앞에 그려져 보인다. 거의 눈이 아플 지경인, 아주, 아주 밝은 이미지로, 그것이 발산하는 쨍한 빛 속에서 말이다. 모두 다 하얀 의상을 입고 있는데, 거의 아무도 알아볼 수 없다. 등장인물들은 모두 사회 시스템의 대표자들이고, 어떤 시스템이 나타나자마자 자기가 작동한다고 주장한다. 다시 말해서, 그 시스템은 순수하고, 명료하며, 모든 색깔을 자기 안에 받아들인다. 하지만 그것은 사실이 아니다. 등장인물들은 명료함과 순수함을 눈속임으로 믿게 만들고 마치 모든 것이 환상적으로 돌아가고 있는 양 행동하는 더럽혀진 문화의 대표자일 뿐이다. 그리고 요한나는 나에게 이러한 밝음의 그림자, 순수함의 어두운 이면이자, 그 시스템과 질서를 더럽히고 그 때문에 그 질서의 거짓된 순수함을 다시 만들어 내기 위해 제거되어야만 하는 거대 종양이다. 종양으로서의 요한나. 이 방향으로 갈지 한번 곰곰이 생각해 봐야겠다.

그러니까 나는 분명 연출에 필요한 아이디어들이 나에게 있다고 생각한다. 그러나 모든 것이 너무 빨리 진행될까 봐, 이러한 아이디어들이 단지 노해에 불과할까 봐 겁이 나서 의심이 들기도 한다. 그럴 때마다 아버지의 죽음이 떠오른다. 나는 이 사건 역시 서술하기를 통해 아주 신속하게 이야기로 만들었고, 그것은 뮌헨과 취리히에서의 전시들로 이어졌다. 그것들은 잘 만들어졌고, 나에게도 좋게 작용했지만, 나의 애도가 상당히 빨리 쉴링엔지프 주니어 재활용시설의 가시덤불에 도달한 것도 사실이다. 이제 내가 문제가 된다면, 이미 공평성 때문에라도, 그렇게 하는 걸 빼먹어서는 안 된다고 생각한다. 하지만 재활용시설이 자기가 체험한 바를 아직 채 이해하지 못한 시점에 그런 일이 이루어져서는 안 된다.

그러므로, 〈성 요한나〉 연출과 관련해서는 부담감이 없어져야만 한다. 내가 여기 있다는 것을 증명하려고 그 오페라를 만들 필요는 없다. 아니면 그것이 내 주제라서, 돈이 필요해서, 많은 사람이 거기에 매달려 있어서 등등. 그것은 내가 복도에서 산보하던 때와 정확히 마찬가지다. 만약 내가 죽음의 문턱을 넘지 않는다면, 저 앞에 있는 이들은 노래를 부르고 자기들이 원하는 것을 할 테고, 그러면 나는 누군가의 문 앞에다 똥을 싸지를 것이다. 그러면 그들은 도리 없이 그것이 치워질 때까지 기다릴 수밖에 없다.

2월 7일, 목요일

　　　　　　오늘은 패티 스미스˚가 찾아왔다. 믿기지 않을 정도로 좋았다. 예순두 살의 나이에 그녀는 아주 멋져 보였고, 어쩐지 고귀한 새 같았다. 그녀는 나에게 밥 딜런의 하모니카를 선물했고, 좋은 이야기를 많이 해 주었다. 무엇보다도 이제는 이따금씩 자기 자신에게 '그래, 나 여기 있어, 내가 갈게'라고 말할 때가 되었노라고 했다. 이제는 다른 누군가의 뜻이 아니라 자신의 몸에 귀를 기울여야 한다는 말이다. 만약 몸이 안부를 전하며 무엇인가를 필요로 한다면, 이렇게 말하는 거다. 안녕, 위장. 그래, 지금 내가 갈게. 네가 시키는 대로 할게, 내가 갈게.

　패티는 그런 멋지고 중요한 이야기를 여러 가지 들려주었다. 그 모든 것을 제대로 옮길 수가 없다. 물론 많은 것이 약간 밀교적이었지만 더 이상 나에게 거슬리지 않는다. 중요한 것은, 내가 평화와 안식의 분위기를 느꼈다는 사실이다. 어쩌면 패티 본인이 이미 많은 사람과 이별을 겪어야만 했기 때문인지도 모른다. 그녀는 자

˚ Patti Smith(1946~). '펑크의 대모'로 불리는 미국의 싱어송라이터이자 시인, 사진가, 화가. 바이로이트에서 쉴링엔지프와 사귄 뒤에 같이 사진전을 열고 그의 영화에 출연하기도 했다.

신이 이미 너무나도 많은 질병과
죽음을 겪었노라고, 그 모두가
자기 인생의 중요한 챕터들이라
고, 하지만 그 어떤 것도 비슷했
던 적이 없노라고 했다. 나는 그
녀의 말을 귀 기울여 들었고 그

**그냥 조용히 있기,
그냥 있으면서 귀 기울이기.**

것을 아주, 아주 즐겼다. 그냥 조용히 있기, 그냥 있으면서 귀 기
울이기. 그러고 나서 패티는 자신의 고색창연한 폴라로이드 카메
라로 아이노와 나의 사진을 몇 장 찍어 주었다. 그중 사진 하나가
웃기게 나왔다. 아이노가 내 코를 톡톡 건드리고 있고, 나는 마치
하늘을 바라보고 있는 작은 새처럼 보였다.

패티는 둘 다 제법 젊은 나이에 죽은 남편과 남동생 이야기를
하다가 그만 울음을 터뜨리고 말았다. 그리고 오늘 나는 다시금
모든 것을 나와 연관시키는 지점에 도달했다. 아마도 내일 나올
조직검사 나부랭이 때문에 불안한 탓이리라. 오늘 아침 수석 여의
사에게 한 번 더 내 암에 대해 캐물었을 때, 그 의사가 내 암 조직
에서 두 가지 유형을 발견했다고 이야기해 준 까닭이다. 나는 곧
바로, 암이 하나가 아니었구나, 두 가지 암에 대처해야만 하는구
나, 하고 오해했다. 아, 저런, 모르겠다. 나는 물론 강해지고 싶고,
잘 이겨 나가고 싶다. 그렇게 금방 죽지는 않을 거다. 그건 내가
안다. 여하튼 그렇게 금방 죽지 않기 위해서라면 뭐든지 다 해 볼
것이다.

나는 오늘 아침에 카이저 교수에게 이렇게 말했다. "이번 주에 감사했습니다." 그는 의사 생활을 하면서 한 번도 그런 칭찬을 받아 본 적이 없다고 했다. 그런 말을 해 주어서 믿기지 않을 정도로 멋지단다. 그리고 나서 덧붙였다. "하지만 저는 그 칭찬을 되돌려 드리고 싶습니다. 선생님이 아니었다면 그렇게 진행되지 않았을 겁니다. 선생님은 아주아주 훌륭하게 해내셨고, 믿기지 않을 정도로 절도 있게 처신하셨습니다. 아주 멋지게 협조해 주셨어요. 그래서 제가 받은 칭찬을 되돌려 드리고 싶네요." 그의 말들은 아주 좋았다. 내가 정말로 노력하고 있다는 걸 증명해 주기 때문이다.

내일 어떤 결과가 나올지는 아무도 모른다. 무지하게 친절한 수석 의사 마리니 씨가 당장 오늘 저녁에 전화를 해서는 오해를 풀어 주고 나를 진정시켰다. 내일 나올 검사 결과에는 새로운 것이 없다고 했다. 아침에 자기가 한 말은 단지 후속 처치에 관한 것이었을 뿐이란다. 주된 처치는 이미 행해졌고, 아주 잘 진행되었으며, 이제는 내가 어떤 재발도 없게끔 후속 치료를 시작할 수 있도록 조금 더 몸을 회복해야만 한단다. 적어도 여러 해 동안 재발하지 않도록. 그녀가 그렇게 표현했던 것 같다.

나 역시 간절히 그러길 바란다. 아, 모르겠다. 문제는 이제 또다시 아이노와 말다툼을 하기 시작했다는 점이다. 오로지, 그녀가 여기 있다가 다시 가 버리는 것이 너무나도 견디기 어려운 까닭이다. 내가 너무나도 절망한 상태인 데다, 이것이 내 머리카락이 모조리 빠지거나 뭐 그런 일이 일어나기 전의 마지막 시간이라면, 나는 한 번만 더 마치 모든 게 정상인 듯 함께 지냈으면 좋겠다고 생각하기 때문이다. 하지만 그건 정상이 아니란 걸 나도 알고 그녀도 안다. 이제 그만해야겠다. 안녕히 주무시길.

2월 8일, 금요일

오늘 결과가 나왔다. 나는 아주, 아주 흥분해 있었다. 내가 상상한 가장 큰 두려움은, 문이 열리고 카이저가 들어와서 이렇게 말하는 것이었다. "고무손 박사를 아시던가요? 그 양반이 선생님 배를 한 번 더 봐야겠어요." 복부에 있을지도 모를 두 번째 화근. 다행히 그렇지는 않았다. 카이저가 다른 화근은 없다고 말했다. 단 하나의 림프에만 암이 있었단다. 그가 끄집어낸 여러 림프 중에 딱 하나에만. 그래서 미미하긴 해도 그것 때문에 화학요법 뒤에 방사선치료를 한 번 더 해야만 한단다. "부흐나 쉬테글리츠에서 그걸 할 수 있습니다. 거기에 새로운 장비가 있는데, 바깥쪽 모서리에만 모든 방향에서 조사照射하고, 그러고 나면 평생 단 한 번도 암에 걸린 적이 없다고 할 만큼 깨끗해질 겁니다."

그 뒤에 진짜로 좋은 소식이 하나 더 있었다. 카이저 박사에게 내 암이 대략 언제 발병했는지 알 수 있느냐고 물었을 때, 그는 3,4년 되었다고 했다. 그는 비록 무엇인가에 마음을 빼앗기는 걸 허락하지 않는 아주 객관적인 사람이지만, 이렇게 덧붙였다. "선생님이 언제가 바이로이트 시절에 암에 걸렸다고 말한 것을 읽고 깜짝 놀랐습니다. 저는 미신을 믿지 않지만, 그런 말은 절대 다시

하지 마세요."

그 말은, 암이 자라났던 때가 실제로 바이로이트 시기였다는 뜻
이다. 일단 지금은 그게 전혀 중요하지 않다. 중요한 것은, 암이
작년 일과는, 아버지의 죽음이나 기타 부정적인 감정 발산과는,
무리해서 일하는 것과는 전혀 상관이 없다는 사실이다. "그래, 그
런 건 죄다 하면 안 되지, 다 자기 잘못이야"라고 떠드는 수다쟁이
들은 모조리 집에 가기를. 무리한 적은 없다. 모든 인간에게는 다
암세포가 있고, 그것이 언제 발병하느냐는 운에 달렸다. 나는 운
이 없었던 거다. 하지만 나는 아버지와 화해할 수 있고, 어머니와
도 마찬가지다. 그 모든 가족 간의 미친 짓거리는 암과 아무 상관
도 없다. 암이 더 오래전에 이미 내 안에 있었다는 사실이 미치도
록 기쁘다. 그것은 마침내 내가 아버지를 다시 좋아해도 된다는
뜻이다. 아빠가 다시 함께하고, 아빠의 잘못이 아니었으며, 잘못
자체가 없고, 나의 잘못도 없다.

물론 기이한 일이다. 나는 지금 절망하고, 미쳐 날뛰고, 울부짖
을 수도 있을 텐데. 나의 하느님, 어째서 나는 더 일찍 의사를 찾
아가지 않았을까요? 그랬더라면 분명 진작에 뭔가를 발견할 수
있었을 텐데! 거참, 그러질 못했다.

…… 결과를 듣고는 곧바로 옷을 입었고, 아이노와 함께 25분 동
안 가까운 피자 가게까지 걸어갔다. 사실이다, 내가 그걸 해냈다.
25분 동안, 걸어서 피자 가게까지 갔다, 걸을 때 수술 자국이 앞으

로 쏠리고, 그러면 상당히 아픈 통에, 나는 세 번째 나무마다 잠깐 멈춰서서 숨을 돌려야 했다. 등을 나무에 누르듯 대고 있으면 통증이 사그라들었는데, 그건 좋았다. 그렇지만 가장 좋았던 점은, 오늘 내가 나무들도 어루만졌다는 것이다. 나는 나무들을 만지고, 잎새들을 쓰다듬고, 뒤통수를 나무껍질에 천천히 이리저리 문질렀으며, 풀 속에 있는 두 발을 느꼈다. 그냥 너무 좋았다. 전 같으면 내가 이렇게 말하는 것을 절대로 허락하지 않았을 테지만, 지금은 이런 걸 어쩌랴. 지금 나는 약간 밀교적이기도 하다.

어쨌거나 그것은 스파게티 한 접시를 위한 세기의 소풍이었다. 음식은 역시나 훌륭했지만, 유감스럽게도 나는 그걸 즐길 기분이 아니었다. 나는 내가 성질 더러운 노인네처럼, '이봐 늙은이, 황무지에나 가, 가젤들은 좀 더 뛰어다니게 두고'라고 혼잣말을 하는 힘 빠진 사자처럼 느껴졌다. 그럴 때면 아이노가 진짜로 많이 참아 줘야 하지만, 우리는 그걸 함께 해낼 것이다.

나는 앞을 바라보고 싶다.
나는 앞을 생각하고 싶다.

…… 지금 나는 내가 그 모든 것을 해낼 수 있다고 완벽하게 확신한다. 나는 건강해질 것이다. 그리고 어쩌면 아이노와 아이를 가지려고 해 볼지도 모르겠다. 한번 두고 보자. 나는 앞을 바라보고 싶다. 나는 그 무엇보다도 앞을 생각하고 싶다. 그리고 나는 자랑스럽다. 이 병이 자랑스러운 게 아니

라, 내가 자랑스럽다. 내가 완전히 겁에 질려서 수술을 미루지 않았다는 것이, 내가 여기에서 이 모든 것과, 삶과 죽음과 맞대결하고 있다는 것이. 내가 늘 해 오던 일이지만, 지금은 상황이 다르다. 지금은 내가 일종의 세계 몰락을 겪었고, 그 과정에서 작은 건물 몇 채만 남았다. 나머지는 재건되어야 하고, 이제 그 일을 시작할 참이다. 나는 내 도시를 다시 건설하되, 새로이 건설할 것이고, 더 이상 여러 건물을 끼워 넣지 않을 것이다. 이제는 내 도시에 많은 사람을 살게 하지 않을 테니까. 나는 그들에게 말할 거다. "나는 천천히 걷습니다, 그것은 나에게 중요합니다. 그러지 않으면 내가 생각을 하지 못하거든요. 그런데 당신들은 너무 빨리 걸으시네요." 그들이 나를 엿 같다고 여긴다면, 개의치 말아야 한다. 이런 자유, 이런 자부심을 느끼는 것을 배워야 한다. 설사 그것이 여전히 아픔을 주더라도 말이다.

이제는 내 심장을 짓누르는 돌덩이들을 떨궈 내야 한다. 내 심장이 다시 쭉 늘어나도 된다는 느낌을 받아야 한다. 다시 사랑받는다고, 자유롭다고 느껴도 된

나는 세상의 상처를 만져 보았다.

다. 왜냐하면 아버지와 다시 평화로이 지내고 있으니까, 장기를 더 검사하거나 뱃속을 어찌어찌 만지작거리는 의사가 오지 않으니까, 더 이상 나를 짓누르는 오페라가 없으니까. 아무나 경험하지 못하는 무엇인가를 경험했으니 새로운 힘들이 많이 생겨날 것

이다. 나는 세상의 상처를, 살고자 함과 죽어야만 함의 상처를 만져 보았다. 얼마 전까지만 해도 나는 상처에 관해 아무렇게나 입을 놀리거나, 무대 위에서나 카메라 앞에서 누군가에게 빨간 물감을 던지는 식으로 그것을 흉내 내기나 했었다. 이번에는 그 접촉이 진짜였다. 그리고 그것은 가혹하다. 이런 병은 시간을 완전히 다르게 이해하는 것을 대가로 요구하기 때문이다.

그래서 오늘 괜찮은 결단을 내렸다. 어제 도이체 오퍼의 극장장에게 이메일을 하나 써서, 〈성 요한나〉를 두세 달 연기하자고 제안했다. 그러자 유감스럽게도 그건 불가능하다는 답장이 왔다. 내 심장에서 돌덩이 하나가 더 떨어져 나갔다. 내일 점심에 카를이 한 번 더 와서 그쪽의 계획을 설명해 주기로 했지만, 어쨌거나 오페라는 취소해야 할 것 같다. 나는 그 오페라를 만들지 않는 거다. 지금 머리에 화학요법을 얹고 나를 이 불구덩이 속에, 제도의 구속복 속에 내던지는 짓은 절대로 불필요하다. 나중에 왜 시간을 더 의미 있게 활용하지 않았느냐고 나를 질책하기나 할 테지. 왜냐하면 종양으로서의 성 요한나는, 어쩌면 그럴지도 모르지만, 어쩌면 그것 또한 지겨운 위트일지도 모르기 때문이다. 어쩌면 그것은 흥미로운 덧칠이 아니라 지겨운 도해에 불과할지도 모른다.

…… 그러니까 이제는 더 이상 커다란 섬이 없지만, 그 대신에 수많은 작은 섬들이 있으며, 그것들을 돌보아야 한다. WDR 방송국에서 만드는 청취극을 완성할 수 있다. WDR에 화학요법에 관한

무언가도 만들어 보면 어떻겠냐고 문의해 보면 어떨까. 녹음해 놓은 자료들이나 들어 볼까. 어쩌면 정말로 한두 주 시골에 갈 수도 있고, 친구들이 방문할지도 모르고, 그러면 숲이나 초원에서

그리고 수술 자국이 숲속에서 산책한다.

영화나 사진을 찍거나 뭐 그럴 수도 있겠지. 벌써 멋진 가제가 떠올랐다. "내 수술 자국과 숲에서 산책하다." 이로써 이미지로 되돌아간다. 나는 무엇인가를 잃어버렸고, 이제 나는 내 수술 자국과 함께 다시 이미지 속으로 되돌아갈 수 있다. 그리고 그 수술 자국이 숲에서 산책한다. 그러고 나서 나와 친구들의 사진을 찍고, 머리카락이 없고 등에 수술 자국이 있는 나를 촬영한다. 벌거벗은 채로도, 부끄러움은 없지만, 모종의 격정을 지니거나 뭐 그렇게. 그러고 나면 하늘에는 항적운이 떠 있고, 누군가가 이렇게 말한다. "지퍼다, 누가 하늘을 열고 있어요." 조금 전에 내 친구 외어크가 나에게 전화로 그 이야기를 해 주었다. 자신의 어린 딸내미가 오늘 아침에 하늘에서 비행기 항적운을 보고는 '지퍼다'라고 외쳤단다. 마치 누군가가 하늘을 열려는 것처럼. 정말 멋지다.

　지금 차례를 기다리는 일은 마감과 준비다. 세상의 몰락을 변형시켜야만 한다. 안식과 생각이 그 일부이지만, 뭔가를 하는 것도 허용되어야 한다. 그 일이 상황에 맞기만 하다면 말이다. 그 오페라는 분명 크리스토프 쉴링엔지프가 어느 이미지 똥 덩어리들을

음악으로 만들어 놓기만을 원할 따름이다. 그러면 나는 본성과 달리 행동할 테고, 그러면 아무것도 몰락하지 않을 것이며, 그러면 또한 아무것도 변형되지 않을 테고, 그러면 아예 아무 일도 일어나지 않을 것이다. 나에게는 시간이 충분하지 않을 테니까.

만약 두 달 동안 쉴 새 없이 일해야 한다고 생각하면, 나는 그렇게 한다. 무언가를 해도 된다는 것은 분명 중요하다. 하지만 그 리듬은 내가 직접 정해야 한다. 만약 그 리듬을 내가 직접 정하지 못한다면, 나는 괴로워할 테고, 그러면 나는 긍정적으로 생각하지 못하게 될 것이며, 그러면 나에게 벌만 주게 될 테지. 바로 그거다!

게다가 가을에는 루어 트리엔날레*라는 새로운 가능성이 있지 않은가. 거기에서 내가 원하는 것을 할 수 있다. 거기서는 나에게 완전한 재량권을 준다. 그때까지 기력을 모아야 한다. 내가 스스로 리듬을 정할 때만, 내가 생각들을 구성해서 이미지로 변형할 때만, 내가 친구 보이스에 대한 작업을 계속해 나갈 때만, 내가 마음에 드는 이들과 의견을 나눌 때만, 내가 나의 제단을 쌓아 올릴 때만, 내가 존경하는 사람들에게 경의를 표할 때에만, 그 힘이 생길 것이다. 내가 다른 이들에게 경의를 표하는 것, 내가 오직 나 자신에게만 경의를 표하지는 않는 것, 그것은 중요한 순간이다.

공기 중에 뭔가 긍정적인 것이 있다. 그리고 신선한 공기도 들

---

* Ruhrtriennale. 2002년부터 독일 루어Ruhr 지역에서 3년 주기로 8월 중순에서 10월 중순 사이에 열리는 예술 축제. 해당 지역의 음악극, 연극, 무용, 음악, 조형예술을 아우른다.

어와야 한다. 그것을 깨닫고 있다. 마침 신선한 공기가 들어오고, 생기가 올라온다. 그렇게 서서히 다시 시작된다. 그리고 어마어마한 일들이 더 있을 것이다. 나는 그것을 알고, 그것을 느낀다. 내가 나를 자랑스럽게 여기므로 어마어마한 일들이 있을 것이다. 나는 몹시 혹독한 무엇인가를 배워야만 했고, 많고 많은 다른 사람들도 그것을 배울 수밖에 없기는 하지만, 또한 많고 많은 사람에게는 절대로 그것을 배우는 게 허용되지 않는다. 그것을 그렇게도 볼 필요가 있다. 표창까지는 아니더라도, 고통스럽기는 하더라도 선물로.

…… 벌써 늦은 저녁이고, 나는 방금 〈트리스탄과 이졸데〉의 서곡을 들었다. 음악이 나를 온통 휩쓸었고, 온몸에 전율이 흘렀으며, 거의 숨쉬기가 어려울 지경이었다. 내가 간질 발작을 일으켰거나 경련을 하는 것처럼 보였을 것이다. 그것은 형언할 수 없는, 절대적인 도취 상태, 고양 상태였다. 나는 그들을 보았다. 모두 미소를 지으며 위에서 손 인사를 했다. 아버지와 알프레드, 리하르트 바그너도 거기 있었고, 모두 다 거기 있었다. 그것은 마치 거대한 구름 같았고, 우리는 모두 그 안에 있었고, 나는 단지 좀 더 아래에서 떠다녔다.

음악 안에서 모든 것이 엮이는 것이 나를 매우 행복하게 했다. 가슴에 통증이 느껴졌지만 너무나 아름다웠다. 맙소사, 이 음악은 대단하다. 〈트리스탄〉을 연출하기 위해서라도 더 살아야 하는데.

그 작업이 나에게 얼마나 많은 재미를 줄런지. 서곡의 끝부분을 한 번 더 들었을 때, 나는 심지어 약간 지휘까지 하고 거울 앞에서 예전에 하던 헛짓거리도 해 보았다. 그 또한 아무 문제도 없었다.

당연히 나는 기운이 나기를, 〈성 요한나〉를 연출할 수 있기를, 침대에 앉아 모니터를 바라보면서 "조명 켜, 조명 꺼, 이제 그리로 한 바퀴 돌고, 이제 그쪽으로, 이제 저쪽으로"라고 말할 수 있기를 바란다. 당연히 그것은 멋질 테고, 당연히 나는 다시 흔들린다. 그러나 거절하는 게 옳다는 사실도 안다. 나는 이제 나를 위한 일을 해야 한다. 어제 패티가 말했듯이, 나는 내 안의 소리에 귀를 기울일 테고, 무엇인가를 느끼고, 나에게 이렇게 말할 것이다. 그냥 계속 귀 기울여 들어. 다른 사람들이 말하게 두고, 놀이동산은 계속 문이 닫혀 있는 거야. 바로 그거야, 놀이동산은 이제 그냥 문이 닫혀 있는 거야.

뭐, 오늘은 이렇게 보인다. 화해 또한 멋진 일이다. 앞으로 계속 화해하고, 화목하고, 더 이상 예전처럼 전쟁을 벌이지 말아야지. 그러면 또다시 아멘이라고 말하고 싶어질 것이다. 아멘.

…… 내 생각에는, 거기 그 진상이 제거되었다. 보아 하니, 그것은 아직 내 몸에 번지지 않았다. 그리고 나는 열 명 정도가 아니라 백 명 넘는 안전 요원들에게 둘러싸여 있다. 우리는 지금 예방치료를 한다. 안전 요원들이 자기들끼리 싸우지 않게만, 서로 발을 밟으며 춤추고 돌아다니지 않게만 하면 된다.

모든 게 다 지나가고 나면, 더 이상 들여다볼 게 없을 정도까지 내 몸을 스캔할 것이다. 다시 무엇인가가 발견되면, 번개같이 대응할 것이다. 그러면 전체적으로 몇 년은 더 확보된다. 하지만 그런 추가 대응이 필요할 거라고는 단 한 번도 생각해 본 적이 없다. 내 몸 여기저기에 아직까지 어떤 찌꺼기가 들러붙어 있다고? 설사 그렇다 하더라도, 그것은 씻어 내어지고, 태워지고, 박멸될 것이다.

우리는 그렇게 할 것이다. 그리고 마지막에는 내 등에 기념품 하나가 남을 것이고, 내 영혼 속에도 무엇인가가 남을 것이다. 나는 꼭 그렇게 할 것이다. 나에게는 아주 멋진 친구들과 아이노의 사랑이 있으니까. 저 위에 계시는 분들도 나를 아직 완전히 포기하지는 않았음을 느낀다. 어쩌면 여기 이것이 내 생각을 정확히 표현하는 그 무엇인가를 경험하려는 내 소망의 실현일 수도 있지 않을까. 거기서는 도해가 아니라 깊은 발굴이, 뒤엉킴이, 섞여 짜임이 중요하다. 중요한 것은, 나 자신의 일을 세상의 고난과 연결지어 보는 것, 그 고난을 단순히 힘으로 파악하지 않는 것이다. 내 경우만 봐도 알 수 있지 않은가. 고난이 사라지는 것 말고는 그 어떤 것도 바라지 않는다. 그거야 전적으로 이해가 가지 않는가. 이 힘은 무척 고통스럽고, 고난은 고통스러우니까. 그러나 그 힘이 지금 이미 와 있다면, 그것이 어떤 종류의 힘이고 그 힘으로 무엇을 할지 스스로 생각해 보아야 한다. 이제 잠자리에 들어 보자. 안녕히 주무시길.

2월 9일, 토요일

나는 다시 감상적이 되었다. 자기연민 때문이 아니라, 아이노가 여기서 믿을 수 없을 정도의 일들을 해내고 있다는 사실이, 그리고 그녀가 내 곁에 있다는 것이 나의 가장 큰 행운이라는 사실이 점점 더 명확해져서이다. 나는 이제껏 내가 무엇인가를 끝까지 해내야만 한다고, 지금 이 일도 나에 대한 시험이라고 생각해 왔다. 그러나 시험에 든 사람은 내가 아니라 아이노가 아닐까. 시험이란 단어는 정신 나간 소리 같지만, 지금 누군가가 무엇인가를 견뎌 내고 있다면, 그것은 내가 아니라 아이노이다. 도대체 왜 나란 말인가? 지금 나에게는 상당히 엿 같은 무엇인가가 있다. 오케이. 하지만 이것이 사라지게 만들려고 전력을 다 하고 있다. 게다가 아이노가 여기 있고, 여기로 오고, 여기 누워 있고, 안아 주고, 입 맞춰 주고, 사랑해 주고, 도와준다. 그런데 나는 무엇을 하고 있지? 그녀가 언제 공연 연습에라도 갈라치면 그걸 견디질 못하고, 그녀가 돌아오면 울어 대는 겁쟁이가 여기 앉아 있다.

오늘 저녁에는 어찌나 울부짖었던지, 내가 미쳐 가고 있다는 생각이 들었다. 갑자기 광장공포증이 몰려왔는데, 가슴 왼쪽이 완전히 무감각하고 딱딱해진 탓도 있다. 마치 거기에 철판 조각이 하나 박혀 있는 것 같았다. 그러면 공황 상태에 빠져서 수감자들이 광포해질 때처럼 이리저리 뛰어다니고, 그러고 나면 앞으로 어떻게 될지, 어떻게 해야 할지 모르게 된다. 내가 여기서 이따위로 구는 일은 다시는 일어나서는 안 된다. 아이노를 위해서라도 말이다. 그녀는 나의 가장 큰 행운이고, 그것은 분명하다. 그리고 우리의 사랑이 나를 지탱하고 구원하기도 한다. 우리는 함께 그렇게 해낼 것이다.

…… 오늘 오후에 손님이 찾아왔다. 그것은 나에게 생각거리도 주었다. 헬게 슈나이더*가 와서, 우리는 오래 같이 산책을 하고 케이크를 먹었다. 카이저 교수는 틀림없이 그것을 못마땅하게 여겼을 것이다. 그는 내가 과로할까 봐 걱정한다. 그래서 다음 주 말쯤에야 퇴원할 것이다. 나야 당연히 그걸 좋게 생각할 리 없다.

어쨌거나 헬게와는 엄청나게 좋았다. 그가 가고 났을 때, 나는 어떻게 그가 그 모든 것을 해내는지, 어떻게 그토록 많은 사람에게 마음을 쓸 수 있는지 생각해 보았다. 나는 언제 그랬던가? 내 평생 단 한 번도 없다. 몇 번 병원에 입원한 누군가를 찾아간 적은 있다. 오케이. 그럴 때면 나는 반 시간쯤 있다가 나와 버렸다. 아

---

* Helge Schneider(1955~). 독일의 엔터테이너이자 코미디언, 작가, 영화감독, 연극 연출가로, 쉴링엔지프의 영화에도 다수 출연했다.

버지를 보러 가서도 약간 이야기를 나누고, 손을 잡아 드리고, 그게 다였다. 진정한 대화는 없었다. 나는 누군가가 이사할 때 도운 적도 없다. 단 한 번도. 아픈 사람을 집에서 보살핀 적도 없다. 헬게는 4주 동안 아픈 친구의 집을 청소해 주고, 사회봉사를 조직하고, 의사들과 이야기를 나눴다. 이제 그 친구는 한껏 멋을 부린 채 멀끔하게 지내고 있다. 좋은 일이다. 그것은 헬게의 공로이다. 그리고 그런 와중에도 아이까지 한 명 더 입양한다. 존경스러울 따름이다!

　그렇게 다른 사람에게 마음을 쓰는 것은 아마 내가 절대로 하지 못하겠지만, 오직 나만을 출발점으로 삼는 짓은 그만둘 수 있고, 그만두어야만 한다. 그게 나한테 무슨 득이 되지? 이게 뭐지? 저들이 이러는 의도가 뭐지? 이 모든 질문은 전혀 중요하지 않다. 중요한 건 이것이다. 아이노는 지금 무슨 일을 겪고 있지? 어머니는 지금 어떤 상황이지? 아버지와 무슨 일을 겪으신 거야? 로지는 베르너와 어떻게 지내고 있지? 이 모든 것이 내가 생각을 바꿔야 하는 관계들이다. 시험에 든 자는, 고통받는 사람이 아니라 고통받는 사람과 마주치는 사람이다. 그래서 여러 사람이 움츠러들기도 한다. 왜냐하면 이 마주침이 정상적인 경우에는 차라리 밀어내고 싶어 하는 많은 일들을 생각해야만 한다는 걸 의미하기 때문이다. 아니면 우리가 그것에 참담하게 실패해서 훗날 나 자신을 살못된 조명 아래 묘사해야 한다는 걸 의미한다. "아, 유감입니다." 이런 말들은 종종 다른 사람에 대한 거절이고, 간접적으로는 자기 자신에 대한 거절이기도 하지 않은가. 실존적인 문제들은 잘 알지 못하거나 알고 싶지 않기에 유감인 것이다.

…… 그렇다, 오늘은 아주 중요한 날이었다. 나는 그렇게 되기를 바라고, 우리는 그것을 해낼 것이다. 아이노는 내 아내이고, 나는 여기서 혼자 시험을 겪고 있는 게 아니다. 아이노 또한 지금 자신을 더 성숙하게, 더 어른스럽게, 어쩌면 종교적 순간이나 영적인 순간에 더 열려 있게도 하는 무엇인가를 경험하는 중이다.

어쩌면 많은 사람에게 끔찍하게 들릴 수도 있겠지만, 나는 이렇게밖에는 말할 수 없다. 이런 상황에 처하면, 감성과 영성靈性의 순간들을 체험하는 것이 가장 큰 행운이다. 자기는 그런 것과 아무 관계도 없을 거라고 주장하는 모든 이성론자, 그들은 이런 말이 어리석다고 생각할지도 모르겠다. 나는 그들의 생각을 믿지 않는다. 물론 쿨하게 그냥 드러누워 있는 사람들도 있다. 찬사를 보낸다. 하지만 내 위에 있는 세상과 이렇게 연결되어 있는 것이 나를 몰두하게 하고, 들쑤시며, 나는 내가 묻어 두었던 무엇인가가 저기 내 안에서 다시 떠오르는 것을 느낀다. 그렇기 때문에 이 순간들을 놓치고 싶지 않다. 왜 내가 여기에 감정도 없이 드러누워 있어야 하는가? 그러면 나는 벌써 죽은 신세이다. 나는 내가 가진 능력들을, 나의 자기암시 능력 또한 긍정적인 방향으로 돌리고 싶다. 전환한다기보다는 긍정적으로 형성해 나가고 싶다. 다른 사람들과의 교류를, 다른 사람들과의 작업을 긍정적으로 형성해 나가는 것, 그리로 향해야 한다. 요제프 보이스가 더 많이 칭찬해야 한다고 말할 때, 그 역시 이런 생각이다. 그렇게 돼야 한다. 안녕히 주무시길.

2월 10일, 일요일

　　　　　오늘은 너무나도 아름다운 날이고, 정말 멋진 날이었다. 믿기지 않을 정도다. 하루는 아침에 가뿐하게 잠에서 깨어난 것과 맛있는 아침 식사로 시작되었다. 햇살은 빛났고, 나무들이 천천히 잎새들을 움 틔우는 것이 보였다. 봄이 오는 것을 관찰하는 일은 진짜로 멋지다.

　키르스텐 하름스*와 짧게 대화를 나누기도 했다. 그녀에게 나는 그 오페라를 만들 수 없노라고 말했다. 그 저녁 공연이 내 구상에 따라 완성될 거라는 데에는 의견 일치를 보았다. 그 말은, 나의 스케치에 따라 연출 팀이 연출한다는 뜻이다. 이렇게 해서 비록 내가 연출에 참여하진 않지만, 그들은 적어도 초연을 할 수 있게 된다.

　그런 뒤에 친구들이 찾아왔고, 이어서 카이저가 와서 다시금 30분가량 이야기를 나눴다. 다른 여자 의사 한 명도 같이 왔는데, 셋이서 대화를 나누면서 나는 카이저가 아주 객관적인 사람이기는 하지만—그것 역시 나에게 아주 좋게 작용하고 있다—내 암이

---

* Kirsten Harms(1956~). 독일의 연출가이자 극장장으로, 2004년부터 2011년까지 독일에서 가장 큰 오페라극장인 도이체 오퍼의 극장장을 맡았다.

생긴 계기가 도대체 무엇인지도 계속 추적하고 있음을 알게 되었다. 그리고 어째서 암을 잘 이겨 내는 사람이 있고, 그렇지 않은 사람이 있는지도.

오늘 내 경우에는 무엇이 계기였는지, 왜 내가 암에 걸렸는지를 무엇보다도 골똘히 생각해 보았다. 그러한 것을 가늠해 보기는, 구체적인 이유를 찾아내기는 물론 어렵지만, 내가 바이로이트 시절에 내 삶의 한계 하나를 넘어섰다고 굳게 확신한다. 환상 속에서 언제나 약간 죽음에 대한 동경으로 유희하지 않았던가. 만약 그것을 유희적으로 변형한다면, 그것도 괜찮다. 하지만 바이로이트에서 〈파르지팔〉을 연출했을 때에는 더 이상 유희가 아니었던 거다. 그때는 이런 일이 벌어졌던 듯하다. 연출을 너무 잘하고 싶었던 나머지, 나는 음악에 몰입해 바그너가 원했던 바로 그 환각 상태로 나를 보내 버렸다. 아마도 바그너 자신은 이미 감각이 어느 정도 마비되어 그 정도 환각은 진정시킬 수 있었던 모양이다. 하지만 나는 그 죽음의 음악이, 삶이 아니라 죽음을 찬미하는 그 위험한 음악이 문제였다고 생각하기에 이르렀다. 바그너가 거기에 뿌려 놓은 것은 독극물이다. 그것은 실제로 누군가를 갈가리 찢어 버리는 악마의 음악이며, 정말로 완전한 해체를 요구하는 성금요일*의 마법 짓거리까지 있다. 나중에는 또 근사近死 체험, 빛줄기도 있다. "죽음이여! 유일한 은총이여! … 성물함을 열어라, 성

---

* 부활절 직전 금요일로, 예수가 고난받고 십자가에 못 박혀 숨을 거둔 날.

배를 드러내라."

그걸로 충분하다. 충분히 차고 넘친다. 그래서 나치가 거기서 아주 재미를 보았노라고, 그것이 정확히 그들의 세상이었노라고 주장할 지경이다. 거기서 그들은 모두 함께 행진할 수 있었고, 거기에 그들 모두 앉아 있었고, 갑자기 완전히 흥분했다. 그것이 자신들의 진실이었기 때문이다. 그것이 그들의 목적이었다. 언젠가 작은 뒤뜰에서 옆구리에 휘발유통을 끼고 주둥이에는 청산가리 캡슐을 물고 죽음을 찬양하는 것 말이다.[**]

그렇다. 바이로이트는 정말로 파쇼 가게이며, 거기서는 심지어 웃는 것조차 금지되어 있었다. 거기서 내가 미소를 지었더라면, 그들은 분명 내가 그 가게를 진지하게 여기지 않는다고 나한테

쓰레기로서의 종양.

편지를 썼을지도 모른다. 나는 때때로 거기서 내빼서는 호텔 방에 처박혀 벽에 있는 전화기 코드를 잡아 뺄 수밖에 없었다. 안 그러면 그들이 즉각 전화해서 나를 내쫓아 버릴 것 같았기 때문이다. 그곳은 완전히 파쇼 연맹이었다.

뭐 그렇다. 아무튼 나는 바이로이트에서 불현듯, 지금 모든 게 달려 있다고, 죽음이, 공허 속의 내 미래가 달려 있다고 생각했다.

[**] 히틀러의 자살을 암시한다.

그렇더라도 제발 최우수상이나 뭐 그런 걸 받았으면 했고. 이 무슨 바보 같은 생각인지. 그야말로 헛소리였다. 나는 항로를 바꿨지만, 그 방식이 너무나도 멍청해서, 그저 '이 무슨 정신 나간 생각이야'라는 말밖에는 할 수가 없다. 그렇게 하면 자라나는 것은 그저 쓰레기일 뿐이기 때문이다. 그것은 아름다움의 꽃이나 뭐 그런 게 아니라 그냥 쓰레기다.

오늘 아침에 카이저와 대화를 나누다가 그가 갑자기 물었다. "왜 선생님은 항상 종양을 마치 사람인 양 말씀하시나요? 그건 오물 덩어리예요, 그냥 쓰레기. 그리고 이제 제거된 겁니다. 그 쓰레기가 제거되었고, 종결된 것이죠." 훌륭한 소견이었다. 종양을 그냥 쓰레기라고 보는 것은 해방감을 주었다. 제거된 쓰레기.

분명하다. 화학요법과 뭔가 아직 더 닥쳐올 일들이 있다. … 하지만 상관없다, 나는 이제 그걸 할 거다. 끝. 중요한 것은 오늘 이 사안에 대한 열쇠를 찾아냈다는 것이다. 카를과 같이 밥을 먹다가 아이노가 내 말을 짧게 반박했다. "글쎄, 이제 좀 그만해. 모든 일의 이유를 알아야 할 필요는 없잖아. 이유가 전혀 없는 경우도 많아. 그냥 일이 벌어지고, 당신은 그 일을 당하고, 그게 다였다고."

물론 그녀의 말도 옳다. 모든 것에 대해 열쇠를 찾아야만 할 필요는 없다. 이 우라질 병에 대해서는 특히 그렇다. 이 경우에는 조심해야 한다. 왜냐하면 인생 전체가 완전히 멋지다고 생각하고, 기분이 좋고, 모든 게 최상이다가 와장창 하는 사람들이 분명 충분히 많기 때문이다. 그들은 이 병에 걸리고, 아무도 이게 무슨 일

인지, 어떻게 될지, 왜 그런지 알
지 못한다. 하지만 나에게는 그
이유가 특별히 중요하고, 그건
아이노도 이해했다. 내 경우에는
암이 바이로이트와 관련이 있다
고 나는 정말로 확신한다. 아빠
나 다른 그 누구도 아니다. 아니, 이 어두운 수로를 연 것은, 다른
누구도 아니고, 다른 무엇도 아니라, 바로 나 자신이었다. 나는 절
대로 열어서는 안 되는 문을 열었다. 그리고 지금 그 대가를 아주
제대로 받고 있다. 그렇지 않았더라면 그것을 이해하지 못했을지
도 모른다. 하지만 이제는 내가 그 문을 닫힌 채로 두어야만 한다
는 것을 안다. "지금은 더 이상 다른 것이 중요하지 않아, 지금은
이 일이 중요해, 그래서 이제 고통 받고 죽게 될 거야"라는 이 허
튼소리, 그 짓거리는 이제 끝이다. 나는 그 대가로 폐 반쪽을 내주
어야 했고, 이제 등에는 수술 자국이 있다. 이것들은 모두 사실이
며, 모두 보고 느끼고 감지할 수 있는 것들이다. 더 천천히 걷고,
더 조심스럽게 숨 쉬며, 내 평생 그렇게 남을 것이다. 그것도 그대
로 괜찮다. 이로써 내 보호 갑옷이 탄생했기 때문이다.

물론 나는 내가 우는소리나 해대지 않도록, 그리고 바그너와 그
밖의 누군가를 죽음으로 이끄는 위대한 유혹자라고 욕하지 않도
록 조심해야 한다. 나는 절망에 빠져서 정말로 기꺼이 이렇게 게
으름을 피웠고, 부분적으로는 그게 무척 멋지다고 생각했다. 이런

모토 아래서 말이다. 나는 이제 절망으로부터 무엇인가 위대한 것을 성취해야만 하는, 어쩌면 실패하게 될지도 모르는, 하지만 그 어떤 경우에도 용감한, 죽음으로 향하는 문을 열어젖히는 자이다.

이제 그 짓거리도 끝이다. 아주 간단하다. 다시 말해서, 나는 음악에 흥분하기 쉽고, 이 바그너의 음악은 특히 그렇다. 그것은 나를 갈기갈기 찢어 버리고, 소진시킨다. 그래서 조심해야 한다. 크리스티안 틸레만*도 그렇게 말했다. "나는 더 이상 〈트리스탄〉을 지휘하지 않는다. 그러다가 죽는 수가 있다." 그 말도 사실이다. 나도 그저께 그 서곡을 듣고는 다시 그런 경련을 일으킬 뻔했다. 팔을 위아래로 휘적거렸고, 몸은 병실 안을 떠다녔으며, 그러자 주변이 환해졌고, 죽은 이들의 얼굴을 보았다. 나는 정말이지 제정신이 아니었다. 물론 그것이 또다시 멋지고 흥미롭다고 느꼈다.

오늘 나는 이렇게 자문해 본다. 내가 왜 그 짓을 해야만 하지? 지금은 그것이 전혀 흥미롭게 여겨지지 않는다. 이러한 광기 속에서 게으름을 피우는 것이 전혀 흥미롭지 않다. 만약 달리 방법이 없다면, 나는 그 일에 적합하지 않은 거다. 그러면 다른 사람들이 그 일을 해야 할 것이다. 오페라계에는 별의별 고약한 행사들이 차고 넘친다. 거기에 너무 깊이 들어가면 자기들이 망가지니까 그러면 안 된다는 걸 알고 있거나 직관적으로 예감하기 때문이다. 적어도 바그너의 경우에는 그렇다. 어쩌면 다른 작곡가들도 그럴

---

* Christian Thielemann. 드레스덴 국립 관현악단의 상임지휘자이자 악장.

지 모르지만, 나는 이 분야에 그다지 정통하지 못하다.

  어쨌거나 음악은 다른 영역에서 유래한다. 음악은 정말로 신성하다. 아메리카 인디언들이 그렇게 말하고, 아프리카인들도 그렇고, 사실상 모두가 그렇게 말한다. 오로지 우리만 그것이 라디오에서 나온다고 믿는다. 아니다, 음악은 현세와 다른 영역을 연결하는 매체이다. 그러한 까닭에 음악에서는 죽음과 삶이 직접 접촉한다. 이것은 제대로 마찰을 일으키고, 진동하고, 힘을 준다. 또, 힘을 앗아갈 수도 있다. 하지만 그렇다면 인간이 뭔가 잘못하고 있는 거다. 본래 음악은 인간에게 힘을 주고, 영향을 미치고, 인간을 변화시킨다. 때로 음악이 정신이 나가게 만들기도 하는데, 그러면 중단하고 거리를 두어야 한다. 이렇게 정신이 나가 버리는 것은 생산적이지 않기 때문이다. 그럴 때면 그 사람은 사이비 수난자 중 하나일 뿐이고, 그들이 사랑받는 이유는 그들이 이 세상을 너무나도 끔찍하게 고통스러워하고, 너무나도 기이하고, 너무나도 맛이 갔기 때문이다. 아니, 그럴 때는 더 거리를 두어야 한다. 나는 요나탄 메제**가 자기가 행동하고 말하는 바를 전부 다 믿었더라면 이미 오래전에 죽었을 거라고 생각한다. 그의 작업들이 그토록 비상식적이고 난해한 것은 아마도 그가 가입한 최대의 생명보험일 것이다. 모종의 경계를 뛰어넘어서는 안 된다. 그렇지

** Jonathan Meese(1970~). 도쿄에서 태어난 독일의 화가, 조각가, 행위예술가, 설치미술가. 주로 세계사, 신화, 영웅 전설 속의 인물들을 주제로 삼는다.

않으면 자신의 해체로 향하는 문을 열게 된다. 마나우스에서 했던 〈네덜란드인〉 연출 또한 내가 이 거리두기를 할 수 있음을 보여주었다고 생각한다. 더위, 회전무대를 갖춘 공간, 삼바 댄서들과 북재비들, 아마조나스에서 보트를 타고 돌아다닌 것이 나를 도왔다. 그것들이 바그너와 그 죽음의 음악에 생기를 불어넣었다. "그것은, 세상이 우지직 소리를 내며 무너져 내리게 할 절멸의 일격은, 언제 굉음을 내는가?" 또는 "죽은 자들이 모두 부활하면, 나는 무無로 사라질 것이다" 같은 문장들에도 불구하고 말이다. 그것은 문장이고 말잔치일 뿐, 그 이상은 아니다.

…… 그것을 나는 오늘 배웠다. 모든 인간은 자기 안에 넘어서는 안 되는 문턱을 하나씩 가지고 있다고 한번 주장해 본다. 그리고 그것은 사람마다 다르게 만들어져 있다. 어떤 사람에게 두꺼운 층이 있다면, 다른 사람에게는 얇은 층이 있고, 어떤 사람에게는 그 층이 더 높다면, 다른 사람에게서는 낮다. 만약 그가 무엇인가로 자기 인격의 이러한 근본적인 독특성에 부담을 지우기 시작한다면, 자신의 원칙들을 포기하기 시작한다면—내 말은 아침에 제시간에 일어나지 않는다거나 뭐 그런 바보 짓거리를 뜻하는 게 아니다. 내 말은 자기 자신을 더 이상 자기애 안에서 인지하지 못한다는 뜻이다—그렇다면 이미 무슨 일이 일어난 것일 수도 있다. 반드시 그런 것은 아니지만, 그럴 수는 있다.
　무엇보다도 나는 과학이 이를 측정할 방법을 발견하지 못할 거라고 믿는다. 암유전자나 뭐 그런 것도 마찬가지다. 과학은 분명히 자기들의 치료법을 가다듬고 개선할 것이다. 이는 의심할 나위 없이 분명하다. 인간에게 들이부을 수 있는 것들을 여기저기서 더 발견할 것이다. 하지만 환자가 자신의 고유한 문턱을 발견하고 유의해서 넘어가는 과정을 지원하는 일도 똑같이 중요하다. 그것이 바로 핵심이다. 문제는 삶의 질과 시간이다. 내게 주어진 시간이 얼마이고, 어떻게 그 시간을 보낼 것인가이다. 나는 아직도 할 일이 많으므로 더 이상 그 오물 덩어리를 내버려 두지 않을 것이다. 나는 67세의 나를, 70세의 나를 본다. 80세까지는 아니더라도 특정 연령에 이른 나를 본다. 심지어 아이들과 함께 있는 나를 본다. 그 아이들이 입양되었든 아니든. 그리고 무엇보다도 내 곁에 있는 아이노를, 그녀 곁에 있는 나를 본다. 나는 호숫가에 있는 집을 보고, 나의 많은 작업물을 본다. 그것들은 다른 영감으로부터, 더 큰 관용과 부드러움으로부터 나왔다. 이것이 내가 지금 가려고 하는 길이다. 나는 이 길을 갈 것이다. 오물 덩어리는 제거되었고, 거기 오물 덩어리에 들러붙은 채 다시 둥지를 틀어야겠다고 생각하는 모든 것은 더 이상 터전을 발견하지 못할 것이다. 내가 아직도 많고 많은 것을 경험해야 하기 때문이다.

약간의 도움만 받으면 나는 이 오물 덩어리로부터 이 온상을 빼앗을 수도 있다. 오늘 저녁을 먹다가 그것을 깨달았는데, 그러자 불현듯 불안이 다시 그 공간으로 엄습해 왔다. 그것은 휙 불어오는 바람 같았고, 모퉁이를 돌아오려는 차가운 안개 같았다. 나는 신경이 예민해졌고, 호랑이처럼 이리저리 날뛰었으며, 잠깐 밖에 나가 있으려고 했고, 호흡이 몹시 빨라졌고, 약간 울기도 했다. 하지만 그런 다음 아이노에게 머리를 내밀었고, 그녀는 내 머리를 꼭 붙잡고서 내 귀에 이렇게 속삭였다. "우리는 어떤 집에, 어떤 호숫가에 있는 거야." 그 순간 나는 성모마리아의 자비로움과 모성애를, 나에게 온기와 사랑인 인물을 떠올렸다. 내가 꼭 '엄마가 와야 돼, 엄마가 꼭 붙들고 쓰다듬어 주면 모든 게 좋아질 거야'라고 말하는 아이처럼 느껴지기도 했다. 홀연 숨이 차분해지고 몸이 따듯해졌고, 왠지 모르게 차분해졌고, 전체 시스템이 안정되었으며, 내 불안은 3분 만에 완벽하게 해소되었다. 불안이 사라졌다.

많은 사람이 틀림없이 이렇게 생각할 것이다. 아이고 저런, 저 사람 또 이상한 생각을 하기 시작했구먼. 하지만 나는 그렇게 느꼈다. 나는 내가 지닌 자기암시 능력을 긍정적으로도 활용할 수 있다고 믿는다. 나는 이 자연적 본성의 일부이고, 다시 활짝 피어나려는 의지의 일부이며, 또한 그렇게 될 것이다. 나는 다시 활짝 피어날 것이고 앞으로도 많은 프로젝트를 할 것이다. 하지만 그러면서 자기애와 삶을 향한 애정을 포기하지는 않겠다. 만약 다른 상처에 다가간다면, 나는 나의 이 상처를 애정 어린 마음으로 품고 있어도 좋을 것이다. 다른 사람들의 상처를 꼭 내 것으로 만들어야만 하는 건 아니다. 그것은 헛소리요, 어리석은 생각이다.

오늘 이후로 나는 내가 어디로 향해야 할지 알고 있다. 낭상에 구체적으로 할 일은 천천히 걷는 것이다. 천천히 걷기, 나무들, 동물들, 아이들을 바라보기, 그리고 커피와 케이크 먹을 때 실없는 소리 하기. 그런 다음 다시 더 걷기. 그리고 태양을 느끼기. 그리고 잠깐 멈추기, 숨쉬기, 천천히 하기. 그리고 어쩌다 내가 너무 빨라지면, 나에게 이렇게 말하기. 여유를 가지게나, 이 친구야, 감속이 시작되었다네. 그건 간단하다, 아주 간단하다. 나는 나 자신을 섬세하게 다룰 것이고, 내가 어떻게 불안을 통제할 수 있을지 볼 것이다. 하지만 공허 속에서 사라지는 것, 그럴 계획은 없다. 무슨 일이 있어도 없다. 그러기에는 아직 이 세상에, 그리고 거기서 맴돌고 있는 그 모든 생각들에 너무 많이 연결되어 있다. 아직도 이야기할 것들이 이토록 많고, 써 놓을 것들도 이토록 많다. 나는 해낼 것이다. 그것을 증명해 보일 것이다.

2월 12일, 화요일

오늘 저녁에 여기서 조촐하지만 제대로 된 작별 파티를 했다. 내일이면 집에 가도 될 듯하기 때문이다. 우리는 피자와 포도주 한 병을 주문했고, 이야기를 나누었다. 안체는 여기에 더할 나위 없이 좋은 분위기를 불어넣었고, 아이노는 재잘거렸으며, 나는 아주 많이 웃었다. 포도주 4분의 1의 4분의 1잔을 마셨는데, 아주 맛있었다. 안체가 가고 나서, 아이노와 나는 잠깐 더 누워서 전화 통화를 하고, 프랄린을 먹고, 브뉘엘의 영화를 한 편 보았다.

이제 아이노는 집으로 갔고, 나는 노곤하다. 내일 아침 일찍 기관지 검사를 한 번 더 받는다. 언제가 될지는 나도 모르겠다. 하지만 그러고 나면 나는 아마도 집에 가도 될 거다.

그러니까, 이것이 현재 상황이다. 오늘 저녁에는 내가 암에 걸렸거나, 걸렸었거나, 걸릴 수도 있다는 생각을 전혀 하지 않았던 순간이 두세 번 있었다. 나도 잘 모르겠다. 오늘 저녁은 그냥 아주 근사하고 조화로운 저녁이었다. 무엇보다도 다음과 같은 관점에서 그러했다. 나에게는 나의 상처가 있고, 나는 새로운 상처가 필요하지 않다. 나는 삶을 사랑한다. 나는 살고 싶고, 살 것이고, 나에게는 여전히 엄청나게 많은 기쁨이 있다. 그것은 그야말로 멋지다. 저녁 시간 잘 보내시고, 그럼 내일 만나요.

2월 13일, 수요일

　　　　　오늘 아침의 기관지 검사는 전부 다 잘 아물었음을 보여 주었다. 이것은 화학요법을 하려면 매우 중요하다. 화학요법이 치유 과정을 공격하는 까닭이다. 지금 나는 마침내 우리 집에 와 있고, 우리 침대에 누워 있는데, 이상하게 공허한 느낌이다.

　사실 오늘은 좋은 날이었다. 병원에서는 페터 차텍의 종양학 전문의가 다시 한 번 나를 찾아왔다. 우리는 아마도 여기 첼렌도르프에서 하게 될 화학요법에 관해 이야기를 나눴다. 그는 첨가 성분들이 전부 적절하다고 보았다. 2차 소견을 구한다는 것은 사실상 헛소리일 것이다. 언제쯤인가 마리니 씨가 와서 작별 인사를 했다. 엄청 친절하다. 우리는 이제 서로 말을 놓기까지 한다.

　그런 뒤에 한 번 더 방사선촬영을 하러 갔다. 카이저 교수가 가장 최근에 촬영한 방사선 영상이 하나 더 있었으면 했다. 촬영실에서 병동 제출용으로 방사선촬영 영상을 내 손에 쥐어 주었다. 그 촬영물을 보는 것이 매우 부담스러웠지만, 나는 그것을 보았나. 그것은 말아사번 커나탄 두꺼이나. 서기에는 틈이 하나 있고, 그것 말고는 아무것도 없다. 그리고 위쪽은 조금 더 어두운데, 시간이 지나야 그리로 물이 흘러들어오기 때문이다. 그리고 다른 쪽 폐 반쪽도 조금 더 확장될 것이다. 그 영상을 보는 것만도 힘겨웠다. 그러면 무슨 일이 일어났는지를 의식하게 된다.

뭐 그렇다. 그러고 나서 나는 짐을 싸기 시작했고, 언제쯤인가 임케가 와서 도와주었다. 카이저 교수도 작별 인사를 하려고 또 와 있었다. 우리는 오랫동안 이야기를 나누었고, 카이저 교수는 자신의 폐 클리닉에 관한 책에 "친애하는 나의 환자에게"라는 헌사를 써 주었다. 그리고 우리가 나누었던 멋진 대화들에 대해 감사를 표했다.

멋지다. 특히 엉망진창이던 처음을 돌이켜 보면. 나는 하마터면 카이저를 껴안을 뻔했다. 그는 아주 멋진 사람이고, 그와 나눈 대화는 언제나 득이 되었다. 나는 그를 무척 그리워할 것이다. 그와 함께라면 화학요법을 끝까지 해낼 마음이 들 법하다.

…… 임케가 나를 집으로 태워다 주었다. 집에 돌아오니 좋았다. 멋진 집이다. 아이노의 방, 내 작업실, 내 책상, 모두 다 최고다. 부엌에는 꽃들이 있었다. 아이노가 단장을 하려고 나팔수선화를 사 놓았다. 자신만의 왕국에 도착한다는 것은 분명 좋은 느낌이었다. 곧장 더 집중되어 있다고 느끼기 때문에라도 말이다. 못 보던 환자용 침대도 하나 있는데, 위아래로 올렸다 내렸다 할 수 있다. 하지만 지금은 아이노와 같이 쓰는 침대에 눕는다. 그녀 곁에 누울 수 있는 지가 나에게는 당연히 중요하므로, 그게 되는지 한번 시도해 볼

작정이다.

그녀는 6시 반에 돌아왔고, 나는 한기가 들어서 일단 샤워를 해보았다. 그런 다음 환자용 침대에 몸을 뉘었다. 그것은 사실 아주 좋았다. 아이노가 소고기 수프를 만들어 주었는데, 캔으로 된 거였지만 정말 맛있었다. 수프 사발을 배 위에 올려 놓으니, 아주 따듯했고, 정말로 아늑했다. 저녁때는 렌틸콩 수프 한 그릇을 더 먹었고, 초콜릿 쿠키 하나와 키위 하나를 곁들였다. 원래는 훌륭한 하루였다. 그런데 식탁에 앉아서 렌틸콩 수프를 떠먹고 있자니, 아이노와 클라우디아와 함께하는 다정한 분위기에도 불구하고, 몸이 상당히 무거워졌다. 넋이 빠졌다기보다는 울적했고, 어쩐지 공허했다.

그것은 결코 내가 원래 원했던 바가 아니다. 나는 이따위 경직화에 빠져들고 싶지 않다. 그러자 다시 아버지를 떠올리지 않을 수 없었다. 언제나 '분명 점점 더 나빠질 거야, 분명히 곧 더 나빠질 거야'라고밖에는 생각할 줄 몰랐던 까닭에, 아버지는 아무것도 즐기지 못했다. 실제로 상황이 점점 더 나빠지기도 했다. 아버지는 점점 더 눈이 멀었고 점점 더 움직일 수 없게 되었다. 어쩌면 나도 곧 그런 심정이 될지 모른다. 어쩌면 나도 모든 게 끔찍하다거나 뭐 그따위 소리밖에 하지 않게 될지도 모르고, 그러느라고 아름다운 순간, 멋진 상황, 태양, 내가 가진 많은 친구를 잊어버릴지 모른다. 그럴 수도 있다. 그러니 정말로 조심해야 한다.

하지만 그것은 어쩌면 병원에서 종양학 전문의와 나눈 대화와

도 관련이 있을지 모르겠다. 나
에게는 그 대화가 늘 너무 버거
웠는데, 왜 그런지는 나도 모르
겠다. 내 말은, 누군가 그럴 때
"우리는 이제 전력을 다해야 합
니다, 인정사정 볼 것 없어요."라

"우리는 이제 전력을
다해야 합니다,
인정사정 볼 것 없어요!"

고 한다면 나는 도대체 무슨 생각을 해야 하느냐는 말이다. 그래,
우리가 도대체 어디에 있는 거지? 인정사정 볼 것 없다니! 그들
은 나 같은 예민남협회 출신 놈한테 가차 없이 진실을 말해 줄 수
밖에 없다고 생각하는 걸까? 안 그러면 이 인간이 그 생각을 떨칠
수 없을 테니까? 단련을 목표로 한 무자비한 계몽인가? 나는 그
런 태도가 완전히 잘못됐다고 생각한다. 화학요법을 대수롭지 않
게 여기게 만들어서도 안 되지만, 이렇게 말해야 한다고 생각한
다. 오케이, 우린 이걸 할 거예요, 당신은 분명히 잘 해낼 겁니다,
그러니 시작해 봅시다.

　화학요법이 그리 쉬운 일이 아니라는 말은 사방에서 들어서 익
히 알고 있다. 하지만 그럴 경우를 대비해서 의사들이 있는 것 아
닌가. 만약 내 상황이 좋지 않게 흘러가면, 나는 물어보거나, 전화
를 걸거나, "도와주세요"라고 소리치면 되고, 그러면 완화제 같은
것을 부탁할 수도 있다. 모르겠다. 내 말은, 내가 도대체 지금 어
떻게 해야 하는 걸까? 진작에 이토록 의지할 데 없고 속수무책이
라고 느끼고 있는 마당에, 그들마저 심술궂게 말한다. "글쎄요, 이

제 더 이상 서평하지 마세요, 이제는 선생님이 서평을 당할 겁니다. 이것 하나는 말씀 드릴 수 있겠네요. 선생님은 이 치료법을 증오하게 될 겁니다! 그 다섯 달은 가혹할 것이고, 선생님에게는 더 이상 자립성이 없을 겁니다. 선생님은 그것을 견뎌 내는 법을 배워야 합니다." 누군가가 정말로 이렇게 말했다. 그러자 나는 저 사람이 나한테 결투를 신청하려는구나 하는 느낌을 받았다. 그는 실제로도 그렇게 했다. 이렇게 나불댐으로써 말이다. "죽음에 관한 생각일랑 이제 좀 잊으셔도 됩니다. 선생님은 누렇게 뜰 거예요. 냄새도 풍길 겁니다. 대머리가 될 거예요. 친구들이 선생님에게 등을 돌리게 될 겁니다. 혼자가 될 겁니다. 혹시 아이를 가지려 해도, 그런 일은 일어나지 않을 거예요." 혹시 아이를 가지려 해도, 그런 일은 일어나지 않을 거라고…. 이게 뭔가? 분명 제정신이 아닌 거다. 어쨌거나 자기는 죽음에 대한 이러한 생각들을 완벽하게 차단했단다. 그것은 말하자면 아무것도 아니란다. 항상 죽음과 관계를 지으면 결코 배겨 낼 도리가 없단다. 예술가로서든 의사로서든, 그럴 때는 신경을 꺼야만 한단다. 나는 그 모든 것이 이해가 가질 않는다. 그가 지금 자신이 주관하는 예술 능력 강좌에서 나에게 무엇을 가르쳐 주려고 하는 건지 모르겠다. 이 개떡 같은 건 뭐람?

이걸로도 모자라, 아이노까지 하필이면 오늘 그 종양학과 수석 의사를 찾아간 이야기를 들려주었다. 그가 이렇게 말했단다. "네, 더 이상 아무것도 예전과 같지 않을 겁니다. 삶이 완전히 바뀔 거예요." 그들은 도대체 우리를 뭘로 보는 걸까? 모든 게 극단적으로 바뀌리라는 건 우리도 안다. 6주마다 혈액검사를 하러, 간이나 뭐 그런 것들을 검사하러 병원에 가야 한다. 이미 그것만으로도 그들이 재발을 얼마나 두려워하는지를 보여 주지 않는가. 하지만 아이노에게 그따위 말을 하다니, 마치 위협처럼 들리지 않는가. 그 사람이 내 아내한테 그따위 말들을 할 수는 없는 거다. 안 그래도 나는 이미 겁이 나 죽겠는데. 예컨대 나도 누군지 모를 나를 겪고서 아이노가 몰래 도망쳐 버리지나 않을까 벌써부터 겁이 나는데.

하긴, 사실 아이노가 나를 사랑하고 내 곁에 남으리라는 건 안다. 이건 내가 이렇게 사방에 넋두리를 늘어놓고 이리저리 욕지거리를 해대는 이유가 아니다. 어쨌거나 오늘 저녁에 우리는 텔레비전도 좀 보았다. 몬티 파이튼*의 어떤 영화가 나왔다. 하지만 그것도 그다지 웃기지 않았다. 이제 나는 우리가 같이 쓰는 침대에 누워 있고, 너무 편평하게 누웠더니 배가 따끔거린다. 오늘은 이랬다. 원래는 전혀 그렇게 나쁜 날이 아니었다.

---

* Monty Python. 영국의 유명한 코미디 그룹. 그들이 직접 제작한 〈몬티 파이튼의 비행 서커스Monty Python's Flying Circus〉는 1969년부터 1974년까지 BBC에서 방영되어 큰 인기를 끌었다. 개그와 재치, 풍자, 애니메이션 기법을 잘 혼합 활용한 작품으로 평가받으며, 서구권 코미디에 큰 영향을 미쳤다.

2월 15일, 금요일

어제부터 영 상태가 좋지 않다. 그것은 잠자리에서 일어나기 어렵고 그저 울부짖기만 하는 것으로 이미 아침부터 시작되었다. 그런 뒤에는 끔찍한 방식으로 며칠이 더 지났다. 어쩐지 몸이 차가워졌다. 피곤하거나 쇠약해진 게 아니라, 정말로 기운이 없고 몸이 뻣뻣하다. 더 이상 배도 안 고프다. 위장이 엄지손가락만해진 건지, 도무지 아무것도 넘기지를 못한다. 내가 보내 달라고 했던 우주식조차 못 넘긴다. 오늘 저녁에 로지의 요리는 아주 훌륭했다. 하지만 맛있는 냄새에 맛도 좋은데도 거의 삼키질 못하겠다.

맙소사, 그럴 때 아버지를 생각하면. 아버지는 심지어 음식을 쳐다보지도 못하셨다. 아버지가 죄다 너무 밍밍하다고 하면, 나는 아버지한테 이렇게 소리를 질러 댔다. "맛있기만 한데요. 한번 좀 드셔 보세요. 맛있잖아요, 맛있다고요."

어제 나는 정말로 또다시 어떻게 하면 가능한 한 신속하고 나쁘지 않게 사라져 버릴지를 생각했고, 인터넷에서 안락사 사이트들을 살펴보았다. 그러자 다행히도 마음이 불편해졌다. 나는 그저 고통이 없기만을 바랄 뿐이고, 요즈음에는 완화의료Palliativmedizin라는 것으로 그게 가능해졌고, 종교적으로도 전혀 문제가 없다. 그러나 자꾸만 그렇게 암 환자나 에이즈 환자들이 견뎌야만 한다고 하는 이야기를 들으면, 모조리 엄두가 나질 않는다. 어쩌면 이 또한 소진된 탓일까. 그럴 수도 있다. 확실히 화학요법에 대한 두려움 탓이다. 무슨 일이 있어도 첼렌도르프에서는 화학요법을 하고 싶지 않아서 어제와 오늘 대안을 찾으려고 이리저리 전화를 걸어 댔다. 그것은 이제 명확하다. 거기서는 그야말로 굴욕을 당한 느낌이 든다. "인정사정 볼 것 없다", "전력을 다해", "이제는 선생님이 서핑을 당하게 될 겁니다." …

아니, 그렇게는 안 된다! 내가 지금 어떻게 이 삶에서 사라질 수 있을지를 곰곰이 생각해 보면, 그것은 죽음에 대한 사랑과는 아무런 상관이 없고, 오히려 그 반대다, 완전히 정반대다. 그것은 내가 삶을 살아가고자 하되 오로지 특정 조건에서만 그러려는 것과 관련이 있다. 문제는 이 조건들을 지금 당장은 상상조차 할 수 없고, 그러므로 확정할 수도 없다는 사실이다. 화학요법과 방사선치료를 하다가 무슨 일이 닥칠지 모르기 때문이다. 아, 나는 모르겠다. 그저 우왕좌왕할 뿐이다.

물론 공사 현장 세 곳과 동시에 관계를 맺을 수도 있다. 그 하나는 이렇다. 나는 마흔일곱 살이고, 이렇게 삶이 계속되리라 믿었다. 그런데 정상적인 삶에서

호러 그림이
벽에 걸려 있다.

227

송두리째 뽑혀 나오고 말았다. 두 번째 공사장은 이렇다. 수술을 소화해야 하지만, 동시에 벌써부터 호러 그림으로 벽에 걸려 있는 화학요법에도 집중해야만 한다. 그리고 세 번째 공사 현장은 당연히 이 질문이다. 다음엔 무엇이 올까?

어제 누군가 등에 있는 내 수술 자국의 갈라진 틈이 아마도 내 영혼을 가른 틈보다는 훨씬 더 작을 거라고 했다. 그 말이 맞다. 그리고 최악은, 그 때문에 좋은 순간들을 전혀 함께할 수 없다는 것이다. 오늘 아침을 예로 들어 보자. 태양은 빛났고, 아이노가 내 침대로 와서 우리는 수술 뒤 처음으로 다시 사랑을 나눴다. 통증이 있어서, 누워서 하는 것은 아직 안 되어서, 선 채로 하긴 했지만 말이다. 하지만 서서도 멋들어지게 잘 되었고, 멋졌으며, 너무 좋았다.

하지만 그 뒤에는 다시 이 끝도 없는 경직이, 뭔가를 해내지 못하는 이 무능함이 내 안으로 기어들어 왔고, 나는 그 이유를 이해하지 못하고 있다. 내가 그 모든 것을 감당할 능력이 안 된다는 느낌이 든다. 나는 삶이 좋다고 생각하지만, 지금으로서는 나에게 그리로 갈 통로가 아예 없다. 내가 여기에서 누구에게, 그리고 무엇을 위해서 전투 지시를 받았는지라도 알았으면 좋으련만. 좋다, 나 자신을 더 사랑하고 싶노라고 나는 말한다. 그러니까 나는 나 자신

> 미래를 위해 꿈꾸던 것들이 전부 꿈에서 깨어나고 말았다.

을 위해 싸우는 것이다. 다른 한편으로는 내가 너무 이기적이거나 너무 자기중심적이었노라고, 야단법석을 너무 많이 떨었다고 나에게 말한다. 나 자신을 그렇게 중요하게 생각하지 말아야 한다고. 그야말로 완전한 모순이다.

최악은, 허구인 것이 전부, 미래를 위해 꿈꾸던 것들이 전부 꿈에서 깨어나고 말았다는 사실이다. 지금은 모든 것이 끝도 없이 현실이고, 거기에 적응이 되질 않는다. 무엇인가를 끝까지 생각하는 것, 무엇인가를 끝까지 그려 내는 것, 굳이 원한다면, 환상을 갖는 것도, 설사 내가 그것을 항상 행복으로 인지하지는 못했더라도, 그것은 모두 커다란 행복의 황홀경이다. 그리고 이제 마흔일곱 살인데, 이렇게 생각해야 한다니. 네가 살아 있음에 기뻐하라, 그리고 하루하루를 그것이 너의 마지막 날인 듯 누리라.

아, 죄다 엿 같다! 죄다 엿 같아!

2월 20일, 수요일

　　　　　　　　　　내가 마지막으로 녹음기에 대고 말했던 날 이후로 많은 일이 일어났다. 어떻게 그 모든 것을 되짚어 가며 이야기해야 할지 도통 모르겠고, 그러고 싶지도 않다. 어쨌거나 매일매일 뭔가 일이 생겼고, 늘 할리갈리 게임 같았다. 많은 사람을 만났고, 전화를 많이, 많이, 많이 했으며, 항상 엄청난 압박감에 짓눌렸다. 내가 마치 쫓기는 사냥감처럼 군다고 아이노는 말했다. 그 말이 맞기도 하다. 그리고 다들 도와주고 싶어 한다. 하지만 나는 더 이상 아무것도 당최 이해가 안 된다. 또 어떤 멋진 일이 기대되는지를 곧장 모든 사람에게 말해 줄 수 있을 때면, 언제나 그저 기쁘기만 하다. 동시에 최근 4,5일 동안에는, 사람들이 나를 발견해서 병원에 입원시키도록 반쯤 독극물에 중독되거나, 아니면 더 이상 듣지 못할 정도로 마취되어 잠이나 자거나 뒤로 빠져 있든지, 아니면 진짜로 나를 완전히 꺼지게 하는 생각을 점점 더 자주 하게 되었다.

…… 하지만 오늘은 처음으로 다시 아주 좋은 날이었다. 깨어날 때에는 일단 울부짖는 것으로, 이 절대적인 이해 불가능성의 느낌

으로 출발했다. 반 시간 뒤에 교회 종소리를 들었다. 그러자 몸을 벌떡 일으켜 발을 질질 끌며 교회로 걸어갔다. 내가 알기로는 성 요제프라고 불리는 성당인데, 상당히 큰 성당이다. 앞쪽 제단에는 늙은 신부가 서 있었는데, 그는 부축을 받아야 했고, 그렇지 않으면 쓰러질 것 같았다. 몇 명의 수녀들과 휠체어에 탄 노부인 여럿이 거기 앉아서 율리아라는 자매를 애도하고 있었다. 그러니까 장례미사였다. 미사는 이미 시작되었지만, 이제야 성경을 봉독^{奉讀} 중이었고, 당연히 예수도 언급되었다. 그분은 여기 고인이 된 율리아 자매처럼 십자가에 매달리실 때까지 평생을 인간을 위해 헌신하셨노라고 했다. 다른 이들을 돕고 헌신하는 것이 그분의 사명이며 율리아 자매의 사명이기도 했다는 것이다. 그러자 당연히 이런 질문이 뇌리를 스친다. 그렇다면 그 자신은 의미 깊은 삶을 영위했을까, 자신의 사명을 따랐을까. 내가 어떻게든 더 사회참여를 늘렸더라면, 그것이 더 나은 삶이 아니었을까. 마지막에 가서 나는 마흔 개의 오페라를 연출했노라고 말하는 대신에 말이다. 나도 모르겠다. 하지만 나에게는 뭔가 의미 있는 일을 더 하고픈 이토록 큰 욕구가 있다! 왜냐하면 내면 깊숙이에서는 내가 이 땅에 있을 시간이 2년이나 3년 정도라고 생각하기 때문이다. 우습지만, 그런 느낌이 든다.

그러고 나서 성체성사를 받고 하느님과 예수님과 마리아께 구원을 빌었다. 집으로 돌아오는 길에 벌써 내가 더 차분해졌음을 느꼈다. 집에 도착해서 거실로 가 누웠고, 긴장이 풀려 잠이 들었다. 이상했다. 마치 성체성사를 통해, 그리스도의 몸을 맞아들이는 것을 통해, 정말로 내 안에 평화가 찾아온 듯했다. 그렇게 오늘은 실제로 비교적 불안함 없이 흘러갔다. 그리고 2년에서 3년이라는 이 표상으로 적어도 전망을 지니게 되었고, 그 전망을 근거로 나에게 이렇게 말할 수 있게 되었다. 그렇다면 그걸 지금이라도 더 누려, 친구. 그냥 누리라고.

죽으면 그다음에는 도대체 무엇이 남을까?

그러고 나서 과거의 삶과 완전히 작별해야만 한다는 생각이 떠올랐다. 당연히 말할 수 없을 만큼 힘들게 느껴진다. 아직도 멋진 일들을 해도 된다고 생각하기 때문이다. 내가 너무 조금밖에 쉬지 않았던 까닭에 종종 그걸 제대로 즐기지 못하기는 했지만, 사실 그것은 멋진 시간이었다. 그 시간은 이제 지나가 버렸다. 지금은 베를린을 벗어나서 시골로 옮겨가 자연을 바라보는 게 좋겠다는 느낌이 든다. 그런 다음에 뭔가 생각을 하거나, 영화를 보거나, 책을 읽거나, 음악을 듣는 거다. 어쩌면 식물을 심어 놓고, 기다리고 바라보고, 그런 뒤에 수확을 할지도 모른다. 모두 머릿속을 스쳐 가는 아이디어들이고, 어쩌면 정신 나간 생각일지도 모르지만, 그것들은 이미 여기에 있다.

또한 끊임없이 내가 했던 작업들을 다시 바라보는 시선도 있고, 끊임없이 이런 질문이 떠오르기도 한다. 죽으면 그다음에는 도대체 무엇이 남을까? 사람들은 아주 재빨리 다른 것들로 관심을 돌린다. 그리고 설사 내가 내 작업물들과 더불어 얼마간 기억 속에 머무른다고 해도, 그것은 결코 내가 그 일을 하는 이유가 아니다. 분명 또 다른 이유가 있는 게 틀림없다. 처음에는 그것이 내가 정수를 향해 돌진하기를, 내가 이유를 찾기를 바라는 희망이었다. 하, 이제 나에게는 내 안에 이유가 하나 있다. 하지만 그것이 너무 깊이 있어서 좀처럼 위로 올라갈 수가 없다. 아, 젠장, 전부 다 끔찍하다.

하지만 그것은 아무짝에도 쓸모가 없다. 그것은 그냥 그런 거다. 만약 진짜로 고작 2년이나 3년밖에 안 남았다면, 그 시간을 즐겨야만 하는 거다. 전혀 어렵지 않게 들리지만, 그런 생각들이 구체화되면 정말 무척이나 이상하다. 방금 인터넷에서 시골에 있는 집들을 구경해 보았다. 한 광고에 이렇게 적혀 있었다. "2011년까지 한정, 협의 가능." 그러자 곧장 이런 생각이 들었다. 2011년이라, 잘 맞아떨어지네. 더 오래일 필요는 없지. 이게 울부짖을 일이 아니면 대체 뭐란 말인가.[*]

…… 하긴 뭐, 어쨌거나 오늘은 원래는 나쁜 날이 아니었다. 그렇게 말할 수 있겠다. 말도 별로 안 했고, 사람들도 별로 없고, 나 자신과 더 많이 시간을 보냈고, 병 때문에 삶이 정말로 끝나 버렸다

---

[*] 쉴링엔지프가 이 글을 쓴 것은 2009년이다.

는 생각도 처음으로 했다. 바라든 바라지 않든 간에, 더는 그리로 가지 못한다. 이제는 다른 무엇인가가 있다. 그것은 새로운 길이고, 이제는 그 길을 발견해야만 하고, 걸어야만 한다. 명령으로서가 아니다. 그것은 자라나야만 하고, 나에게서 비롯되어야만 하고, 다시는 화젯거리로만, 사탕 같은 것으로서만 여기저기 놓여 있어서는 안 된다. 그것은 아이를 가졌을 때처럼 자라나야만 한다.

그럼에도 불구하고 그냥 그렇게 계속해 나가는 사람들이 부럽다. 연출하고, 초연하고, 인터뷰, 비평, 토론, 캐스팅, 새로운 토론, 저녁에는 기분 좋게 먹고 마시고, 그런 뒤에는 만약 그것까지 해낼 수 있다면 가족과 시간을 보내기도 하고. 이제부터는 유감스럽게도 그 모든 것이 달라질 테고, 어쩌면 달라져서 다행일지도 모른다. 그건 나도 아직은 잘 모르겠다. 아직 알 도리가 없다.

작년에 이미 라이너 베르너 파스빈더*를 자주 떠올렸던 것을 기억한다. 그의 삶은 마지막에 점점 더 빨리, 더 빨리, 더 빨리 돌아갔고, 그러고 나서 그는 그냥 고꾸라졌다. 내 경우에도 삶이 점점 더 빨리 돌아갔고, 나 역시 고꾸라졌지만, 나는 아직 살아 있다. 그것이 차이다. 무엇이 더 나은 건지는 모르겠다.

---

* Rainer Werner Fassbinder(1945~1982). 신독일영화의 대표 주자였던 감독 겸 배우, 극작가로, 엄청난 속도로 작품 활동을 하다가 요절했다.

2월 21일, 목요일

　　　　오늘 하루도 원래는 전혀 그다지 나쁘지 않았다. 계속해서 비교적 조용히 지냈고, 전화 통화도 별로 많이 하지 않았으며, 그렇게 많이 울지도 않았다. 심지어 내 안에서 약간 힘을 느낀 순간이 두 번이나 있었다. 내가 조금 나에게서 벗어나 이렇게 명령할 수 있는 순간들 말이다. 크리스토프, 너 먹어야 해! 이제 일어나! 하지만 그것은 정말로 간단하지 않다.

　정오에는 호흡치료사가 왔다. 그것은 흥미로웠다. 처음에는 나만 혼자 떠들었다. 마치 폭포수처럼. 하지만 그녀는 훌륭했다. 내 장광설을 자기가 나한테 해야 할 말을 하고, 호흡의 기능을 설명하는 쪽으로 끊임없이 다시 방향을 돌려 놓았기 때문이다. 호흡이란 안정화하는 요소이고, 영혼에도 그렇다고 했다. 제대로 된 호흡을 통해서 스스로 자신을 환기할 수 있다고, 세상에서 의지할 곳을 마련할 수도 있다고.

　두 달 전이라면 나한테 씨알도 안 먹힐 소리였는데, 그때라면 미친 소리라고 생각했을 텐데. 하지만 지금은 나에게 실제로 도움이 된다. 오늘 나는 처음으로 숨이 가쁜 느낌 없이 집 여기저기를, 왼쪽에서 오른쪽으로, 앞쪽에서 뒤쪽으로 걸어 다녔다. 앞으로 아주 좋아질 것 같은 느낌이 든다. 반년 뒤에는 내가 어떻게 걸어야 할지 알게 될 것이다. 긴장과 통증이 줄어들도록, 몸을 약간 더 쭉 뻗고, 약간 어깨를 뒤쪽으로. 상처는 점점 더 아물어 갈 테고, 왼쪽에 있는 저수지도 분명히 조만간 더 이상 그렇게 꾸르륵거리지 않게 될 것이다. 그 점에서는 정말로 낙관적이다.

치료 시간 뒤에는 오후에 다시 한 번 성 요제프 성당의 미사에 갔다. 어제 워낙 좋게 작용했기 때문이다. 이번에는 조금 울지 않을 수 없었다. 하지만 아주 나직하고 아주 짧게만 그랬다. "그러니 한 말씀만 하소서, 제가 곧 나으리다." — 이 대목에서 갑자기 울음이 터져나왔다. 성체성사를 받는 것도 다시금 좋았다. 그 과정이 안정감을 주었다. 나로서는 그것이 영혼의 향유香油다.

"그러니 한 말씀만 하소서, 제가 곧 나으리다."

그러고는 곧바로 어느 카페로 가서, 빵 조각 조금을 억지로 욱여넣고 라테 마키아토를 마셨고, 신문을 좀 읽다가, 친구가 선물해 준 천사에 관한 책을 뒤적였다. 예전 같으면 그런 것도 절대 읽지 않았을 것이다. 이어서 거리를 좀 거닐었고, 어느 채소 가게에서 장을 보았다. 10유로 16센트를 줬다. 아직도 그 액수를 정확히 기억하고 있다. 아마도 내 평생 가장 멋진 장보기였던 듯하다. 희한하게도 셀러리, 파프리카, 당근이나 그런 것들을 샀다고 행복을 느꼈다. 행복을, 또한 약간의 용기도. 사람이 아프면 너무 불안해지고, 소심해지고, 거의 부끄러워지기까지 한다. 어쩌면 미친 듯이 돌아가는 이 사회에 더 이상 낄 수 없기 때문인지도 모른다. 그럴 때는 갑자기, 혼자서 장을 보러 가는 데에만도 용기가 필요하다.

여하튼 이번 장보기는 뭔가 아주 특별했다. 그런 다음 집에 돌아와서는 아마씨유를 넣은 채소주스를 만들었는데, 그것도 좋았고, 나에게 엄청나게 좋게 작용했다.

…… 오늘 저녁에는 왜 고난이 우리 세계에서는 가치로서 제대로 존재하지 않는지를 다시금 자문해 보았다. 예전에는 분명 달랐던 적이 있고, 자신의 상처를 그렇게 숨기지 않아도 되었던 시대가 분명 있었다. 그런데 이제는 사람들이 상처를 보지 않으려 하고 자신의 상처 또한 보여 주지 않으려 한다는 느낌을 받는다. 잘 모르겠지만, 어쩌면 인간이 자신에게 뭔가 극적인 일이, 자신의 삶을 바꿔 놓는 일이 일어났음을 드러내는 이 표식을 더 이상 용인하지 않는 데에 그 이유가 있지 않나 싶다. 적어도 머릿속에서 그것을 밀쳐 내려고 한다는 데에 말이다. 아이에게는 그 표식이 손톱 아래 박힌 가시일 수 있다. 그것은 아이가 자신이 다칠 수 있음을 깨닫는, "내 안에 뭔가가 있네, 나는 그걸 끄집어 낼 수가 없어. 맙소사, 그건 다시는 빠지지 않을 거야"라고 기록하는 첫 순간이다. 성인인 우리는 그것이 저절로 빠지던가, 아니면 그것을 제거할 수 있다는 사실을 알고 있지만, 아이에게는 이 순간이 거의 세계 멸망이나 다름없다. 그것은 고난의 순간이고, 아이에게도 다르

게 행동하고 다르게 생각하는 계기, 반드시 생각을 바꿔야만 하는 것은 아니지만 그래도 다르게 느끼는 계기가 된다.

다른 전환점들은 당연히, 버림을 받거나, 사랑하는 사람이 죽거나, 사고를 당하거나, 아니면 병이 나는 것이다. 시간선 상에서는 모두가 전환점이지만, 그 사람이 그것을 알고 싶어 하는지, 그것이 숙고와 사고 전환의 순간이 될지는 무척이나 불확실하다. "삶은 계속된다", "굴복하지 마라" 같은 제정신이 아닌 격언들을 곳곳에서 듣게 된다. 그래서 나도 현재로서는 많은 사람과 어울리기가 좀 어렵다. 그들은 완전히 당혹스러워하고, 아무 말도 꺼내지 못하고, 나는 그들이 '어쩌면 좋아, 저 사람 고작 며칠밖에 안 남았잖아'라고 생각하는 것을 알아차린다. 그렇지 않으면 무조건 버티라는 이런저런 구호들로 나에게 용기를 주려 하는데, 현재는 그런 말들을 도무지 견딜 수가 없다.

그 사람들도 모두 각자의 전환점, 자신들의 상처가 있다. 왜 우리는 그것을 서로 보여 주지 않는 걸까? 요제프 보이스는 이렇게 말한다. "너의 상처를 보여 주렴. 자신의 상처를 보여 주는 사람은, 치유된다. 그것을 감추는 사람은 치유되지 않는다."

그렇다, 어쩌면 바로 그것일지도 모른다. 자신의 상처를 보여 주는 사람은, 영혼이 건강해진다. 왜냐하면 암이 사라져도 전환점은 남기 때문이다.

자신의 상처를 보여 주는 사람은, 영혼이 건강해진다.

2월 22일, 금요일

어젯밤에는 멋진 꿈을 꾸었다. 대략 여기 우리 침실 크기의 공간에, 네다섯 명의 배우들이 있었고, 그들은 〈성 요한나〉를 공연하고 있었다. 하지만 오페라가 아니라 언어극이었다. 아이노와 나는 관객이었고, 바닥에 놓인 아주 희한한 쿠션 위에 드러누워 있었다. 그것은 뭔가 오프 극장 분위기가 났고, 배우들은 대사를 약간 반어적으로 읊조리기도 했다. 그런데 언제쯤인가 긴 휴지休止가 생기더니 더는 아무 일도 일어나지 않았다. 그러자 나는 혹시 누군가가 들으려나 싶어서 옆을 흘깃 보면서 무대 안쪽에다 대고 이렇게 외쳤다. "그래요, 그래, 그게 오페라와의 차이죠. 어쩌다 한 번 제대로 지루해지면, 역시 오페라가 낫죠. 적어도 음악이라도 들을 수 있으니까요."

그러자 몇몇 배우가 씩 웃었고, 한 명이 일어섰다가 다시 쭈그려 앉았는데, 그의 불알이 흔들리는 게 보였다. 이어서 나도 일어섰는데, 달랑 팬티만 입고 있었고, 난데없이 그 공간의 한가운데 거울 앞에 있었다. 나는 아주 천천히 몸을 돌리고, 등에 있는 수술 흉터를 바라보았다. 그것은 아주 기이한 순간이었다. 아무런 소리도 없었고, 약간 브뉘엘 영화 같았다. 앞쪽 내 왼쪽 가슴에도 흉터가 하나 있었다. 화상火傷이나 뭐 그런 것이었는데, 어쨌거나 거기에 붉은 표면이 있었다. 마치 누군가가 어느 병과兵科 휘장으로 불도장이라도 찍은 듯이 보였고, 가슴에는 아직도 불씨가 보였다. 나는 하얀 천을 집어 들어서, 그것을 스톨라처럼 휘둘러 몸을 감쌌다. 이제는 그것이 내 옷이었고, 나는 늙은 로마인처럼 보였다. 그러고 나서 다시 한 번 그 공간을 걸어 다니다가 배우 중 한 명에게 이렇게 말했다. "저런 아빠라니. 뭔가 멋지네요."

어느 때쯤인가 소음이 들려서, 몸을 돌려, 어떤 문 뒤에 있는 커튼 쪽으로 갔다. 커튼을 옆으로 걷었다, 계속, 계속 더. 그 뒤에는 아이노가 바닥에 널브러져 변기에다 토하고 있었다. 그녀 옆에 자리를 잡고, 나도 토했다. 엄청난 양의 거품을 소변기에 토했고, 그러면서 이렇게 웅얼거렸다. "식자재가 아마 좋지 않았던가 봐."

그것이 그 꿈이었다. 깨어났을 때 내가 거의 자랑스러워하기까지 했던 것이 아직도 기억난다. 나는 이렇게 생각했다. 그래, 그게 내 수술 자국이고, 그게 내 역사다.

3월 3일, 월요일

자, 이제 다시 긴 시간이 흘러갔다. 오늘 비뇨기과에 가서 인공수정에 사용할 수 있는 정자들이 있는지 보려고 고환에서 액체를 채취했다. 가능성은 없지만, 화학요법 전에 반드시 그것을 명확히 해 두고 싶다. 화학요법이 그것들을 죄다 죽일 테니까.

아마도 많은 이들이 이렇게 생각하겠지. "오, 세상에나, 이 와중에 애까지 가져야 하나." 설사 그렇다고 할지라도, 그래도 한번 시도해 보겠다는 이 결정은 나로서는 우리 사랑의 표현이다. 우리 둘은 아이에 관한 우리의 생각을 표현했고, 아무도 그것을 우리에게서 빼앗을 수 없다. 무슨 일이 생기든 간에. 무엇보다도 그것은 내가 삶을 사랑한다는, 지금 내가 다른 누군가를 완전히 중심에 놓을 수 있다는 표시이다. 그것은 너무나도 아름다운 감정이다. 삶은 새로운 삶을 필요로 하고, 멋진 점은 그것을 스스로 선사할 수 있다는 것이다.

그래, 이제 우리는 곧장 출발해서 그렇게 할 것이다. 최근 며칠은 흥미진진함과는 거리가 멀게 흘러갔지만, 부정적이기보다는 오히려 긍정적이었다. 화학요법은 아직 시작하지 않았지만, 아마도 다음 주쯤에는 시작될 것이다. 그러고 나면 수술한 뒤로 벌써 6주가 지나간 셈이다. 하지만 괜찮다. 그렇게 혹독한 수술 뒤에는 모든 것을 일단 치유되도록 두는 것이 통례이니까. 이제 다시 옆으로도 누워 있을 수 있고, 돌아눕는 것만 아직 약간 아프다. 전체적인 분위기는 고조되었고, 나는 이렇게 계속될 수 있으리라는 것을, 삶이란 뭔가 너무나도 아름다운 것임을 다시 느낀다. 나의 자유와 행동 욕구에 아직도 제한이 있다는 건 슬프지만, 유쾌한 순간들이 훨씬 더 많다.

한 가지는 분명하다. 여기 이 일이 잘되면, 최근 두 달간 내가 어떤 사람이었는지를 잊지 않기 위해서 무엇이든 할 것이다. 나는 그것을 결코 잊어서는 안 된다. 아멘.

3월 11일, 화요일

　　　　　　나는 첼렌도르프에서 화학요법을 하지 않기로 최종 결정했다. 그 사이에 하벨회에Havelhöhe에 있는 인지학 병원에서 치료를 받고 있다. 그곳의 의사는 인지학적인 방향 설정에도 불구하고 아주 명확하고 객관적이며, 무엇보다도 화학요법 때문에 부담을 주지도 않았고, 내가 마음 편히 조금 더 기력을 차려야 한다고 말했다. 그래서 일단은 겨우살이 치료로 시작했고, 벌써 주사를 여섯 번이나 맞았다. 이제는 배 전체가 벌겋지만, 그것은 좋은 조짐이다. 내 몸이 그것에 반응하고 있음을 보여 주기 때문이다. 하지만 하벨회에 쪽에서도 약간 압력이 오고 있다. 그들 역시 이제는 약간 속도를 내야 한다고, 너무 오래 기다리지는 않는 것이 좋겠다고 이야기한다.

…… 이 화학요법을 해야 하고 연이어서 방사선치료도 받아야만 한다는 것쯤은 나도 안다. 그리고 내가 그러한 치료를 마음대로 이용할 수 있는, 세계의 극도로 부유한 일부에 살고 있다는 것이 얼마나 특권을 누리는 일인지도 안다. 그럼에도 불구하고 그 독성분을 내 안에 주입하는 것이 얼마나 거부감이 드는지. 자발적으로

자기한테 그런 짓을 하다니, 변태적이지 않은가. 그런 다음에는 여기서도 호러 스토리, 저기서도 호러 스토리. 다들 구토에 관해 이야기하고, 탈모에 관해, 비참한 결말과 면역력 약화에 관해 이야기하고, 넌 끝났어, 너는 고작해야 혼자서 의식을 잃어 갈 수나 있을 뿐이야, 뭐 그따위 말들을 한다.

첼렌도르프 말고 대안을 찾고 있을 때, 통원으로 화학요법을 하는 진료실에 가 본 적이 있다. 내가 들어섰을 때, 거기에는 벌써 이상하게 생긴 라탄 의자들과 열 명은 되어 보이는 사람들이 있었다. 그들은 각자 링거 거치대를 끼고 여기저기 둘러앉아 화학 물질을 몸속에 흘려 넣고 있었다. 그들은 거기에 다섯 시간을 앉아 있는데, 한 명은 머리카락이 있고, 다른 이는 머리카락이 없고, 가발이 비뚤어진 사람, 가발이 비뚤어지지 않은 사람. 호러다! 이들도 사람이지 않은가! 왜 암을 총체적인 문제로 보지 않는 건지, 모든 차원에서 환자들에게 힘을 북돋워 줘야 한다는 걸 왜 파악하지 못하는 건지, 이해가 안 간다. 그냥 겨자가스*를 주입하고는 이렇게 말할 수는 없는 거다. 완치되었습니다. 그럼 안녕, 잘 지내세요. 그럴 수는 없는 거다! 이미 수십 번 화학요법을 받아 봤다면야, 그냥 이렇게 말할 수도 있겠지. 네, 오세요, 버스 타시고, 플러그 꽂으세요, 하지만 처음이라면, 그 모든 것은 대재앙이다.

어쨌거나 지금 화학요법에 엄청난 거부감이 생기는 참이다, 나

---

* 노출되면 피부와 폐에 수포를 일으키는 독가스.

는 20년, 어쩌면 30년 뒤에, 사람들이 옛날에는 암을 화학요법으로 치료했다는 사실을 기억할 때면 엄청난 폭소를 터뜨릴 거라고 확신한다. 그건 많은 정통 의학자들도 하는 말이다. 언젠가는, 안 그래도 이미 약해진 면역체계를 더 약화시키는 것보다 더 나은 방법을 찾아낼 것이다. 하지만 이런 장래 희망은 지금 나에게는 당연히 아무 소용도 없다.

그러는 동안에 의사들뿐만 아니라 친구들도 모두 초조해했다. 내가 뛰어내릴까 봐 두려워했다. 수십 통의 전화와 문자, 이메일이 온다. "우리가 두 손 모아 응원할게", "너무 힘들어지지 않기를 바라", "이 또한 지나가는 일일 뿐이야", "다 잘될 거야" 등등. 물론 전부 다 정말로 친절에 감사할 따름이지만, 지금으로서는 견뎌 내기가 어렵다. 당연히 내 잘못이다. 다시 말하자면, 쉴링엔지프라는 시스템에 동참하고 싶은 사람은 언제나 내 모든 변덕과 위기들을 참아 내고 함께해야만 하는 거다. 그럴 때는 아무도 이렇게 말해서는 안 된다. 저 인간 왜 저래? 제발 치료 좀 받고 정상이 돼야 할 텐데.

하, 나는 지금 그런 와중이다. 이런 관심과 격려가 부담을 주는 통에, 지금 견뎌 내지 못하겠다. 그리고 누군가에게 뭔가를 증명해 보여야만 한다는 느낌을 다시 받기 때문이다. 나는 더는 그러고 싶지 않다. 중요한 것은, 내가 화학요법을 할 것인지, 그리고 언제 그걸 시작할지를 결정하는 일이다. 나는 그것을 완전히 혼자서 결정해야만 한다. 그렇다, 그래야만 한다.

…… 전체적으로 나는 더 차분해졌다. 하느님, 예수님, 성모마리아에게 이어진 끈이 존재하고, 그것이 나를 거듭해서 새로이 진정시켜 준다. 물론 저기압인 시기들도 있다. 그럴 때면 나는 슬퍼지고 이렇게 생각한다. 어째서 이런 일이 일어나야 하는 거지? 하지만 그사이에 고기압 시기도, 소소한 행복감도 생겼다. 때때로 이 병을 심지어 작은 선물로 볼 줄도 안다. 그것이 나를 다른 방향으로 인도하니까, 어쩌면 그것은 큰 선물일 수도 있다. 그래서 오늘 저녁에 드디어 내 미래 비전을, 내 아프리카 구상을 다시 짜 맞춰 본다. 실제로 그 구상을 손보아야만 하고, 그것을 실행할 논거들을 모아야 하며, 링에 오르기도 해야 하기 때문이다. 하지만 더 이상 자기애가 아니라 삶에 대한 기쁨에서 그랬으면 하는 바람이다. 무엇보다도 나의 두려움을 감사함으로 바꿔야 한다. 다음 날에 대한 감사, 다음 아이디어에 대한 감사, 그리고 아이노가 내 곁에 있고 내가 그녀 곁에 있어도 된다는 데에 대한 감사.

이제는 불을 좀 끄고 밤이 무엇을 가져다줄지 보련다. 안녕히 주무시길.

3월 12일, 수요일

오늘 아이노와 함께 다시 한 번 첼렌도르프 차를 몰았다. 수석 의사인 알리키 마리니가 우리에게 카이저 교수와 약속을 잡아 주었다. 그를 다시 보니 너무, 너무 좋았다. 우리 사이에는 정말로 하나의 관계가 생겨났다. 그는 재차 이 화학요법이 얼마나 중요한지를 분명히 해 주었다. 나에게 이것을 하라고 정식으로 부탁했다. 그는 하벨회에와 그곳의 그라 박사를 선택한 결정은 전적으로 옳다고 여겼다. 인지의학은 정통 의학적으로 아주 높은 경지이며, 그라는 경험이 많은 의사라고, 자기도 그라 박사와 정기적으로 연락하고 있노라고 했다. 그리고 거기서는 개별 환자를 더 중심에 놓으므로, 이 인지의학은 원칙적으로는 좋은 것이라고 했다.

그러니까 카이저와의 대화는 다시 한 번 아주, 아주 좋았고, 나에게 용기를 주었다. 그런 뒤에 아이노, 알리키와 구내식당에서 점심을 먹었다. 심지어 갑자기 식욕이 나기까지 했다. 카이저가 한 번 더 들렀고, 내가 나의 작업 사진들이 담긴 책에다 써 주었던 헌정 글에 대해 감동해서 고마워했다. 나는 거기에다 다른 글귀와 함께 이렇게 썼더랬다. "다시 만나요 ― 이것은 내가 상상할 수 있는 가장 아름다운 협박입니다."

카이저와 대화를 나누고 나서, 화학요법을 하는 쪽으로 다시 기울고 있다. 아마도 우리는 주말에 다시 한 번 잠시 차를 몰고 나갔다 오겠지만, 다음 주에는 그것을 시작할 작정이다. 그러면 그게 어떻게 되어 갈지 알게 되겠지.

오늘 오후에는 아이노와 함께 시내에도 나갔다. 내가 항상 환자용 침대에만 누워 있지 않도록 우리 둘이 같이 쓸 조금 더 편안한 새 침대를 둘러보았다. 아주 멋진 침대를 발견했지만, 조금 비싸서 다시 고민해 볼 필요가 있다. 그런 뒤에 우리는 각자의 길을 갔다. 아이노는 극장으로 갔고, 나는 집으로 와서 팀원들과 여기 이 사무실에 관해 유익한 대화를 나눴다. 이어서 나는 다시 시내로 차를 몰아 카데베 백화점으로 갔고, 그곳에서 참치, 고기, 맛있는 포도주 등 열나게 쇼핑을 해제꼈다. 그러고는 저녁에 아이노와 라클레트 그릴*로 식도락가의 상차림을 제대로 벌였다. 나는 제대로 배가 고팠다. 비록 전처럼 많이 먹을 수는 없었지만, 최근 며칠보다는 훨씬 더 많이 먹었다. 두꺼운 치즈와 토마토를 올린 라클레트 판 두세 개, 거기다 감자튀김, 200그램은 족히 되는 스테이크에다 샐러드까지. 그전에 이미 몇 가지를 먹어 치운 터였는데도 말이다.

그리고 지금 나는 정말로 기분이 좋다. 아이노는 아직 일하고

---

* 다양한 재료에 치즈를 얹어 녹여 먹는 스위스 치즈 요리인 라클레트용 전기 그릴.

있지만, 곧 온다고 한다. 라디에이터가 따닥거려서 신경을 건드렸지만, 오늘 저녁의 기본적인 상황은 좋다. 다음 날이 고대되고, 다음 날이 벌써부터 고맙다. 일이 눈앞에 아른거리고, 호숫가에 멋지게 자리한 나무들과 초원이 딸린 집을 본다. 그곳에 내가 앉아, 물을 바라보며, 햇살 속에서 아침을 먹는다. 그러고 나면 아이노가 오는데, 입양한 아이를 데리고 있다. 아마도 아이가 생기지 않았던 모양이다. 그러한 이미지들이 보인다. 그러니까, 그것은 아주 긍정적이며, 지금도 계속 그렇게 진행 중이다. 안녕히 주무시길, 그리고 감사해요.

3월 21일, 금요일

　　　　　　오늘은 그리스도 수난일이고, 대략 밤 11 시다. 지난 주말에 2,3주 더 나에게 휴식을 허락하기로 마음먹은 까닭에, 화학요법은 아직 시작 전이다. 그래서 일요일에 발트해에 접한 바르네뮌데로 차를 몰았다. 멋진 호텔에서 맛있게 먹고 편안히 지낼 목적이었다. 아이노는 최종 리허설이 있어서 같이 오지 못했다.

　그리고는 그 모든 것이 재앙으로 끝났다. 내가 혼자 있지를 못했기 때문이다. 상태가 날이 갈수록 나빠졌다. 처음에는 더 애를 써 보기도 하고, 산책도 가 보고, 음식도 즐겨 보려고 했다. 그런 뒤로 가슴에 통증이 느껴졌고, 수술 상처도 다시 아파졌으며, 언제부턴가는 음식도 더 이상 특별해 보이지 않았다. 이 닷새가 흘러가는 동안 나는 서서히, 하지만 확실하게 완전히 추락해 버렸다. 거의 아무것도 더는 마시지 않았고, 아무것도 먹을 수 없었고, 그 대신에 계속해서 토해야만 했다. 나는 완전히 시커메져서 널브러져만 있었고, 하느님을 몰아내고, 어떻게 하면 내 삶을 가능한 한 우아하게 끝낼 수 있을까 생각했다. 동시에 '오 세상, 그들이 지금 저 위에서 이걸 듣고 있잖아'라고 생각했다. 예수는 어쩌

250

면 나를 이해할 수도 있겠지만, 하느님은 이렇게 말씀하시겠지. 도대체 뭐 저런 약골이 다 있나? 왜 저놈은 그냥 자기가 오래 살았으면 좋겠다고 하지 않는 거지? 어디, 저놈한테 한번 본때를 보여 줘야겠군. 무슨 미친 짓이람!

그러고는 어제저녁에 아이노가 왔고, 그러자 좀 나아졌다. 하지만 오늘도 여전히 바닥을 치고 있어서, 그녀는 나를 일단 병원에 데려갔다가 집에 데려다 주었다. 이것 참, 이제 나는 다시 우리 집에 누워서 진정하려고 애써 본다.

하니만 나는 그럼에도 불구하고 이 하느님과의 문제가 정말로 이제껏 결말이 나지 않았다고 말하지 않을 수 없다. 나는 왜 하느님이 인간에게 그런 극단적인 조치들을 요구하는지 몹시 궁금하

하느님은 고통 체계이다.

다. 너무 많은 고난이 생겨나서, 나는 하느님과 정말로 최대의 문제들을 빚고 있고, 그에게 혹은 예수에게 나한테 그것을 좀 설명해 달라고 청하지 않을 수 없다. 무엇보다도 도대체 왜 이 고통이 가치로 설명되어야 한다는 걸까? 여기서 벌어지고 있는 것은 고통 주기이지 않은가. 하느님은 고통 체계이다. 하느님은 기쁨과는 아무런 관계가 없다. 만약 누군가가 기뻐한다면, 그래 좋다, 그 또한 하느님이어야겠지. 하지만 만약 누군가가 괴로워한다면, 이는 곧, 하느님이 그에게 시험을 생각해 내신 거다. 아니면, 아하, 저

놈이 스스로 죄를 짊어졌으니 하느님과 더 씨름을 해야만 하겠구나. 정말 미친 생각이다. 끝도 없이 이러한 위협을 말하는 것은—비단 기독교뿐만 아니라 이슬람교도—이 종교들의 거대한 오류이다. 조심해, 조심, 이런, 너는 실수하고 있어! 이런, 너는 잘못 행동하고 있어! 그것은 전부 다 끔찍하다. 그것은 완전히 다르게 표현되어야 했다. 하느님과 그분의 계율과 그분의 금지령이 없더라도, 다른 사람을 죽이거나 다치게 하지 말아야 한다는 사실은 어떤 인간에게나 명확하다. 아이노는 어제 나에게 이렇게 소리질렀다. "이 개똥 같은 죄와 벌이랑 그 온갖 바이로이트 때니 어쩌니 하는 짓 좀 그만해. 그러면 당신은 아프리카에서도 아무한테나 고함을 지르고, 다 당신 탓이고, 당신이 여기 이 똥을 직접 싸질렀다고 말할 수도 있겠네. 당신이 좋은 사람이었다면 아프리카에 나타나지도 않았을 거라고."

그녀가 절대적으로 옳다. 하느님의 원리는 세기를 거듭하면서 좌와 고난의 원리로 전락했다. 왜 하느님의 원리는 기쁨의 원리가 아닐까? 왜 세상에 존재하는 것이 기쁠 때, 멋진 일들이 일어나는 것이 기쁠 때, 하느님을 생각하고 찬양하지 않는 걸까? 뭐, 멋 지구먼, 가족은 떠나고 암에다가 로또는 또 안 됐네. 왜 언제나 이런 걸 깨달을 때에야 비로소 그분을 끌어들이는 걸까? 신의 원리를 훨씬 더 강하게 기쁜 복음으로, 기쁜 생각, 자유에 대한 생각, 평화에 대한 생각으로 확립해야 하지 않을까 싶다. 모두의 머릿속에, 모든 종교에, 모든 존재 안에, 모든 곳에 말이다.

그러니까 이것이 나의 수난일이었다. 예수님, 나는 당신을 생각하고, 모든 수호천사와 도움을 주는 모든 이에게 감사 드립니다. 아멘.

4월 1일, 화요일

오늘 도이체 오퍼에 갔다. 연출 팀이 나의 〈성 요한나〉를 어떻게 만들고 있는지 한번 보고 싶었기 때문이다. 4월 말에 초연이 있을 예정이라니까.

나는 약간 신경이 날카로워져 있었지만, 진심 어린 환대가 있었고, 금세 마음이 편해졌다. 내가 보게 된 것은 상당히 좋지 못했다. 모든 게 너무 쓸데없는 진행들이고, 그들이 짜 맞춰 넣은, 말도 안 되는 그 무엇이었다. 그다지 나를 확 끌어당기지 못했지만, 더 나쁜 참사도 있었다. 연습이 진행되는 동안 나는 심지어 용기를 내서 무대 위로 뛰어 올라가기까지 했다. 뭐, 천천히 올라갔다고 하는 편이 더 맞겠다. 아무튼 나는 요한나를 맡은 성악가에게 몇 가지 조언을 했고, 심지어 약간 시범을 보여 주기까지 했다. 그것은 틀림없이 전보다 더 우스꽝스러워 보였을 테고, 나 역시 빨리 지쳐 버렸지만, 나에게 다시 그런 속도와 시범을 보일 의욕이 있다는 것이 자랑스러웠다. 처음으로 멋졌다. 심지어 한 번은 바닥에 몸을 던졌는데, 아직 그렇게 잘되지는 않았지만, 할수록 느는 법이니까.

언제쯤인가 나는 극장 로비로 돌아왔고, 내가 최종적으로 말해야 할 것들에 관해서 아이노와 상의했다. 그러고는 다시 안으로 들어가서 모든 이들 앞에서 간단한 안내 말을 했다. 내가 보기에, 그것은 아주 잘 받아들여졌고, 적어도 내가 그 공연에 걸맞다고 표상하는 힘에 대한 인상은 남겼다. 그러고 나니 배가 고파졌고, 아이노와 중식당에 갔다. 하지만 음식이 테이블에 차려지자, 갑자기 허기가 싹 가셔서, 그저 작은 춘권 다섯 개만 먹고 그 이상은 넘기지를 못했다.

…… 극장에 다녀온 이래로, 내 오랜 일에 빠져들고 내 사람들을 다시 만난 이래로, 나는 당연히 내가 이제까지 해 왔던 일이 어떤 작업이었는지를 다시금 자문하고 있다. 내가 이 작업을 새로운 조건 아래에서 계속해 나갈 수 있을지, 어떻게 그렇게 할지, 그리고 어떻게 경험한 것을 의미 있게 무대에 맞게 변형할 수 있을지 머리를 굴려 본다. 무엇보다도 무대가 인간들 사이의 만남을 만들어 내기에 적합한 장소인지를 자문해 본다.

며칠 전에 요제프 보이스의 문장을 하나 읽었는데, 그것이 나를 생각으로 이끈다. 그의 퍼포먼스 지시문 중 하나에는 이렇게 적혀 있다. "따뜻한 케이크가 닫혀 있는 장막 뒤에서 무대 위로 옮겨지고, 장막이 열려 있을 때에는 따뜻한 케이크가 자신의 짐을 내려놓는다." 보이스가 어떤 장막을 가리킨 것인지 의문이 든다. 모두들 그 앞에 앉아 뚫어지게 바라보는 극장 안의 그 장막일까? 만약 장막이 열리지 않는다면, 따뜻한 케이크에게는 더 좋은 일이 아닐까? 그렇지 않으면 자신의 온기를 잃어버릴 테니까. 아니면, 짐을 내려놓을 수 있도록 장막이 걷히면 좋은 건가?

하지만 보이스에게서는 관객에 관해서는 아무것도 적혀 있지 않다. 그러므로 나는 이렇게 말할 수 있을 듯하다. "나는 따뜻한 케이크이고, 나에게는 짐이 있으며, 누군가가 바라보지 않는 가운데 나는 그 짐을 내려놓는다." 아니면 이렇게 말할 수도 있다. "나는 나에게 자신의 짐을 보여 주는 누군가를 만남으로써 내 짐을 내려놓는다." 두 개의 따뜻한 케이크가 만나 자신들의 짐을 내려놓는다. 하나가 다른 하나를 돕는다. 그렇게 되면 나에게는 더 이상 관객은 없고, 조력자가 있다. 어쩌면 그것이 훨씬 더 낫지 않겠는가.

> 두 개의 따뜻한 케이크가 만나 자신들의 짐을 내려놓는다.

…… 나는 지금 내가 다른 사람과 짐을 나누기를 얼마나 갈망하고 있는지를 느낀다. 어쩌면 나누는 것이 아니라, 그냥 자신의 짐을 진 다른 사람과 만나는 것일지도 모르겠다. 물론 그러한 진정한 만남을 경험하는 일은 무진장 어렵다고 생각한다. 시스템은 익숙해졌을 뿐만 아니라, 이미 거의 고착화되었다. 하지만 시도는 해 보아야 한다. 나는 그걸 시도해 보려 한다. 그래서 내게 끝 어떤 프로젝트를 같이 할 생각이 없는 사람들도, 나에게 아무것도 기대하지 않는 사람들도 반드시 만나러 가야만 하겠다. 나는 말하

고, 생각하고, 관찰하는 능력을 함께 부여받지 않았는가. 그리고 이러한 능력을 활용하고 나에게 그런 것들이 있음에 감사한다면, 나는 누구에게든 다가갈 수 있다. 그렇다면 나는 예를 들어 이렇게 결심할 수 있다. 저기 누군가가 병원에 누워 있는데, 아무도 그를 찾아오지 않네. 이제 내가 좀 돌보아 주어야겠군. 그것은 나에게는 오랫동안 미뤄 왔던 순간이다. 나는 아마도 사람들의 엉덩이에 묻은 똥을 떼어 내 주는 유형은 아닌 듯하지만, 꼭 그럴 필요도 없다. 그리고 누가 알겠는가. 어쩌면 그것도 언젠가는 가능할지. 하지만 나는 사람들에게 충고를 날려 대고 그들을 자기 시스템에 욱여넣지 않으면서도 그들과 대화를 나눌 줄 아는 재능을 활용할 줄 알고, 누군가에게 이렇게 말할 줄은 안다. 이제부터는 내가 규칙적으로 올게요, 그러면 이야기를 좀 나눌 수 있을 거예요.

내가 그걸 해낼는지 어디 한번 두고 보자, 어쨌거나 필요는 존재한다.

여기까지가 4월 1일의 중간 보고이다. 만우절 농담이 아닌, 전부 다 가혹한 현실이다. 안녕히 주무시길.

4월 7일, 월요일

　　자, 이제 드디어 하벨회에에 도착했고, 내일 화학요법이 시작된다. 누가 그럴 줄 생각이나 했을까. 병원은 어느 오래된 병영 안에 수용되어 있었고, 그래서 일단은 그것에 익숙해져야만 하지만, 사람들은 모두 매우 친절하다. 그런데도 처음에는 어찌나 어처구니없이 뒤죽박죽이던지, 하마터면 곧바로 다시 떠날 뻔했다. 그때 제법 젊은 간호사가 와서는 내 피를 뽑으려고 했다. 그러면서 끔찍히도 어설프게 굴더니, 언젠가부터는 욕지거리만 해 댔다. 어쨌거나 그녀가 당최 제대로 정맥을 찌르지 못한 까닭에, 무지하게 아프기만 했지 피는 충분하지 못했다. 내가 도착하자마자 곧바로 학살당하는구나. 그렇게 느껴졌다. 동시에 다른 간호사에게는 앞으로 며칠 동안 무엇을 먹고 싶은지를 착착 대야만 했다. 나는 내가 정신병원에 떨어졌구나 생각했고, 그저 도망가 버리고만 싶었다.

　　그러나 그러고 나서는 아이노 덕분에, 그리고 그라 박사 덕분에, 그 지경까지 가지는 않았다. 마침내 그라 박사가 아주 따뜻하게 손수 보살펴 주었다. 그 젊은 간호사는 몹시 당황해서 물러선 듯하다. 나중에는 안됐다는 마음이 들기도 했다. 아마 아직 교육받는 중이고 자기도 겁이 났던 모양이지만, 그런 상황에서는 그야말로 아주아주 예민해진다. 용감해지고 싶기야 하지만, 그러려면 나를 맡긴 이들이 모든 것을 완벽하게 통제하고 있다는 느낌이 들어야 한다.

그날 낮 동안에는 호흡 연습을 했고, 진짜 진짜 근사한 마사지를 받았다. 마치 아이가 된 듯한 느낌이었는데, 그것이 너무 좋았다. 그리고 나서는 한 심리 전문가가 화학요법에 관해 이야기하려고 왔지만, 그것은 그다지 중요하지 않았다. 다른 여자 심리 전문가가 또 내일 약속 시간을 정하려고 했는데, 곧바로 차단해 버렸다. 너무 많이 이야기하는 것도 소용이 없다. 하긴, 할 만한 사람이 그런 말을 해야지 ….

아이노는 저녁 어느 때쯤인가 차를 몰고 떠났는데, 그녀는 정말로 산더미 같은 일들을 헤치워야만 한다. 그녀는 오페라를 짊어지고 있고, 나를 짊어지고 있다. 화학요법이 시작되기 때문에, 내일 또 여기에 와야만 한다. 그리고 나서는 그라 박사가 한 번 더 들렀고, 우리는 한 시간은 족히 이야기를 나누었다. 그것은 정말로 기분 좋은 일이었는데, 그가 보이스와 그의 사상에 약간 조예가 있기 때문이기도 하다. 무엇보다도, 만약 상태가 좋지 않거든, 절대로 여기 자기들에게 아닌 척하지 말라고 했다. 나에게 도움을 주기 위해서 많은 것이 구비되어 있지만, 그러려면 내 상태도 알고 있어야 한다고 했다.

지금은 모든 게 좋다. 이제 나는 잠자리에 들며 모두 좋은 밤을 보내길 바란다. 오늘 일어난 모든 일에 감사한다. 그리고 무엇보다도 저 위에 계신 모두에게 좋은 날이 되게 해 달라고 간청한다. 내일 하루가 성공적인 날이 되기를 바란다. 어디 한번 두고 보자. 우리는 충분히 그걸 해낼 것이다. 안녕히 주무시길. 아멘.

4월 8일, 화요일

오늘 화학요법이 시작되었다. 한 독립된 건물에서 시행되었는데, 모든 것이 아주 기분 좋게 이루어졌다. 아이노는 호텔 스파에 있는 것 같다고 했다. 침대와 소파, 멋진 코너 좌석이 딸린 작은 방 하나를 배정받고, 거기에서 주사액을 차례로 주입 받았다. 첫 번째 것은 콩팥이 손상되지 않도록 콩팥에 물을 주입하는 것이었고, 두 번째 것은 그라 박사가 추천했던 겨우살이 추출액이었다. 그러고 나서는 구토 증상을 막아 주는 약이 있었고, 그 뒤에야 비로소 첫 번째 처방 약제가 주입되었다. 첫 번째 약제 뒤에는 씻어 내기 위한 무엇인가와 구토 증세를 막는 무엇인가가 더 들어갔고, 그다음에는 두 번째 처방 약제와 다시 한 번 씻어 내기 위한 무엇인가가 들어갔다.

모든 것이 순조롭게 진행되었고, 다 잘되었다. 나는 대부분의 시간 동안 침대에 누워 있었고, 아주 푹 잤다. 잠을 잘 수 있다는 사실이 이미 잘 적응하고 있다는 뜻이다. 그러자 어머니가 떠올랐다. 어머니는 뭔가 부정적인 일이 일어나면 언제나 수면 모드로 전환해 버리는 것으로 유명했다. 물론 다른 사람들이 항상 그걸 반기지는 않았다. 하지만 내 경우에는 자도 무방했다. 아이노

얘기로는, 내가 자면서 믿기지 않을 정도로 활발하더란다. 아마도 내가 손을 휘두르고, 엄청 중얼거리고, 코도 골아 댔던 모양이다. 치료가 끝나자, 아이노는 나랑 같이 병실로 돌아와서 저녁 7시까지 있다가 떠났다. 그녀가 같이 있어 주어서 너무 좋았다.

오늘 저녁에는 사실 모든 게 다 괜찮다. 이른바 부작용은 어차피 며칠 후에나 나타난다고 한다. 복압이 좀 있다는 느낌이 들지만, 아마도 그 역시 그저 가스가 차서인지도 모른다. 하지만 지금 나를 관찰할 마음이 별로 없다. 내가 보기엔, 잘 진행되고 있는 것 같다. 오늘 아침에는 또 우스운 일이 있었다. 샤워를 마치고 샤워실에서 나오자, 실내화가 방을 가로질러 라디에이터까지 둥둥 떠가고 있었다. 샤워한 물이 전부 방으로 흘러간 것이다. 간호사 둘이 물을 빨아들이는 장비를 가져왔고, 낮에 기술자가 와서 문제를 해결했다. 어쩐지 미친 짓 같았다. 나는 샤워기 아래 서서, 공황 상태에 빠지지 않으려고 노력하며 나 자신에게 말한다. 침착해, 긴장 풀고 그냥 하루가 어떻게 되는지 지켜보기나 해. 그리고 그다음에는 내 방이 갑자기 수영장이 되어 있는 거다.

하지만 그것 말고는 모든 것이 긍정적인 영역에 있다. 저 위에 있는 분들이, 여기 이 일이 지나치게 고통스럽고 너무 참담해지지 않도록 방법을 마련해 줄 것이다. 그래서 나는 그렇게 해 달라고 기도했다. 이제 내일 호흡치료를 한 번 더 할 테고, 모레는 다시 한번 제소나 마사지를 할 것이며, 그러고 나면 다시 집으로 가도 된다. 아이노와 함께 우리의 아늑한 새 침대에 눕는 것. 나는 이미 그걸 고대 중이다. 그러니, 안녕히 주무시길. 오늘은 좋은 날이었다.

4월 11일, 금요일

자, 이제 첫 화학요법이 완료되었다. 나는 오늘 퇴원할 거다. 아이노가 곧 나를 데리러 올 테고, 나는 도이체 오퍼에 잠깐 들를 것이다. 오늘 총연습이 있는 모양이다. 다들 내가 없어서 아쉽다고 하지만, 중요한 것은, 그것이 다른 이들의 오페라이고 또 그렇게 남아야 한다는 사실이다. 그 오페라는 18만 명의 인원들로 준비되었다. 설사 내가 극장에 다섯 번 더 나타나서, 내 향유를 뿜어내며, 교황처럼 설교 단상에서 아래로 손짓하면서 '글쎄, 하지만 저기 아래 있는 사람들은 하늘로 올라오기 전에 약간 더 연습을 해야겠는걸'이라고 생각한다고 할지라도—거기에 나는 없다. 나는 저기 저 장치의 담당자가 아니며, 마침내 자기네 할아버지가 작곡가로서 명예를 얻는 것밖에 안중에 없는 〔《성 요한나》의 작곡가인〕 브라운펠스 가족의 담당자도 아니다. 설사 내 스케치에 따라 연출이 이루어진다 하더라도 말이다. 나는 사람들의 협연을 믿지만, 나는 이 협연에서 배제되어 있다. 그렇게 느껴진다….

화학요법을 받고 나서 신체적으로는 이렇다 할 변화가 없다. 약간 피곤한 것 같기도 하지만, 힘이 솟기도 한다. 목에서 약간 쉰소리가 나는데, 아직 소변 보는 걸 제대로 조절하지 못하기 때문인 것 같다. 이걸 회복하려고 이미 주사도 한 대 맞았다. 여기 사람들은 정말로 모든 것을 대단히 잘 다스려 내고 있다.

　이 병원 자체가 나에게는 새로운 체험이다. 여기에는 심하게 아픈 고령의 사람들만 누워 있는데, 그들은 엄청나게 기침을 해 대고, 그르렁거리고, 도와 달라고 소리 지른다. 이 사람이나 저 사람이 정신이 나가 돌아다니거나 간호사가 제때 오지 못하는 통에, 밤에는 복도에서 떠들썩한 토론이 끊이지 않고 벌어진다. 제법 격하지만 나는 그것이 그렇게 나쁘다고 생각하지 않는다. 그들이 바로 또 다른 중간 상태에 있는 사람들이다. 방금 한 남자가 친구들과 전화하면서 자기가 내일 다시 CT를 찍으러 가야 하는데, 지금 여기 상황이 어떻게 이어질지 자기도 모르겠다고 이야기하는 것을 들었다. 그런 대화를 들을 때면, 이 사람들이 가족이나 지인들에게 자신의 인식 과정에 관해서도 보고하는 것을 상상한다. 자신이 지금 어떻게 다른 상황으로 여행하는 중인지, 어떻게 시간이 연장되는지 이야기하는 것을 말이다. 설령 그들이 그런 이야기를 하지 않더라도, 그들은 나처럼 두려워하고 있고, 다른 것들을 인지하며, 자기들이 여기서 도대체 무엇을 인지해야만 하는지 나와 똑같이 별로 아는 게 없다. 그것은 내가 확실히 장담한다.

　…… 이제 오전 10시 반이고, 아이노를 기다리다가 옆방에서 희

265

한한 소음을 듣는다. 거기에서는 "유리드믹스* 음악치료"라는 코스가 진행되고 있다. 이건 또 대체 무엇일지는 나도 아직 모르겠다. 하지만 다음번에는 한번 참여해 볼까 한다. 제대로 호기심이 발동했다.

어쩌면 나는 이제 새로운 발달단계에 도달하는 중인지도 모르겠다. 모든 게 다 끝장나리라는 충격 뒤에, "나는 더 이상 저기에 동참하지 않는다"라는 모토 아래 구축해 왔던 세상과의 거리두기 뒤에, 나는 말하자면 이 거리두기로부터 긍정적인 무엇인가를 얻어 내고 있다. 왜냐하면 내가 이 거리두기를 세상에 더 잘 귀 기울이고 세상을 더 잘 바라보려는 마음가짐으로 바꿔 놓을 수도 있기 때문이다. 다시 말하자면, 나는 비통함 속에 스러져 가기 위해서 세상을 바라보아야만 하는 게 아니라, 새로운 것을 경험하려고 노력 중이다. 사실 지난 몇 주간의 이 강제적인 진정을 통해서, 그것은 동시에 몹시 불안정하기도 했지만, 나는 이렇게 말할 기회를 얻기도 했다. "나는 저기 저 사람들이 어떤 소리를 내는지 정확하게 한번 들어 볼까 해." 혹은 "저기 저 남자가 무슨 말을 하는지 정확히 한번 들어 볼까 해." 나는 지금 이 목소리에 더 정확하게 귀를 기울인다.

---

* 스위스 출신의 음악 교사이자 작곡가 에밀 자크달크로즈가 음악의 흐름과 신체 흐름의 연관성에 기반하여 창안한 음악 교육 방법으로, 신체의 움직임을 통해 음악을 성립하고 학습한다. 조화로운 신체 동작을 추구하는 예술적 표현의 한 형식이며, 20세기 무용 발전에 많은 영향을 끼쳤다..

글쎄 뭐, 한번 두고 보자, 때때로 이런 활기를 띠었다가, 그 다음에는 다시 피곤해진다. 상태가 오르락내리락하지만, 지난 몇 주보다는 더 부드럽게 그런다. 목소리는 쉬었고, 제법 심하게 땀을 흘리고, 자주 딸꾹질이 난다. 그러나 그것들은 모두 불안하게 만들지는 않는 것들이다. 오늘은 무슨 일이 있을지, 한번 지켜보자.

4월 17일, 목요일

　　　　　나는 다시 병원에 왔고, 금방 다음 화학요법 꾸러미를 받을 것이다. 주말은 끔찍했고, 나는 어떻게 계속해야 할지 알지 못했다. 신체적으로는 전혀 나쁘지 않았지만, 내 영혼은 완전히 무너져 내렸다. 다들 구토 이야기를 하고, 육체적인 탈진 이야기를 한다. 아직까지는 나에게 중요한 사안이 아니다. 다른 사람들의 경우에도 꼭 그럴 거라는 뜻이 아니니까. 나는 그 누구에게도 더는 이렇게 이야기하지 않을 것이다. 맙소사, 끔찍해질 거야. 이렇게 이야기하지도 않을 것이다. 전부 다 그렇게 나쁘지만은 않아, 뭐 그렇게. 모든 암은 다 다르고, 화학요법도 다 다르며, 그에 대한 반응들은 완전히 개별적이다. 그것은 의사들도 예상할 수 없다. 부작용도 수천 개인데, 예를 들자면 나는 오늘 극심한 호흡곤란을 겪었다. 하지만 나는 누군가에게 절대로 이렇게 말하지는 않을 것이다. 아이고 저런, 그래요, 나중에 끔찍한 호흡곤란을 겪을 겁니다. 지하실에 산소통이 있는지 확인해 보세요. 그건 완전히 헛소리일 것이다.

　어쨌거나 나는 주말에 평생 한 번도 경험해 보지 못한 상태를 겪었다. 그것은 잠에서 깨어날 때부터 시작되었다. 다시 말해서,

첫 순간부터 그게 어디든 도움을 주는 섬으로 도망갈 수도 없는 절대적인 무력감에 압도되었다. 그러니까 발등에 불이 떨어지면 도망가는 것처럼, 큰 곤경에 처했을 때 통상 하는 것을 할 수가 없었다. 마치 작은 지옥에 머무는 듯했다. 그 어떤 희망을 보거나 벗어날 가능성도 더 이상 찾지 못했기 때문이다. 나는 탈출구가 어디에 있는지, 어디에 뭔가 아름다운 것이, 빛이 있을 수 있는지, 어디에 그 어떤 미래가 있는지, 알지 못했다. 예를 들어서 아이노가 "자, 이 신발 좀 신어 봐, 이게 더 나아"라고 말하면, 나는 벌써 울음보가 터진다. 우리가 그 신발을 빈에서 함께 샀고, 그 순간 나에게는 분명해지기 때문이다. 절대로 다시는 신발을 사는 일이 없을 거다, 전부 다 완전히 무의미하다. 아예 아무것도 더 이상 없을 거다.

…… 멋지게 마음먹고 있었던 일들마저 아무것도 되지 않았다. 책상에 가 앉을 수도 없고, 읽을 수도 없고, 음악을 들을 수도 없고, 누군가에게 전화를 걸 수도 없었다. 그냥 아무것도 하지 못했다. 아이노는 자연스럽게 내가 말을 하게끔 유도하려고 계속 애썼지만, 나중에는 그녀도 진짜 신경이 예민해져서, 나한테 진정제라도 한 알 먹으라고 했다. 지금까지 아이노가 나한테 "자, 이제 이것 좀 먹어"라고 말한 적은 단 한 번도 없었다. 나는 알약 하나를 먹었고, 반 시간 뒤에 잠이 들었다. 하지만 그것 역시 도움이 되지 않았다. 나는 다섯 시간 뒤에 다시 깨어났고, 곧장 계속 울부짖었다.

아이노가 이 이틀 동안 나와 함께 견뎌 냈던 것은 정말로 완전한 공포 환각 체험이었다. 나는 마치 제1차대전 때의 겨자가스 피험자처럼 앉아서, 그저 움찔거리고, 흐느끼고, 벌벌 떨기만 했다. 그 모든 것을 혼자서 해 나가야 한다는 것이 무엇을 의미하게 될지 절대 상상해서는 안 된다. 분명히 치료에 동반되는 통상적인 공황 상태와 히스테리도 있었겠지만, 대부분은 완전히 낯선 종류의 상태였다. 더 이상 나 자신에 거리를 둘 기회가 없었다. 무엇보다도 내일에 대한 어떠한 종류의 희망도 없었다. 보통은 얼굴에 물을 퍼부으며 스스로에게 이렇게 말할 수 있다. 그렇지 뭐, 지금은 엿 같았지만, 내일은 더 잘할 거야. 그러나 이 상태에서는 그런 것이 불가능했고, 나를 이루는 견고한 근본이 뒤흔들려서, 상황이 나아질 수 있으리라는 어떤 종류의 가능성도 보지 못했다.

그럼에도 불구하고, 그렇게 온종일 울부짖고 흐느끼고 나서, 마지막에 가서는 거의 온화한 종결과도 같은 무엇인가를 느꼈다. 언제쯤인가 내가 나의 울음 속에서 녹아 없어지고 있다는 느낌이 들었고, 그러면서 긴장이 풀리는 기적이 시작되었다. 그것은 거의 아름답고 보드라운 느낌이었다. 그렇지만 나는 그것이 손을 놓아 버리는 것, "뜻대로 되소서"였다고는 생각하지 않는다. 거기서 일어난 일은 오히려 영혼에 기름을 바르는 것에 가까웠다. 그것을 제대로 묘사하지 못하겠다.

…… 어쨌거나 어제부터 다시 병원에 있게 되어서 참으로 기쁘

다. 이번 주말에 관해 이야기하고 여기 사람들이 어떤 경험을 했는지 귀 기울이는 것이 좋게 작용한다. 방금 마사지 치료사가 왔었는데, 그녀는 나에게 이렇게 말해 주었다. "그저 통과 단계일 뿐이에요, 선생님이 지금 지나가고 있는 것은 통로예요. 그게 다가 아니고, 그다음에 다른 게 뭔가 또 와요." 그러니, 여기 이건 분납밖에 안 되는 모양이다. 어쩌면 느긋하게 그리로 가서 이렇게 묻게 되는 지점에 이를지도 모른다. 네, 그래서요? 다음번 화학요법은 어디 있죠?

…… 링거를 걸어 주고 다 잘되어 가고 있는지를 감독하는 간병인 우베도 벌써 몇 해 전부터 이것을 꿰뚫고 있었다. 그는 아주아주 친절하고, 인간의 몸은 많은 것에 대해 이미 준비된 상태라고 말해 주었다. 하지만 이 프로그램, 즉 진단, 검사, 사전 면담, 위기 1, 위기 2, 그다음 전신마취 수술, 그러고는 다시 검사와 검사 결과, 그 다음에 여기 치료 가능성, 저기 치료 통계, 거기에 곁들여서 또 화학요법, 예후는 불확실 … 이런 프로그램에 대비해서 인간이 만들어진 것은 아니란다. 그것은 확실히 과도한 요구란다. 그러고 나면 육체와 영혼이 그야말로 아주 곤죽이 될 수밖에 없을 거란다.

맞장구를 칠 수밖에 없다. 하지만 이번 주말에 얻은 정말로 중요한 메시지는, 세포들, 장기들, 그냥 모조리 다, 그 모든 것이 얼마나 서로 밀접하게 연결되어 있는지를 감지할 수 있었다는 점이다. 이 육체라는 것이 얼마나 완벽한 기적의 산물인지를 아프기

전에 알았더라면 당연히 좋았겠지. 모든 것이 적재적소에 자리를 잡고서 서로 연결되어 있다는 것이 얼마나 대단한 일인지를 말이다. 만약 거기에 개입하면, 모든 것이 새로이 조정되어야만 한다. 예를 들어서 내 몸은 이제 사라진 횡격막 조각과 폐엽으로 인해 재건되어야 한다. 내가 내 안에서 느끼는 모든 것이 재건의 조치들이다. 더 이상은 예전의 몸이 아니게 될 테지만, 그것으로부터 그 자체로는 최상의 형태를 만들어 갈 테고, 그러도록 몸에 시간을 허락해야만 한다. 그것이 더 빨라지게 만들 수는 없다.

한 가지가 명확해졌다. 영혼은 여기, 육체는 저기, 이는 잘못된 생각이다. 육체가 영혼이고, 영혼이 육체다. 영혼은 태어나서 죽을 때까지 한 인간을 동반하는 결합 체계의 중심이다. 영혼은 모든 것이 한데 속하고 서로 연결되어 있는 사실이다. 그래서 이 화학요법으로 그러듯이 그것을 후려치면, 이 결합이 짓밟힐 정도로 사태가 심하게 불균형 상태로 빠져들 수 있다. 그러면 비상탈출 의자에 앉게 되고, 자신의 중심, 자신의 영혼을 더 이상 인지하지 못하게 된다. 그러면 오로지 튕겨져 나갈 일만 남는다.

이 말이 또다시 상당히 밀교적으로 들릴 가능성이 크지만, 나는 이번 주말에 내 영혼이 비명을 질러 댄 것은 그것이 나와 소통하기가 너무나도 어려웠던 까닭임을 굳게 확신한다. 내 영혼은 찢어지기 일보 직전이었고, 심지어 완전히 떠나 버리기 직전이었을지도 모른다. 그리고 나는 예술과 의학이 얼마나 서로 긴밀하게 결합해야 할지를 정말로 한번 깊이 생각해 보기 시작해야 한다고 믿기도 한다. 지금까지 예술은 벽에 걸려 있었고, 의학은 장臟 안에 들어 있었다. 하지만 예술과 의학이 인간을 전체로서 파악하게 된다면, 어쩌면 그것을 달리 볼 수도 있을지 모른다.

어쨌든 뭐, 이제 이 열두 주 동안의 화학요법을 가능한 한 또다시 비상탈출 의자에 앉게 되지 않고서 견뎌 내는 걸 일단 한번 지켜보자. 나는 나에게 안전지대를 만들어 주려고, 내 조직체에 그것이 전체로서 받아들여진다는 점을 보여 주려고 노력할 것이다. 이곳의 모든 이들이 그 과정에서 나를 도와줄 것이다.

4월 18일, 금요일

이 순간 내 가장 깊은 두려움은 도대체 무엇인지, 그것이 어디에 도사리고 있는지, 누가 지금 거기서 나를 몰아가는지 찾아내기란 쉽지 않다. 아이노는 내가 어제 꿈결에 나를 쫓아오는 어떤 개에 관해서 중얼거리는 것 같았다고 했다. 오늘 그 이야기를 호흡치료사에게 했더니, 그녀가 이렇게 물었다. "대체 어떤 종류의 개인데요? 그리고 그 개가 선생님한테서 뭘 원하는 거죠?" 그러자 그것이 왈왈대는 작은 개에 가까웠지 불독이 아니었다는 것이 기억났다. 하지만 끝도 없이 계속 짖어 대는 부류의 개였다. "너는 더 이상 마당에 들어오지 마, 밖에 있어." 그러니까 그 개는 나를 마당에 들이려 하지 않는 동시에 쫓아와서 나를 밖으로 몰며 이렇게 짖어 댄다. "너는 다시 뭔가를 해내야만 해, 그렇지 않으면 너는 더 이상 없어, 그렇지 않으면 너는 더 이상 존재하지 않는다고."

그것은 모두 다 내가 불안을 극복하는 과정을 돕는 이미지들, 생각들, 대화들이다. 내가 징 울리는 소리만 듣고도 마비되어 넉브러져 있지 않도록 돕는. 하지만 한 가지는 명확하다. 이것들은 내가 나 자신과의 접촉을 유지해야만 작동한다.

…… 오늘 병원 안마당에서 이미 거의 해골처럼 보이는 한 남자와 마주쳤다. 여기서 돌아다니다가 온갖 중환자들과 마주치게 되면, 도대체 무엇이 이들을 살아 있도록 지탱해 주는지 끊임없이 자문

죽고 나면 세상은 사라진다.

하게 된다. 그것은 도대체 무엇일까? 왜 그렇게 삶에 매달리는 걸까? 아마도 그건 사람들이 마음속 깊숙이에서는 알고 있는 한 가지 사실에서 기인할 것이다. 만약 네가 여기서 눈을 감으면, 이 세상은 정말로 사라진다는 사실 말이다. 세상은 사라지고, 더 이상 존재하지 않는다. 그것은 내가 완전히 확신한다. 하늘에 아무리 많은 창문을 만들어 놓고 한 번 더 아래를 내려다보거나 뭐 그래 본들, 세상은 죽고 나면 확실히 사라진다. 그것은 없어졌고, 그냥 사라져 버렸다. 업무 끝. 그런 뒤에 너는 어쩌면 돌이나 벌레로 다시 세상에 태어날 수도 있고, 어쩌면 완전히 없어진 채로 남을 수도 있고, 다른 연관관계들 속에서 전전할 수도 있다. 하지만 요점은, 다 끝났다는 사실이다. 이어서 천사나 물질 덩어리로 이리저리 떠다니는지, 변신해서 다시 대지 위를 떠돌아다니는지는, 그 누구도 모르고, 그렇게 열려 있어야 마땅하다.

그러고 나면 더 행복할지는 … 나는 모른다. 어쩌면 더 행복할 수도 있고, 더 불행할 수도 있다. 하지만 그건 지금 나의 관심사가 아니다. 내가 관심이 있는 건, 여기 이 상황이, 예를 들어서 아

이노와의 이 관계가, 분명히 끝나게 될지의 여부를 파악하는 것이다. 이 생각이, 어제 아이노와 병원 근처에 있는 한 이탈리아 레스토랑에 가려고 차를 타고 가던 도중에 내 머릿속을 스치고 지나갔다. 내가 죽으면, 아이노는 더 이상 운전석에 앉아서 나를 태워 나르지 않을 것이고, 우리는 더 이상 눌러앉아서 수다를 떨며 웃지도 않을 것이다. 그리고 레스토랑에 있는 사람들, 저 밖에 있는 딱정벌레와 꽃들 역시 분명히 사라질 것이다. 돌이킬 수 없다. 그러면 그것은 또 다른 상태이다. 그런 다음에는 응집 상태로 넘어간다고 나는 굳게 확신한다.

그리고 정말로 다시 태어나거나 뭐 그렇게 해서 마치 변신한 것처럼 되돌아온다 한들, 예전 삶으로 통하는 그 어떤 종류의 진입로도 존재하지 않을 정도로 자기가 지워져 있을 것이다. 죽은 자는 죽은 것이라고 나는 생각한다. 그러고 나면 곧바로 어느 휴게소에 죽치고 앉아서 화물차 운전기사들과 최신 농담들을 큰 소리로 떠들어 대고 있을지도 모른다. 그 역시 하나의 삶이며, 결합체계이고, 똑같이 중요하고 옳다. 어쩌면 나는 이탈리아 레스토랑에 있던 그 별난 놈처럼 살아갈지도 모른다. 그는 믿기 어려울 정도로 큰 목소리로, 자기가 어떤 시트로엥을 몰아 봤다는 둥, 메르세데스 타는 놈은 콧대가 높다는 둥, 오펠은 도로에 잘 맞지 않는다는 둥, 옆 테이블에다 고함을 질러 댔다. 그의 병든 아내는 잠자코 그 옆에 앉아 있었다. 예전 같았으면 나는 분명히 조금 조용히 해 줄 수 없겠느냐고 했을 테고, 그에게 짜증이 났을 것이다. 하지만 지금 나는 여기 앉아서 이렇게 생각한다. 뭐, 괜찮아, 저것도 하나의 존재 방식이지, 그게 저 사람의 삶의 원칙이고, 그게 그의 세상이지.

그리고 그것이 너의 미래일 수도 있다. 그것이 너의 삶일 수도 있다. 그리고 전에는 그것을 얼마나 시시하고 끔찍하게 여겼는지 전혀 알지 못하게 될 것이다. 그러면 자동차에 열을 올리는 것이 정상이다. 내 영혼을 이루었던 것이, 그런 뒤에 다시 한 번 다른 어딘가에서 꾸려지게 될지는 … 모르겠다. 하지만 다음 상태가 어떤 모습이든지 간에, 그것은 현존 안에 온전한 제 권리를 지니며, 더 좋지도 더 나쁘지도 않고, 자신의 정상성으로 그냥 존재한다.

…… 어쨌거나 모든 개인은 여기에서 있었던 자신의 형세가 최종적으로 끝이 났음을 언젠가는 확인하지 않을 수 없다. 잘 가, 바이 바이. 아마도 그래서 우리는 그토록 삶에 집착하나 보다. 그럴 때면 신앙이 있고 없고는 상관이 없다. 이 세상이 사라져 버릴 거라는 상상, 사랑하는 사람들이 가고 없으리라는, 이 지구상의 그 모든 아름다움을 더는 보지 못하게 되리라는 상상은 그야말로 참아내기가 어렵다.

그 뒤에 오는 것이 그리고 나서 문제 없이 흘러가게 될지는 아무도 판단할 수 없다. 그것은 알 수가 없다. 나처럼 그 때문에 그렇게 괴로워하지 않는 사람들도 아마 있을 것이다. 자기가 죽고 나서 하늘나라에서 떠다닐지 아니면 지옥에서 푹 삶아질지를 진지하게 고민하는 것은 완전히 어리석은 짓이다. 바라건대 지옥을 가지고 하는 이 모든 장난에다 내가 곧 한 번 토악질해 댈 수 있었으면 좋겠다. 그러나 여전히 그렇게 못 한다. 왜냐하면 나는 아직도 이 죄의식을 짊어지고 미쳐 날뛰고 있기 때문이다. 하지만 그것은 사실 미래에 대한 부정적인 전망이 아니다. 바라건대, 언젠가는 내가 나중에 초록색 강아지가 되어 어느 바비큐 그릴에 매달려 있지나 않을까 생각할 필요가 없어지면 좋겠다.

4월 20일, 토요일

아직 내 앞에 놓여 있는 이 열두 주 동안의 화학요법은 끝이 없는 터널처럼 느껴진다. 그러면 나를 재촉하게 된다. 어서, 어서, 더 빨리 진행되어야만 한다고. 나는 다시 예전처럼 되기를 원해.

내가 마치 돌덩이 두 개를 다리에 묶고서 이렇게 자신을 설득하는 사람처럼 느껴진다. 이제 너는 더 천천히 걷는 거야. 그건 진짜 새로운 경험이야. 하지만 10킬로미터를 걸은 뒤에는 누구나 이렇게 말하지 않겠는가. 고마워요, 흥미로웠어요. 하지만 이제는 돌덩이들을 떼어 내는 게 좋겠어요. 그것을 나는 못하는 것이다. 나에게는 더 이상 이렇게 할 자유가 없다—언젠가 화학요법이 끝난다고 하더라도 없다.

그러므로 남들 눈에 띄고 싶고 어디나 함께하고픈 욕구를 지닌 이 옛 '할리갈리 크리스토프'를 내가 어떻게 개조할 수 있는가가 핵심적인 질문이 되어야 한다. 지난 석 달 동안 더 이상 전혀 할 수 없었던 것 중 몇 가지가 벌써 떨어져 나갔다. 그렇지만 밧줄을 더 풀어서 아마도 전에 갔던 항로와는 아마도 더 이상 큰 관련이 없는 경로로 접어드는 것이 과제가 될 것이다. 뒤늦게 슬퍼하는 것은 아무것도 가져다주지 않는다. 이미 일은 벌어졌고, 그것은 슬픈 일이지만, 그건 그냥 그런 거다. 오페라에서 500명의 인원과 죽자고 싸움을 벌이는 짓은 이제 안 될 일이고, 아마 앞으로도 안 될 것이다. 다음번 행보는 나 자신의 특성 안에서 아직도 할 수 있는 일이 무엇인지, 어떤 다른 영역에서 일하게 될 수 있을지를 살피는 것이어야만 한다. 그 이상은 아니다.

…… 그러니까, 크리스토프, 그렇게 해 봐, 뭔가를 쓰거나 그려 봐, 네가 네 일들을 머릿속에서 계속 진척시키는지 봐 봐. 그리고 만일 더는 못하겠거든, 그냥 쉬는 거야. 아니면 그 위에다 "휴식"이라고 쓰던가. 그렇게밖에는 안 돼. 이렇게 과거를 붙들고 있는 건 더 이상 작동하지 않는 경직일 뿐이야. 더 이상 전처럼은 될 수 없는 거야. 이건 진행 중인 변화야. 그게 너를 슬프게 하지. 이제는 전부 다 할 수 없으니까. 하지만 어쩌면 그게 너를 강하게 만들기도 할지 몰라. 만약 언젠가 네 자신에게 이렇게 말할 수 있다면 말이야. 그래 너는 마지막까지 꿈지럭꿈지럭 일했고, 언제나 할 수 있는 만큼 네 일에 공을 들였어. 어쩌면 다음과 같은 것들이 방도일 수 있겠네. 동요 요인에서 벗어나기, 어디서나 여전히 들썩거리고 싶은 이 욕구를 그만두기, "그래, 도대체 내가 거기 어디 있는 거야? 나도 함께해야만 한다고"라고 비명 그만 지르기. 아니, 네가 꼭 그래야만 하는 건 아니야. 너는 함께하고 있지 않은 거야. 너는 다른 방식으로 함께하는 거야.

그렇다, 바로 그것이 관건이라야 한다. 다른 방식으로 함께할 길을 발견하는 것이 관건이 되어야만 한다. 병은 들고, 어떻게 자기 일을 계속해야 할지, 또는 어떻게 자식을 먹여 살려야 할지 몰라서 수심에 찬 모든 사람이 그러듯이. 나는 아픈 사람들은 모두 어떻게 자신의 자율성 일부를 탈환할 수 있을지, 어떤 방식으로 다시 세상의 자기 자리로 되돌아갈 수 있을지 자문한다고 확신한다. 너는 더 이상 생산요인이 아니라고 하는 이 사회에 의한 추방으로부터 어떻게 헤어 나올지. 자비롭게도, 혹시나 조금 더 구경할 수 있을지도 모르는 출구 자리를 지정받는 것에 어떻게 저항할 수 있을지 말이다.

안 된다, 그래서는 안 되는 거다. 모든 질병은 창조에 속하는 힘이며, 그냥 가두어 넣어서는 안 되는 창조의 일부이다. 문제는 어디에, 그리고 어떻게 이 힘을 투입할 것인가이다. 나에게는 아마도 조형예술이 좋은 길일 듯하다. 그러면 나도 한번쯤 몇 주를 오로지 탁자에 앉아서 작업만 하는 것을 나에게 허락할 수 있다. 만약 내가 그래도 다시 오페라 같은 큰 행사를 성사시켜야 하게 된다면, 새로운 조건에서 그것이 어떻게 가능할지 보아야만 한다.

네가 지금 가진 것에서, 계속 꿈지럭대고 뚝딱거리는 것에서, 충만함을 느껴야 한다. 그리고 너는 때로 자신에게 이렇게 말하겠지. 이제 더는 못하겠어, 좀 앉아야겠어. 그래야 하면, 그래야 하는 거다. 어쩌면 너는 그걸 해낼지도 몰라, 크리스토프. 애를 써 봐, 그리고 마음 단단히 먹어. 어디서나 뚝딱거리고들 있으니, 너도 아이처럼 그냥 계속 뚝딱거려 봐. 그것만 해도 어디야. 그것만으로도 이미 멋져.

12월 3일, 수요일

이제 암진단을 받은 지 거의 1년이 지났다. 그리고 마지막으로 녹음기에다 대고 말한 지도 오래되었다. 유감스럽게도, 내가 바랐던 만큼 상태가 좋지 않다. 암이 다시 나타났다. 3주 전에 의사들이 정기 검사를 하다가 제거하지 않은 폐엽에 완두콩 크기만 한 전이가 열 개 넘게 있는 걸 발견했다. 그것들은 미친 듯이 빨리 나타났고, 아무도 이런 속도일 줄은 예측하지 못했다. 상황이 좋지 않아 보인다.

이제 나는 전이된 곳으로 통하는 보급로들을 끊어서 그것들의 성장을 방해할 알약 하나를 삼켜야 한다. 이것이 성공할지는 아직 모른다. 비록 MRT에서는 뇌에서 어떤 종류의 전이도 발견되지 않아서 마음이 놓이기는 했지만, 그 뒤로는 이게 다 무슨 미치도록 엿 같은 일인지를 생각하는 것밖에는 못하겠다. 내가 그걸 몰랐다고 말하려는 게 아니라, 그사이에 이 병이 얼마나 엿 같은지를 마지막까지 배운다고 생각하게 되었다.

이 소식을 듣기 전 몇 주 동안은 꽤 괜찮았다. 남아 있는 힘이 거의 없어서 화약요법보다 너 힘들었던 방사선치료 후에, 세상으로 돌아온 것이, 다시 일할 수 있다는 것이, 또한 삶의 아주 평범한 것들, 즉 아이노와 손을 맞잡고 산책하러 가는 것, 자두 케이크 한 조각을 먹는 것, 자동차를 타고 루어 지역을 돌아다니는 것, 자연의 색채들에 감탄하는 것을 누릴 수 있다는 것이 너무나도 좋았다. 아이노와 나는 이제 2,3년 더, 어쩌면 더 오래도, 이렇게 근방을 돌아다닐 수 있을 거라고 생각했다. 그런데 이런 날벼락 같은 일이 닥친 것이다.

이런 좋은 시간이 벌써 다시 끝나 버릴 줄은 정말로 생각지도 못했다. 아이노도 마찬가지였다. 무엇인가가 나를 그토록 인정사정없이 먹어 치우고 있다고는 상상조차 하지 못했다. 뇌 검사를 한 날 저녁, 그녀는 우리가 사귀는 동안 단 한 번도 본 적이 없을 만큼 울었다. 아이노는 부엌에 앉아 있었고, 눈물을 흘리지 않으려 애썼다. 나는 벌써 침대에 누워 있었는데, 언제쯤인가 '당신 대체 어디 있어? 이리 와, 응?' 하고 불렀다. 그러자 오기는 했지만, 그녀는 더 이상 감정을 억제하지 못하고 슬피 울었다. 내가 죽으면 안 된다고, 자기는 나를 잃기 싫다고, 우리는 한 몸이고, 아직도 나와 같이 아주 많은 것을 경험하고 싶다고, 그녀는 말했다.

그날 저녁에 나는 아주 차분히 있었고, 그녀를 품에 안았다. 나도 슬펐지만, 울지 않았다. 그녀가 나에게 보호받기 위해서 나에게 온 것이라는 느낌이 들었고, 그래서 그녀에게 안정적이고 약간은 든든한 동반자이고자 했다. 그렇게 해내기도 했다. 울고불고할 수도 있었겠지만, 나는 그녀에게 의지할 곳을 주고 싶었고, 그 모든 것에도 불구하고 내가 그녀를 지켜 줄 수 있다는 걸 보여 주고 싶었으며, 모든 게 잘될 거라고, 우리는 함께 있을 거라고 그녀를 진정시켜 주고 싶었다. 그리고 나자 언제끔인가 그녀는 잠이 들었다.

아이노에게는 이 모든 일을 견디고 버텨 내는 것이 말도 안 되게 힘든 일이다. 하지만 그녀는 지난 몇 달 동안 정말로 갖은 일을 다 했고, 나를 사방으로 태우고 다니며 동행해 주었으며, 믿기지 않을 정도의 사랑으로 끊임없이 다시 나에게 활기를 불어넣어 주었다. 자, 어서. 당신은 해낼 거야, 우리는 해낼 거라고. 그녀가 곁에 있다는 것은 참으로 행운이다. 그렇지 않았더라면, 나는 아마 역사상 최악의 비관론자로 세상을 떠났을 것이다.

이제 나는 뭐든 아이노와 관련된 것을, 그녀의 신발이나 재킷을 생각하기만 하면 되고, 그녀의 사진을 보기만 하면 된다. 그러면 그것이 나를 갈기갈기 찢어 놓는다. 내 말은, 내가 죽어야 한다면, 죽어야만 하는 거다. 이제는 그것을 대략 상상할 수 있다. 적어도 더 명료해졌다. 하지만 남아야만 하는 사람, 내가 홀로 남겨 두어야만 하는 사람은 아이노다. 내가 떠나고 나면 그녀가 얼마나 외로워질지를 생각하는 것은 물론 주제넘은 짓이다. 그렇지만 곧, 혼자서, 어딘가로 떠나야만 한다는 예감이 들면, 어차피 그런 생각도 드는 거다.

…… 그사이에 세상에서 보낼 시간이 나에게 더 이상 많이 남아 있지 않다는 사실이 거의 확실해졌다. 나는 앞으로도 서른다섯 번 더 성탄절을 맞고 싶었다. 처음부터 거듭 나 자신에게 그렇게 말

했고, 그것이 특별히 과하다고 생각하지조차 않았다. 그리고 이제 나는 오버하우젠의 어머니 댁에 앉아서 어머니에게 설명하고 있다. 엄마, 한번 생각해 보세요, 이번 크리스마스가 정말로 마지막일 수도 있어요. 마치 크리스마스가 문제인 것처럼―하지만 그런 날들은 어차피 표시에 불과하다. 그러고 나서는 내가 어머니보다 먼저 죽으면 유산은 어떻게 해야 할지, 어머니가 부양 받으려면 그것을 어떻게 분배할지, 어머니와 같이 생각했다. 이제 정말로, 내가 어머니보다 일찍 세상을 떠나야 하면 어머니가 부양을 받으시게끔 만들어 놓아야 한다―그러나 이러한 과정을 이해할 수가 없다. 이 삶을 곧 더 이상 살 수 없다는 걸 이해해야만 하는 것은 너무나도 쓰다.

홀로, 부모님 없이, 세상에 있는 것이 어떤지를 경험해 볼 수 없다는 생각 역시 나를 괴롭힌다. 나는 어머니를 정말로 몹시 사랑하고, 내가 만약 건강했더라면, 어머니가 지금 그 연세에 보이는 그 방식을 보고 매우 재밌어했을 것이다. 어머니가 휠체어에 앉아 군림하는 모습, 식사를 즐기는 모습, 희한한 말들을 하는 모습. 뇌졸중으로 쓰러지진 뒤로 이따금씩 머리에 연결이 끊겨 어딘가 딴 세상에서 계속 말씀하시기 때문이다. 어머니는 멋지고, 약간은 별난 노부인이 되었는데, 나는 내 안에 어머니로부터 많은 것을 물려받았다고 생각한다. 그것을 보고 있는 것은 멋지다. 하지만 '나는 이제 홀로 세상에 있다'고 말하는 것이 어떻게 느껴지는지도 경험해 보고 싶었다. 조부모님이 돌아가셨고, 부모님도 돌아가셨고, 나는 아직 살아 있다. 그러면 내 뒤로는 여기 이 탁자가 아직 남아 있을 텐데. 그것은 할아버지 것이었다가, 그다음에는 부모님 것이었다가, 지금은 내 것이다. 나로부터도 무엇인가가 남게 될 것이다. 그것이 생각이든 냄새든 뭐든지 간에. 나는 그것을 굳게 믿고 있다.

사실 나는 이번 생에서 운이 좋았다. 창조적이어도 괜찮았으니까, 가능한 모든 것을 생각해 낼 수 있었고, 그토록 많은 것을 선사 받았으니까. 끊임없이 다시 새로운 이미지, 새로운 생각, 새로운 텍스트들이 생겨났다—그것은 마치 내가 쉴 새 없이 창조해도 되었던 마법의 뿔피리 같았다.* 나는 내가 이미 충분히 선물을 받은 거라고 나 자신에게 말하려고 해 보기도 했다. 그럼에도 불구하고, 나는 좀 더 여기저기 돌아다니고, 구경하고, 수집할 수 있다면 정말 좋겠다. 지상에서 우리는 아주 많은 일을 할 수 있고, 이곳은 정말 경이로운 곳이다. 평화롭게 지낼 수 있고, 자연을 존중할 수 있고, 인간을 사랑할 수 있고, 인간을 도울 수 있고, 그야말로 뭐든지 다 할 수 있다. 우리가 그것을 어떠한 규제도 없이 받는다는 거야 지상의 책임이 아니다. 그러니 그럼에도 불구하고 끊임없이 이렇게 말하지 않을 수 없다. 우리에게는 자유가 있고, 우리는 모든 것을 잘되도록 만들어 갈 수 있어. 우리는 정말로 그렇게

---

* 독일의 낭만주의자 클레멘스 브렌타노와 아힘 폰 아르님이 민요를 모아 펴낸《소년의 마법 뿔피리Des Knaben Wunderhorn》를 암시한다.

할 수 있어. 나도 그렇게 할 수 있었을 것이다. 내가 옳은 분야에서 일했던 것인지, 내 재능을 제대로 투입해 왔는지, 그 과정에서 아무 의미도 없는 헛소리 영화만 나왔던 것인지, 나는 끊임없이 자문할 따름이다. 어쩌면 〈에고마니아Egomania〉가 내가 그것이 무엇인가를 의미한다고 말할 수 있는 영화일지도 모르겠다. 왜냐하면 그 영화는 사랑에 관한 이야기를 들려주니까. 이루어지지 못한 사랑, 애증, 금지된 사랑…. 아, 나도 모르겠다.

…… 어떤 생각이 그대를 괴롭힌다면, 그 생각을 없어졌다고 생각하라. 그래, 말은 좋다, 훌륭해. 재미있기를 빌어요. 스무 살짜리 누군가를 깨우칠 수는 있겠지, 이렇게 말할 수는 있겠다. 최고네, 나는 그렇게 할 테야. 하지만 실제로는, 그게 뭐야? 그걸 없어졌다고 생각하라고?—도대체 어떻게, 도대체 뭘, 도대체 어디로? 이제, 점점 더 마지막을 생각하지 않을 수 없고, 내가 내 인생을 잘 살아온 건지 깊이 생각해 보고, 다른 사람들을 위해서 충분히 일하지 않았다고 나를 질책하는 이 시점에, 얼마나 많은 비관론자들이 기독교에 나돌아 다니는지 눈에 띈다. 본래는 오로지 그토록 암울한 메시지만 퍼뜨리면서, 그것을 이른바 기쁜 복음 아래 숨겨 놓는 사람들. 기독교의 이러한 환희의 겉면 뒤에 사실은 아주 무

> 그 생각을 없어졌다고 생각하라. 대체 어떻게, 대체 무엇을, 대체 어디로?

시무시한 무엇인가가 숨어 있다. 전체 시스템이 거짓이다. 말로는 삶을, 창조를 찬미한다면서, 긴 낫을 든 죽음의 신으로 끊임없이 위협한다.

예를 들자면, 내가 가을에 처음 공개적으로, 그사이에 내가 다시 아주 편해지고 행복해졌다고, 루어트리에날레 때 작업할 수 있다고 발표한 뒤에, 한 가톨릭 신문에 이런 기사가 났다. 나는 그 신문을 항상 "죽음의 전령"이라고 불렀는데, 당연히 처음엔 또다시 농담처럼 들렸지만, 프로이트적인 의미의 실언처럼 그 말이 정말로 나에게서 쏟아져 나왔다. 그 신문의 이름은 분명 《타게스포스트Tagespost》이고, 가톨릭교회가 발간한다. 그 기사에는, 내가 호스피스 운동의 장려에 신경을 쓰기는커녕, 내 병을 연출하려고, 또다시 도발하려 든다고 쓰여 있다. 왜냐하면 호스피스에서 진짜 죽음이 일어나고, 그곳에서 사람들이 수발을 받아야 하고, 죽음에 대한 우리 사회의 금기를 깰 수 있기 때문이란다. 나 또한 전혀 반박하지 않을 것이다. 호스피스 운동은 훌륭한 일임이 분명하다. 내 작업에 대해 분명 1도 모르는 누군가가 또다시 나를 도발자라고 칭해도, 그사이에 그것은 나에게는 상관없는 일이 되었다.

그러나 그 편집자는, 내가 너무 늦기 전에, 공공연히 내 병을 비극으로 미화하는 대신에, 진정한 죽음의 문화를 성찰해야 한다고 쓰기도 했다. 그 기사의 마지막 문장에는 정말로 "너무 늦기 전에"나고 씌어 있었다. 바로 그것이 이 시스템에 잠복해 있는 이놈의 쇠망치이다. 너무 늦기 전에 지상에서 모든 것을 깨끗하게 결말지어야 한다는 이 위협 말이다. 네가 죽으면, 주사위는 던져진 것이고, 그러면 네가 어떻게 될지 결정될 것이라는 모토 아래. 뭐 이런 호러가 다 있나? 이게 뭔가? 그것이 누군가에게서 삶의 기쁨 하나하나를 다 앗아 가려는 어떤 악의에 찬 조짐인지가 분명해지면, 나는 무척 화가 날 것이다. 하루살이가 세상에 나와서는 이런 말을 듣는 거다. 자, 너한테는 이제 24시간이 있고, 화가 있을지니, 너는 ⓐ 더 성장하지 못할 것이며, ⓑ 좋은 것으로 향하지도 못하고, ⓒ 좋은 일을 행하지도 못하며, ⓓ 네가 하느님의 손안에 있다는 것을 이해하지도 못할 것이다. 만약 네가 그것을 해내지 못한다면, 주사위는 던져진 것이고, 그러면 너는 코끼리가 되어 다시 이 세상에 돌아올 것이다. 여기에 던져진 것은 정말이지 어처구니없는 시한폭탄이다.

그리고 ⓔ 내가 이걸 또 깜박했는데, 네가 죽을 조용한 작은 방으로 물러나지 않는다면, 화가 있을지니. 왜냐하면 죽음은 "고요하고, 소리 없고, 말 없고, 행동 없는" 것이기 때문이란다—글자 그대로 이 기사에 적힌 말이다. 그래서 나는 물러나 침묵해야 하고, 그것이 삶이 얼마나 허망한지를 통찰하는 유일하고 적절한 반응이란다. 그리고 아직도 사나운 용사인 양 아무 무대에서나 날뛰지 말란다.

오 맙소사! 이럴 때는, 지난번 교황이 자신을 사람들에게 보여 주고 자신의 축복을 확성기에 속삭이려고 마지막까지 거듭해서 자그마한 창가로 실려 왔을 때, 그 역시 분명 심각한 잘못을 저지른 셈이라는 사실만이 우리를 위안할 수 있다.

…… 아무튼 나는 뒤스부르크에서 〈내 안의 낯선 자에 대한 두려움의 교회〉 공연 연습 때 내가 상상할 수 있는 가장 아름다운 시간을 경험했다. 그것은 다시 내 사람들과 작업해도 된다는, 그런 행복감이었다. 나는 사실 팀을 이루어 무엇인가를 만들어 내는 작업자이다. 어느 호숫가에 앉아 아무것도 하지 않는다는 발상은 나에겐 가능한 일이 아니다. 그래서 루어트리에날레에서 최근 몇 달간의 내 경험을 다루어 보자고 결심했던 것이다.

처음에는 조금 힘겨웠다. 나는 여전히 기력이 몹시 달렸고, 시작하자마자 엄청 고함을 질러 대며 음향 기사 중 한 명을 조져 놓으려 했다. 내가 그 기기를 다룰 줄 몰랐던 까닭에 말이다. 어처구니없는 짓이다. 힘없는 사람들이 종종 얼마나 부당하게 일하고 있는지. 우리는 자신의 무능함을 다른 사람을 깎아내려 덮으려는 경향이 있다. 당연히 엿 같은 짓이다. 어쨌거나 그러고 나서 나는 곧장 그에게 용서를 빌었다.

이어서 우리는 멋지게 작업을 계속했고, 나는 더 차분해졌으며, 그것은 매우 집중도 높고 유별난 공연 연습이었다. 그토록 많은 사랑스러운 사람들, 우리는 모두 다시 뭉쳤고, 그들과 작업하는 것은 나에게 믿기지 않을 만큼 큰 기쁨을 주었다. 벌써 몇 년 전부터 같이 작업해 온 장애인 친구들이 다시 함께해 주었던 것도 좋았다. 그리고 나는 배우들의 다양한 목소리에 즐겁게 귀를 기울였다. 텍스트로부터 생겨난 목소리 오케스트라는 끝내줬다. 모두 다

최고였다.

공연 자체도 관객에게, 그리고 언론에서도, 좋은 평을 받았다. 나는 사전에 인터뷰를 몇 번 했는데, 아마도 많은 이들이 이렇게 생각했을 것이다. "봤어? 이제 저놈이 또다시 요란을 떠네." 하지만 아마도 사람들이 그 공연에서 나만 중요한 것이 아님을 알아먹었던지, 전부 다 아주 잘 끝났다. 노출증 환자 쉴링엔지프나 뭐 그런 얘기도 안 나왔다.

분명 나는 내 고난을 형상화해 놓고, 분명 내 경험들에서 출발한다. 도대체 내가 그것 말고 뭘 해야 한다는 말인가? 암에 걸리면, 그건 좋은 일이 아니지만, 그래도 그것에 대처하는 법을, 그리고 이 상태로 계속해 나가는 법을 배워야만 한다. 나는 물론 내병, 죽음에 대한 내 두려움을 비밀로 할 수도 있다. 그러나 나는 그러고 싶지 않다. 나는 병과 죽어 감, 죽음에 관해 이야기하고 싶다. 환자들에게 발언 금지령을 내리는 이 추방문화에 맞서 호소하고 싶다. 나는 내 질병을 녹여 부어 사회적 조각 작품을 만들고, 확장된 질병 개념을 만들어 낸다.

문제는 고난 대리인을 만들어 주는 것이 아니라, 아주 단순히, 보여 주는 것이다. 그리고 당연히 대중 앞에서 눈물을 보여 줘도 괜찮다. 도대체 왜 안 되겠는가? 다들 자기감시 국가와 무슨

그들은 자신들의 감정을 드러내야 한다, 그 사람들은!

문제라도 있단 말인가? 마치 다들 다른 사람들로부터 지켜야 하는 어떤 작은 상자라도 갖고 있는 듯하다. 그들은 자신들의 감정을 드러내야 한다, 그 사람들은! 이 모든 안전조치 극성떨기, 이 다른 사람들로부터 숨기는 엿이나 먹으라고 해라! 그 사람들이 자기 상처에 휘감는 이 1미터는 됨직한 두꺼운 붕대는 없어도 아무 상관없다. 나는 내가 지금 처한 상태에서 다른 누군가를 만나기를 원하고, 이렇게 말하고 싶다. 보세요, 들어 보세요! 그러면 자율적인 관찰자는, 무엇보다 자기 자신에 대처함으로써 반응한다. 그러면 그것은 크리스토프 쉴링엔지프의 고난의 길이 아니라, 훨씬 그 이상이다. 그것이 제대로 된 연극인지 누가 관심을 두겠는가? 그리고 만약 그 사람들이 그것을 원하지 않는다면, 만약 그들이 내가 자기들한테 너무 바싹 다가서는 테러리스트라고 말한다면, 그건 그런 거다. 그러면 그것 또한 하나의 반응이다.

이제 그만해야겠다, 코가 막히고 피곤하다. 이런 나쁜 소식들은 지치고 체념하게 만든다. 그럼에도 나는 전이가 줄어들기를 간절히 바란다. 만약 그것들이 적어도 계속 자라지라도 않는다면, 그러기만 해도 좋을 텐데. 물론 이 치료가 얼마나 호사인지는 명확하다. 내가 먹는 알약들은 1년에 3만 유로이니, 제3세계에서는 정말 그 누구도 그 비용을 감당할 수 없을뿐더러, 그곳 사람들은 아예 그런 게 있다는 사실조차 모른다. 어찌어찌 조금 더 살아 보겠다고 지금 여기서 돈을 몽땅 그러잡고 있는 것은 사실 변태적이다. 나는 그렇게 멋지고 중요한 사람이 아니다. 그럼에도 불구하고 나는 당연히 내가 그리도 더 살고 싶었던 나 자신의 작은 인생에서 출발한다. 비행기에서 땅을 바라볼 때, 아니면 서점에서 낯선 나라들에 관한 책들을 뒤적일 때면, 벌써 눈물이 흐른다. 자 그럼, 안녕히 주무시길.

12월 23일, 화요일

지금 나는 다시 오버하우젠의 어머니 댁에 있고, 상태가 상당히 안 좋다. 안타깝게도 나는 이제 모든 게 더는 좋아지지 않으리란 생각을 머릿속에서 떨쳐 내지 못하겠다. 낙관주의는 사라졌다. 무겁고 시커먼 덮개가 서서히 내 위로 내려앉는 것처럼 느껴지고, 그것은 나에게 이렇게 전한다. 내가 곧 너를 덮어 버릴 거야, 너는 곧 더 이상 빛을 보지 못할 거야, 어쨌든 이 세상의 빛은.

…… 오늘은 아버지 묘소에 갔다. 그곳에서 나는 어쩌면 누군가를 도울 수 있을지도 모르는 죽은 사람들에게 어떻게 접촉할 수 있을지 진지하게 고민하기 시작했다. 하느님과 지인들에게 계속 선을 대려고 노력할 수는 없지 않은가. 그들도 할 일이 태산인데. 우리는 가족으로서나 친구로서 틀림없이 서로 연결 시스템을 갖추고 있기도 할 거다. 아직 살아 있는 자와 이미 죽은 자 사이에도 말이다.

당연히 절망에서 나온 생각들이다. 아무래도 내 머리가 미쳐 돌아가기 시작하나 보다. 다른 한편으로, 어쩌면 이 생각은 전혀 그렇게 정신 나간 소리가 아닐 수도 있다. 나는 의자 옮기기 놀이와 카드 점치기나 뭐 그런 걸 원하는 게 아니다. 하지만 사람들은 수천 년 동안, 그리고 모든 문화권과 종교에서 죽은 자와 산 자 사이의 그러한 연결들을 믿어 왔고, 죽은 자들과의 접촉을 삶에 통합해 왔다. 어째서 우리는 더 이상 그렇게 할 수 없는 것일까? 어째서 우리는 죽은 자들을 이토록 극단적으로 배제해서 그들이 종적을 감추게 만드는 것일까?

이따금 나는 우리가 여기에서 무한 루프 안에 있다고, 죽으면 아이로 다시 세상에 태어난다고 마음속에 그려 본다. 전생에 대한 모든 기억은, 아마도 몇 가지 세세한 것에 이르기까지, 빼앗기고 만다. 예를 들어서 뚜렷한 이유 없이 다른 사람들한테보다 훨씬 더 쉽게 선이 연결되는 사람을 마주칠 때 그것을 느낀다. 그리고 그럴 때 이렇게 스스로 묻게 된 거다. 거기에 뭔가 와 닿는 게 있는 걸까, 거기에 가능성들이 있는 걸까? 나의 망자 중에 누가 나를 도울 수 있을까? 건강해지기 위해서뿐만 아니라, 무엇보다도 내 두려움을 잠재우기 위해서 말이다. 아버지는 지금 막 한 살이시겠지. 아버지는 틀림없이 아무것도 못 하실 테고, 어쩌면 뭔가 느끼실 수도 있겠지만, 아버지가 무엇을 해야 한단 말인가? 조부모님이 말을 걸어 보아야 할 분들일 텐데, 그분들은 지금 스물 다섯이나 서른 살이시겠지. 그분들이 실제로 여기 계시다면…. 하지만 나는 당연히, 죽고 나면 분명 여기 있지 않을까 봐, 그냥 뿌리째 뽑혀 버릴까 봐 두렵다.

그래도 이런 생각들은 멋지다. 예를 들어서, 정말로 다시 돌아올 수 있다면, 어디서 태어나고 싶은지 생각해 본다. 아이노는 일본에서 태어나고 싶다고 했다. 나는 아프리카나 인도를 떠올렸다. 우리는 미국에서 자라고 싶지는 않다. 그 점에서 우리 둘은 의견이 일치했다. 나는 어쨌거나 내가 아예 모르는 사회 시스템에서 태어나는 것이 멋질 듯하다. 나는 인도, 아프가니스탄을 모르고, 거기서 무슨 일이 일어나는지도 모르며, 어쩌면 그것이 내 현존재에서 내가 더 알아야만 할 한 귀퉁이일지 모른다.

나는 하늘나라에는 관심이 없다!

…… 최악은 미지의 것에 대한 이 두려움이다. 그것이 나를 못 견디게 만든다. 돌아가셨을 때, 아버지는 입술에 미소를 띠고 계셨는데, 정말로 행복하고 구원받은 듯이 보였다. 하지만 이 미소는 이미 당시에도 나에게는 위안이 되지 못했다. 나에게는 그것이 나를 배제하는 어떤 비밀조직의 미소 같았다. 나는 뒤에 남았는데, 아버지는 벌써 다른 사람들과 이리저리 미소를 짓고 있다. 그런데 이젠 내가 곧이어 그들에게로 떠나야 한다. 그러고 나면 나 홀로 그곳이 어디든 그리로 터덜터덜 가겠지. 하지만 나는 맏자든 누구든 만나고 싶지 않고, 온화하게 미소 지으며 지상을 바라보는 그런 비밀클럽으로 달아나고 싶지도 않다. 나는 하늘나라에는 관심

이 없고, 하프를 켜고, 노래하고, 어딘가 구름 위에서 무위도식하는 데에도 관심이 없다.

그럼에도 불구하고 나에게는 하느님에게 이어진 선이 하나 있다. 그것은 명확하다. 하지만 이렇게 말할 믿음이 없다. 좋아요, 갈게요, 나를 당신들에게 데려가 주세요. 어쩌면 앞으로 그렇게 될 날이 올지도 모르겠다. 지금으로서는 그저 슬프기만 하고, 겁이 난다. 나는 너무나도 삶을 사랑하고, 아이노와 몇 년을, 몇 십 년을 더 보냈으면 정말 좋겠다. 그런데 나는 지금 외로움에 대한, 이 공허에 대한, 이 믿기지 않을 정도의 두려움을 견뎌 내야만 한다. 설사 이러한 공허가 여전히 너무나도 아름답고 환할지라도 말이다. 내가 상상할 수 있는 가장 큰 지옥은 더 이상 생각하고 일하는 게 허락되지 않는 것이다. 그러면 아마도 별들 사이 어딘가를 어슬렁거리면서 아무것도 할 수 없을 테고, 흔쾌히 돕거나 무엇인가를 하고 싶어도 아무것도 할 수 없을 것이다. 유감스럽게도 나는 이 하늘나라에 아주 커다란 두려움을 느낀다. 나는 여기에 남고 싶다. 나는 아직 조금 더 여기에 남고 싶다!

아, 이것은 그야말로 진짜 고통이다. 앞으로 다가올 외로움에 대한 두려움이 나를 못 견디게 만든다. 그곳에는 더 이상 내가 사랑하는 여인이 없고 그녀에게는 더 이상 내가 없다는 슬픔이 그렇게 만든다.

…… 때로 저리로 높이 올라가 거대한 첨단기술 실험실에 착륙한

다는 상상을 한다. 모두가 미친 사람들처럼 연구하고 일하지만, 목표는 단 하나, 즉 내부에서 모조리 붕괴하지 않고, 30만 번째 우주 뒤에 도킹하는 것이다. 시간이 흐르면서 그들은 연구에 사로잡혀 지구를 눈에서 놓치고 말았고, 자신들이 그곳에서 어떤 센세이션을 불러일으켰는지를 완전히 잊어버렸다.

어쩌면 그 때문에 거기 위에서 해명을 만들어 내야만 했을지도 모르겠다. 단지 고난의 대리인으로서 어느 끝없는 행로들을 이리저리 돌아다니며 그 사람들에게 이렇게 소리치기만 해서는 안 된다. 너희들이 좀 도와야만 해, 저 아래는 죄다 똥밭이야! 그들은 그런 것에 흥미를 보일 리 없고, 오히려 그들을 이렇게 다짐하게 하는 결과만 낳을 뿐이다. 그래 그럼, 구조적 결함이네, 우리가 뭔가 새로운 것을 만들어야겠군.

아니다, 이 지구가 어떤 특질을 지녔는지, 여기 이 삶이 얼마나 경이로운지를 그들에게 명확히 해 주어야 한다. 그들이 연구를 그만둘 수 있다는 것을, 그들이 지구를 모범으로 삼아야 한다는 것을, 하지만 우리를 가만히 내버려 두어야 한다는 것을 말이다. 만약 우리에게 자유를 허용해 준다면, 우리가 스스로 해결책을 마련할 수 있을 것임을 말이다. 그들이 이러한 자유를 벌하고, 그러고 나서는 그 모든 것을 고작 선악과 하나로 증명해 보이는 걸 단념시켜야 한다. 더 어리석게 흘러갈 수는 없다.

하지만 그것 또한 가능하지 않을 듯하다. 아마도 이러한 수정으로는 충분하지 않을 것이다. 구조적 결함이 너무나도 많은데, 지구상의 어느 누구도 10억만 퍼센트 그것에 책임이 없으며, 아무도 그 결함들을 제거하지 못한다. 유전자 손상도 있고, 사고도 있고, 자연재해도 있고, 모든 가능한 것들이 있다. 그걸 받아들일 수야 없지 않은가. 아프리카에 있는 사람들은 전부 뭐라고 하겠는가? 그리고 이런저런 재난에서 자식을 잃은 그 모든 부모들은? 집이 무너져서 전부 죽고 어머니만 살아남았다. 이 무슨 미친 짓인가! 이 무슨 고통인가! 맙소사, 이 무슨 거대한 고난의 발전소들

고난의 거대한 발전소들이 날아다닌다.

이 여기서 이리저리 날아다니고 있는가. 정말 믿기지가 않는다! 그럴 때는 그들의 간청을 한번 들어 봐야 한다, 그럴 때는 그저 달랑 하느님 어머니만 빛나는 크리스마스트리 장식 인형으로 내려보낼 수는 없다, 그럴 때는 완전히 다르게 접근해야만 한다.

…… 지난 2주 동안 나는 이미 작별 편지들을 쓰기 시작했고, 누가 무엇을 받아야 할지, 어떻게 그것을 분배할지, 휴대전화에다 입력하기 시작했다. 지금으로서는 친구들을 만나고픈 의욕이 거의 없다. 그들 생각을 많이 하지만, 그들에게 전화를 걸거나 보는 일은 차마 못 하겠다. 창피하거나 낙담해서가 아니다. 아주 희한한 상태인데, 나로서는 그것을 형언할 말이 없다.

그냥 모두에게, 모든 사람에게, 이 세상에 있다는 것이 얼마나

멋진지 소리쳐 알렸으면 제일 좋겠다. 만약 떠나야만 한다면, 그
때 무엇을 빼앗기게 되는지를. 현세를 돌보는 것이 얼마나 가치
있는 일인지를 사람들이 깨닫기를 너무나도 간절히 소망한다.
"재에서 재로, 먼지에서 먼지로"라는 말을 입에 달고 사는 이 비
관주의자들은 없어도 무방하다. 아니, 이 지상은 지금까지도 우
리가 가꾸어 낼 수 있고 행복해질 수도 있는, 우주에서 유일무이
한 자유로운 장소이다. 우리가 가꾸어 낼 수 있다는 것을, 착수할
수 있다는 것을, 평화를 만들어 낼 수 있다는 것을, 이 증오가 아
무런 결과도 낳지 못한다는 것을 인류가 이해하게 된다면. 그것은
센세이션일 테고, 상상할 수 있는 가장 멋진 일일 것이다. 문제점
들도 중요하다. 분명하다. 하지만 그것을 해결하는 것이 바로 우
리가 지닌 자유이다. 모든 힘과 자유를 빼앗겨서 아무것도 해결할
수 없는 사람들도 물론 있다. 그럴 때는 맞서 나가야만 한다. 그거
야 분명하다. 하지만 자유에 관한 가장 위대한 발상은 아마도, 우
리가 문제를 해결할 수 있다는 것이리라.

12월 27일, 토요일

　　　　　굿 모닝. 지금은 8시 반이고, 미스터 스팍[*]의 항해일지는 지금 여기서 다음과 같은 내용을 전달한다. 지금까지 일어났던 일은 중요하지 않다. 하지만 오늘 일어나게 될 일은 중요하다. 오늘은 특별한 날이다. 방사성 입자들과 함께 방문하려고, 원통 속으로 들어간다. 암세포들의 식욕을 망쳐 놓으리라는 이 알약들이 어떤 결과를 가져왔는지를 검사하고자 CT를 촬영할 것이다. 지금까지 다음의 변화들이 확인된다. 피부는 더 건조해졌고, 발톱에는 부분적으로 염증이 생겼으며, 입술과 코에 뽀루지가 났다. 그렇지만 아직은 클링온족[**]처럼 보이지는 않는다.

…… 나는 여기 쓰레기통에다 미리 이야기하는 것이, 심판 전에 벌써 고해하는 것이 얼마나 미치도록 어렵게 느껴지는지 깨닫는다. 사실 나는 내가, 원래 될 일이 아니라는 것을 이미 알면서 학교 숙제를 앞에 둔 꼬마 크리스토프처럼 느껴진다. 하긴 뭐, 그런

---

[*] 사이언스 픽션 TV 시리즈 〈스타트렉〉의 등장인물.
[**] 〈스타트렉〉에 나오는 외계 종족.

뒤에 기적이 일어나기도 한다.

나는 당연히 이미 줄곧 오늘 아침이 두려웠다. 자꾸만 자신을 관찰하고 자신에게 귀를 기울이려고 애썼다. 무슨 일이 생겼나? 아무 일도 안 생겼나? 아마도 몇 시간 뒤에 정말로 그 알약이 성공하지 못했다는 사실을 알게 되는 것은 호러일 것이다. 다른 한편으로는 다시 희망을 얻어 이렇게 말할 수 있게 되는 것이 거의 두려울 지경이다. 그래, 정말이네, 여기 좀 봐, 저기 시계에 무슨 일이 생겼네. 누가 시계를 돌려 놓았지? 정말로 벌써 저렇게 시간이 늦은 거야?

어쨌거나, 원래는 크리스마스와 아무 상관도 없기를 원했지만, 나는 아주 멋진 성탄절을 보냈다. "마지막으로."—이 생각이 내 안에서 떠나질 않았다. 아이노의 오빠는 그 생각을 암과 함께하는 마지막 크리스마스로 바꿔 표현해서 내 기분을 풀어 주려고 했다. 글쎄, 그렇게 하면 당연히 그 모든 걸 바꿔 놓을 수 있겠지만, 그렇다고 바뀌는 것은 아무것도 없다.

하지만 그런 뒤로 좋은 일들이 여럿 일어났다. 그것은 휴일의 첫날 시작되었는데, 그때 나는 어머니와 근사한 경험을 했다. 크리스마스이브에만 해도 아직 모든 게 우울했다. 그때 나는 어머니와 부엌에서 밥을 먹었는데, 토끼 요리를 먹으면서 예전처럼 좋은 분위기를 퍼뜨리려고 애썼다. 하지만 마음속 깊숙이에서는 우리 둘 다 마음이 많이, 많이 짓눌렸다. 아버지가 안 계셨기 때문이기도 했는데, 그것이 어머니를 몹시 괴롭혔다. 호텔에서 나는 이 랜스 암스트롱Lance Amstrong의 책을 몇 장 더 읽었다. 결말이 좋은 이야기들을 자꾸만 듣고 싶어 하지 않는가. 그리고 그가 자신의 체험을 묘사하는 것이 실제로 몇 가지 점에서 나를 떠올리게 한다. 예를 들자면 그가 폐 전이를 눈보라로 묘사한 것을 나는 족히 공감할 수 있다. 나 역시 CT 촬영 때 그것이 눈송이처럼 보인다는 인상을 받았더랬다. 어쨌거나 그것은 아직 눈보라까지는 아니었고, 개별적인 눈송이들이었다. 말은 바로 해야지. 뭐 그렇다. 다음날 아침에 다시 어머니 댁에 있었는데, 아침을 먹고 나서 갑자기 눈물을 보이지 않으려고 애써야만 했다. 그러자 좀처럼 휠체어에서 벗어나지 않는 어머니가 이렇게 물으셨다. "내가 그리로 갈까? 내가 그리로 가마, 기다려, 기다려." 그래서 당연히 내가 일어나서 어머니 쪽으로, 식탁의 다른 편으로 갔고, 어머니 옆에 앉아서 어머니의 어깨에 머리를 기댔다. 그러고 나서 어머니가 내 손을 잡으셨을 때, 나는 눈물이 흐르도록 내버려 둘 수 있었다. 무엇보다도 어머니를 마주하고서 마침내 나에게 그토록 큰 짐이었던 것들을 전부 털어놓을 수 있었다. 나는 어머니에게 내가 어머니와 아버지께 너무나도 많은 힘을 들였노라고 이야기할 수 있었고, 끊임없이 낙관주의와 삶의 기쁨을 퍼뜨리려는 것이, 일들이 잘되도록 돌보는 것이 나에게 얼마나 힘들었는지를 이야기할 수 있었다. 그래 봤자 끊임없이 이런 말밖에 못 들었노라고 말이다. 변함없이 상태가 좋지 않구나.

그 모든 것을 말할 수 있는 것, 드디어 내가 더 이상 그렇게 하고 싶지 않다는 것을 말할 수 있는 것은 아주 좋았고, 형언하기조차 어려웠다. 그러고 나니 어쨌거나 정화된 것 같은 기분이 들었고, 고해를 한 듯한 그런 기분이었다. 고해는 물론 또 지나치게 가톨릭적이지만, 상관없다. 어쨌거나 긴장이 해소되는 큰 감동이 몰려왔다. 어머니가 언제부터인가 우리가 무슨 이야기를 나누었는지 기억하지 못하시게 되기는 했지만, 나에게는 어머니와 나눈 이 대화가 크리스마스의 기적이었다. 몇 개의 크고 작은 물결이 그냥 잠잠해졌다.

두 번째 크리스마스의 기적은 대부님과의 전화 통화였다. 그분은 여든일곱이시고 종교적으로 엄격하지만, 어제는 나에게 당신이 87살을 먹고도 아직도 하느님께 가는 길을 발견하지 못했노라고 말씀해 주셨다. 얼마 전에는 심지어 주기도문 해설을 읽으려고 책 한 권을 사셨단다. 신이 정말로 존재하는지, 도대체 무엇을 믿어야 할지 모르겠어서, 그토록 절망적이신 거란다. 부단히도 내 작업을 파괴적이라고 비판해 오셨던, 여든일곱 내 대부님이 나에게 이런 말씀을 하셨다. 그분이 나에게 갑자기 이렇게 설명하시는 거다. 그래, 나도 가끔 신에게 버림받는다는 느낌을 받는다네, 어떻게 내가 그분과 만나야 할지 나도 모르겠어.

누군가가 있으면,
불쾌한 일이 보이는 거다.
그래서 신은 차라리
여기 없기를 원한다.

글쎄다, 이것이 바로 신과 관련된 역설이다. 만약 누군가가 떠나 버리면, 여기 없는 거지만, 그럼에도 불구하고 우리 곁에 아주 가까이 있다. 만약 누군가가 여기 없다면, 그는 어쩌면 그냥 전체일 수도 있다. 만약 누군가가 여기 있다면, 그의 머리가 벗어진다거나 말할 때 속삭이는 것이 보인다. 만약 누군가가 있다면, 불쾌한 일이 보이는 거다. 그래서 신은 차라리 여기 없기를 원한다. 그러면 그는 무엇이든 될 수 있고, 부재중에도 여기 있을 수 있다.

어쨌거나 대부님과의 대화 또한 작은 기적이었다. 그것이 나를 더 진정시켰기 때문이다. 세 번째이자 가장 큰 크리스마스의 기적은 아이노와의 약혼이었다. 나는 완전히 혼란에 빠져 있었고, 내가 원래 하려던 말을 다 하지도 못했지만, 뭔가 아주 중요한 일이 일어나고 있다는 것은 그곳에 있던 모든 이들에게 명확했다. 그렇다, 나는 이 사람의 편이며, 내가 책임을 넘겨받고, 나는 이 사람과 내 일생을 보내고자 한다―그것도 단지 내게 남은 마지막 몇 시간뿐만 아니라, 내 한평생을. 이렇게 말하는 것이 파도들을 계속 잠재웠다. 여기서 문제가 되는 것은 몇 시간, 며칠, 몇 달이 아니다. 여기서 문제가 되는 것은 평생이다. 그리고 이제 내가 아이노와 함께 앞두고 있는 이 평생은 무척 아름다울 것이다.

…… 그러니까 이제 중대한 날이 되었고, 나는 솔직히 이렇게 말할 수 있다. 좋아, 오라고 해. 하긴 뭐, 그날은 이미 와 있으니, 올 필요가 전혀 없다. 어쨌거나 나는 이제 아이노와 검사를 받으러 가고, 그러고 나면 우리는 결과를 받을 테고, 그러면 혹시 또다시

눈물이 흐를지도 모른다. 하지만 이 세 가지 크리스마스 경험은 안도의 기적을 일으켰다. 그리고 나는 이제 문제가 되는 것이 그저 몇 시간과 며칠이 아니라 평생이라는 것을 알고 있다. 그리고 이 삶은, 그것이 이토록 짧다고 하더라도, 회의와 행복을, 앎과 무지를 포함하고 있다. 그것은 숙명론적인 것도 아니고, 당혹스러운 것도 아니며, 비열하거나 타산적인 것도 아니다—그것은 그냥 평생이다. 그리고 이 평생을 나는 이제 원통 안에서 의학적인 방식으로 처리해 나갈 것이다. 하지만 내 안에서, 그리고 아이노 안에서, 우리의 전체 상황 안에서, 그것은 완전히 다르게 그 힘을 펼칠 것이다. 나는 그것을 굳게 믿는다.

그리고 이제 우리는 차를 타고 곧 길을 나선다.

천국도 이곳만큼 좋을 수는 없다!

2023년 2월 20일 초판 1쇄 발행

지은이 l 크리스토프 쉴링엔지프
옮긴이 l 이재금 · 이준서
펴낸이 l 노경인 · 김주영

펴낸곳 l 도서출판 앨피
출판등록 l 2004년 11월 23일 제2011-000087호
주소 l 우)07275 서울시 영등포구 영등포로 5길 19(양평동 2가, 동아프라임밸리) 1202-1호
전화 l 02-336-2776 팩스 l 0505-115-0525
블로그 l bolg.naver.com/lpbook12
전자우편 l lpbook12@naver.com

ISBN 979-11-92647-07-4 03850